# 中国寻亲者

马超英 著

上海人民出版社

**图书在版编目(CIP)数据**

中国寻亲者/马超英著. —上海:上海人民出版
社,2020
ISBN 978 - 7 - 208 - 16617 - 2

Ⅰ. ①中⋯ Ⅱ. ①马⋯ Ⅲ. ①纪实文学-作品集-中
国-当代 Ⅳ. ①I25

中国版本图书馆 CIP 数据核字(2020)第 136047 号

**责任编辑** 刘华鱼
**封面设计** 一本好书
**统　稿** 陈　琳

**中国寻亲者**

马超英 著

出　　版　上海人民出版社
　　　　　(200001　上海福建中路 193 号)
发　　行　上海人民出版社发行中心
印　　刷　上海商务联西印刷有限公司
开　　本　890×1240　1/32
印　　张　10
插　　页　6
字　　数　222,000
版　　次　2020 年 8 月第 1 版
印　　次　2020 年 8 月第 1 次印刷
ISBN 978 - 7 - 208 - 16617 - 2/D・3633
定　　价　68.00 元

# 目　录

# 引子：他们为流浪者架起回家的桥梁

"云横秦岭家何在，雪拥蓝关马不前。"对家，谁都有眷恋。背井离乡的故事，总是充满了坎坷和艰辛。因为种种原因，不得已成为流浪者的他们，遭遇更是令人同情。

小娟的故事，就是一个典型例子。

某市，一座低矮的房屋横在了道路中心，挡住了当地城建拆迁的进度。

"小娟，现在就剩你们家了，你爸爸离开已经有半年了，要不阿姨先帮你按政策办好手续，拿好钱，帮你存起来。你看好吗？"

小娟低头不语。

"娟，我们不能因为等你没有任何下落消息的爸爸，影响整个拆迁进度吧？"居委会蔡阿姨对8岁的小娟说。

"不！我爸爸不回来，我不能搬。要不然，爸爸回来就看不到我，找不到家了。阿姨，等我爸爸回来好吗？"小娟无奈地回答后就"呜呜"地哭了起来。

小娟的爸爸在半年前的一个上午出去办事，结果一去就没有了回音。年幼的小娟和邻居告诉了居委会阿姨，也向当地派出所报了案。但是，半年过去，还是杳无音讯。而当地开发也在如火如荼地推进，小娟的爸爸下落依旧不明。为此，蔡阿姨已经不止一次来小娟家了。开发方急，居委会也急，小娟更急。

小娟的妈妈两年前就不在了，身边无至亲，半年来，小娟的生活一直由居委会帮助解决。看着三天两头来家里转悠的开发公司的人，面对蔡阿姨等邻居，年幼的小娟真不知道该怎么办。懵懂的她心里只有一个信念，那就是她要等爸爸。爸爸不知去了哪？爸爸为什么不回家？

一天，蒙蒙细雨之中，小娟出门找爸爸去了……

小娟的出走，让蔡阿姨心急如焚。她有些后悔。这边是城市的开发的大局，那边是孩子父亲的失踪，这让一个居委会干部真不知该怎么办才好。

出门找爸爸的小娟走了好长时间，随着人群乘上了一辆公共汽车。

开始，小娟还东张西望，盼望着能在人群中看见自己的爸爸。可是，随着车辆的前进，小娟趴在座位上睡着了……

"小朋友，到站了。"司机师傅轻轻拍醒了小娟。

"叔叔，这到哪里了？"

"到上海了。你有人来接吗？"

"啊？到上海了？"小娟并不知道上海距离自己的老家有多远，茫然下车后，不知道自己应该到什么地方去。

几天后，一个衣服肮脏，满脸灰土，头发乱哄哄的小女孩被救助管理站救助了。她，就是离开家乡的小娟。

"我要找爸爸，我们的房子如果拆了，我爸爸就不知道我们的家在哪里，我在哪里了。叔叔阿姨，你们帮帮我，帮我找找爸爸吧！"得知情况的工作人员都十分同情眼前这位哭个不停的可怜女孩。但小娟说不清家庭地址在哪，让他们的询问调查一无所获。

时间一天天在过去，小娟仍在呼唤爸爸。

因不记得回家的路而无奈走上了流浪之旅，我们或许就遇到过，或许听说过。

在我们国家，有这样一种机构。机构中的工作人员不仅照料那些记不清回家路或失去记忆，以及迷失，或因疾病、伤残被家人遗弃等多种原因不能回家，或找不到亲人的求助者和受助人员，以及与父母失去联系的儿童，同时也不辞辛劳，夜以继日，千方百计帮助他们寻找失去的家。他们的工作看似平凡，但在求助者和他们的家人眼里，这些机构和工作人员是了不起的桥梁，带给了他们希望。

这，就是分布在全国各地、唯一官方运作的各级救助管理站。而站里为求助者甄别寻亲，忙里忙外，不断探访奔波的工作人员，就是这本书将介绍的一群特殊的人——中国寻亲者。

# 第一章　寻亲与救助

寻亲，顾名思义就是寻找亲人或亲属。

看似并不复杂的"寻亲"二字，却让流浪走失人员，以及他们的亲人魂牵梦绕，夜不能寐。

只要仔细推敲，你就会发现，寻亲其实不仅仅是一个简单的寻找过程，而且是一次实实在在的救助之举。这种寻亲不仅为被救助者找寻客观上的家，也在找寻精神上的家。如果是没有救助概念的寻亲，无非就是帮其找到血缘或形式上的亲属或住房而已。

所以，无论直接处在寻找亲人，还是帮助寻亲的关系人，都必须倾注全身心的投入，才会在前程渺茫中发现点滴线索，使其实现救助意义上的寻亲。有时，恰恰就是这点滴线索触动了工作人员的灵感，使原本并无人注意和关心的蛛丝马迹成为寻亲的重要关卡，而这一关卡却恰恰是引发寻亲成功，找到亲人或亲属的必不可少的重要线索。

2003年6月20日，国务院颁发第381号令，即《城市生活无着的流浪乞讨人员救助管理办法》，并于同年8月1日起在全国施行。新办法一改之前1982年5月12日国务院颁发的《城市流浪乞讨人员收容遣送办法》，是一项体制性关爱型制度。

新制度的实行，充分体现了我国社会主义制度的进步与完善，但也使全国各城市一时对生活无着流浪乞讨人员的救助管理多少有点不知所措。

随着改革开放逐渐放开的大门，大批的进城打工者，犹如潮流一般涌进各大城市，特别是东部沿海省市。

国务院381号令的实行，让救助管理站业务发生了180度大转弯。之前，个别城市的收容遣送站为了解决生活无着"盲流"人员群体的暂时居住问题，刚刚改造完毕，配套设施与装备都是按照之前收容遣送为目标设计的。但仅仅几天，这样的设计就变得不适合了。

以前，如果说收容遣送解决的是流浪人员进站睡觉问题，而如今则是解决短时间的生活困难问题。如何更好地体现人性化，改变救助管理工作者的思想观念问题，就成了救助管理站领导急需思考的命题。

收容遣送、救助管理，两者目的看似都是围绕城市管理，但过去讲究的是"管"，现在强调的是"助"。工作中到底会遇到多少问题与困难，谁也说不准，谁也说不出个所以然。

救助管理的探索持续多年，工作内容变了，但对象没有变。需要去救助管理站求助或被救助的，大多都是因突遇急难，或迷失回家路，或因伤残无力回家的生活无着落的流浪流动人员。当然，也出现了极少数打着求救的旗号钻政策空子，实则并非以救急救济为目的，而是为了实施所谓"跑站"的情况。

救助管理站不断遇到一些想回家，而不知道家，或无法回家的求助者。寻亲，也因此与救助站结下了工作之缘，并自然与救助形成了永久的密不可分的工作关系。

## 一、武思量二十载寻母记

盛夏，一个炎热的中午，上海市救助管理二站大门口突然鞭炮声四起，人们被这突如其来的震天响的鞭炮声所吸引，大家不约而同朝大门口望去。大热天，也不是过年过节，是谁会在平平淡淡的大门口燃放鞭炮？

人们聚拢后才发现，刚刚燃放鞭炮的是星夜兼程从老家乘车赶来，已经两天两夜没有合眼的一位流浪受助人员的儿子。他一见到工作人员立马跪下磕头，一再感谢他们让他终于见到了朝思暮想的妈妈。

这位磕头感谢的小伙子叫武思量，那年 27 岁，家在湖北省武汉郊区。他妈妈是前一段被救助站甄别成功，寻找到亲人的一位女性流浪受助人员。

从记事起，武思量就不记得有妈妈。上小学报名时，老师问他妈妈的名字叫什么，他只能抬头看看身边的爸爸。

从那以后，武思量才知道，妈妈在他刚出生不久，就因严重的产后抑郁症而出走了。爸爸和其他亲人曾四处寻找，都没有下落。后来爸爸为了照顾他，加上妈妈离家时间一长，寻找妈妈的事就拖了下来。但是，同学们还有邻居等，往往说他是没有妈妈管教的野孩子。在武思量心里，他憎恨自己，怨恨爸爸，经常做梦见到妈妈。

一次，他从梦里惊醒。他告诉妹妹："我在江边玩耍，只见妈妈在长江那边呼喊我的名字，我就划船过去，但当船快到对岸的时候，妈妈就无影了。我喊呀，喊呀，妈妈，妈妈……"

转眼，到了谈婚论嫁的年龄，武思量发现爸爸经常喝酒喝得烂醉，而家里又没有妈妈。在当地，这会被人家看不起。人们都认为谁如果嫁到武家，那是不会幸福的。时间在一天天过去，武思量心里着急，时常对喝醉酒的爸爸发脾气，自己性格也变得孤僻起来。

终于，武思量还是遇到了自己心爱的那一半。当他24岁时，通过自己的努力，有情人终成眷属。武思量在武汉打工时巧遇的爱人，是位贤淑女子，除了生活上关爱他之外，积极帮他打听母亲的消息。只要一听到类似情况，她就会前去查看。

转眼，又是两年过去，妈妈依然没有消息，但是武思量在妻子的照顾下，性格有很大好转，也有了爱情的果实——一个可爱活泼的女儿。一家三口享受着幸福安稳的生活。

一天中午饭前，武思量接到当地居委会的电话，让他下午去派出所一趟。武思量不知道出了什么事，去了派出所才知道，上海传来消息，很有可能失散多年的妈妈找到了。他听到这消息后，一时难以置信，不停喃喃自语："莫不是搞错了吧？"

但事实却是非常真实可靠的。武思量在上海见到了天天想念的亲妈。妈妈见到记忆中的儿子时更是泣不成声，手里紧紧拉住儿子，却不敢多看一眼因为自己生病之后没再多照顾一天的亲儿子。如今一个堂堂的大个子站在了眼前，他就是来接自己回家的亲儿子！她怕会再和儿子分开，她不再松开儿子的手。

寻亲，现在国内除了救助管理站（人们习惯称之为救助站）以外，也有其他各类形式和组织在努力。比如，中国中央电视台的"等着我"

栏目组；缘梦基金框架下的"缘梦寻人工作站"和民间发起的"宝贝回家"等其他社会公益组织。

流浪，大都出于无奈，或贫穷困难。然而，现实中却有不少是遭遇突发事件，抑或一种生活病症所致，还有文化不足和智力障碍以及精神疾病等。当然也有一种是因生活方式和家庭事务矛盾从而走上流浪生活的。

随着我国的富裕和强大，脱贫已经是衡量一个地区发展是否成功的重要标准。所以，如今在外流浪的各类人员不少是由于特殊原因而走上无家可归之路的。而帮助这部分人尽早找到家，寻到亲人，最大限度地摆脱居无定所，食不果腹的局面，从而实现由解决阶段性临时性的救助，帮助其脱贫解困的中国式寻亲，就成了救助管理机构必不可少的任务。这些充满波折的寻亲故事，直接反映了救助管理机构的救助水平和管理素质。

## 二、帮助失忆老太找回家线索

2010年举世瞩目的上海世博会如期召开，全国各地乃至世界各地的人们纷至沓来，整个上海成为世人之焦点。世博会主会场，历时数月每天都人流如潮。

2010年，一位江西籍的老年妇女，被救助以后不到三个月，终于与家人联系上了。

事情还要从这一年的春天说起。

天色将黑，徐汇区"顺心饭店"外，卖白斩鸡的赵阿姨发现，一位老太还在街沿旁走走停停。老太头发梳理得清清楚楚，衣着也还算整洁，但是脸上却是挡不住的困乏和疲惫。她时不时四处张望，似乎在寻找着什么，期盼着什么，抑或是在等什么。人们看见她手里拿着一个已经咬了几口的大饼。老人已经不是第一天出现在这里了。赵阿姨出去说："阿婆，进去坐一会吧？"只见老太婆摇摇头。赵阿姨回到饭店："她说的话，我听不懂"。

此事很快被当地有关部门获知。老人及时得到救助。接收这位流浪老年妇女的上海市救助管理二站（简称二站）例行甄别询问。

听这位老太太的口音不像上海本地人。语言沟通有一定障碍，不过，她能认字，看来有文化。这倒让工作人员轻松了许多。可是，他们也发现，老太太的记忆出了问题，刚刚放下的心随即又悬了起来。就在工作人员一筹莫展时，她忽然告诉工作人员，她叫"吴莉莉"，老家在江西鹰潭。

见到老人留下的这些线索，二站的工作者颇感欣慰，以为凭此快速查到老人的家庭地址应该不成问题。但是，没有想到的是，第二天经过与公安部门联系核查，却怎么也没有查到符合"江西鹰潭、吴莉莉、80周岁"这个人的信息。

工作人员愁眉不展："这下好，原以为可以马上帮这位老人查出老家的地址，现在却变成丈二和尚摸不着头脑了。"

可老人却不急不躁地说："不要着急，我有家，我想去我女儿家的，没想到遇见你们了，都像我女儿一样好。不急，慢慢查，一定会有好消息。"

老太太的态度让工作人员缓了过来。"对，老太太，好消息一定会有的。这几天，您在这里，有什么需要，就和我们讲。另外，您也慢慢想一想，是不是还有其他的线索？"工作人员雯雯已经明显感觉老人记忆有问题。

怎么办？是继续甄别搜索线索？还是就此作罢，顺其自然？老人失忆，甄别结果也难以预料。但是就此作罢，就会使她错过与家人团聚的机会。

当他们汇报时，我的意见非常明确——继续寻找线索，绝不轻易放弃。"无论困难有多大，甄别寻亲就是我们义不容辞的工作内容。"

方向已经确定，下一步就是从零星的线索中着手。既然老人提到江西省鹰潭，就可以在江西的范围内观察搜索，既然老人还提到过"吴莉莉"，那我们就可以尝试围绕名字展开甄别筛选。

昼夜轮回，不久就到了夏天。流浪受助的老人经常会在晚饭后，想起来问一句："我女儿呢？给她说，我想念她。你们有消息了吗？"

那天，所有流浪受助人员都到操场上活动，老人也跟着下楼来了。她看见一名年轻的工作人员，自言自语："长得和我外孙很像啊！"

言者无心，听者有意。一旁的雯雯听到此话后，就问老人："您有几个外孙啊？"

"一个，大学生。"老人一说到外孙，声音也响了许多。"在南昌大学读书。"

"在那么好的大学里上学啊？"雯雯见甄别工作又有了眉目也很高兴，"他叫什么名字？"

"叫磊磊，人长得好得很呢！"老人说。

"他的学名叫什么？"雯雯继续问。

"那个记不起来了，就叫磊磊吧。"说到这里，老人竟也对自己的记忆不自信了。

雯雯见势停止追问，但，一个新名字让工作人员心头敞亮了起来——"磊磊"。

甄别往往就是这样，不能急。或许过几天老人还会想起有其他名字。雯雯向科里领导做了报告，并谈了她自己的想法，得到了上级的支持。"好的，我们会把今天的情况记在当班日记上，看看下一班是否会有新的线索。"

一天下午，工作人员又和老人闲聊，发现"吴莉莉"可能是"磊磊"的妈妈。

"那是他妈妈，莉莉是他妈妈。"老人说着笑了。

雯雯忽然灵机一动，上次核实"吴莉莉"没有这样一个人，会不会没有八十多岁的，但是会有其他年龄的'吴莉莉'呢？雯雯就把想法告诉了小伙伴何暖暖。暖暖一听感觉很有道理："明天可以再打个电话问问。"

真是想啥来啥。江西鹰潭有关方面回电："有一个吴莉莉，今年 52 岁。前几天曾报案，其母亲日前走失。"

雯雯反应极快地问道："她说，她母亲叫什么名字了吗？"

对方回答："叫谢巧英，今年八十一岁。"

雯雯听到此处，就迫不及待找老人再度问话："老太太，您叫谢巧英吧？"没想到老人的反应只是像往常一样，寒暄一句："你来了？"

"老太太，您是不是叫谢巧英？"

"我不要喝水，谢谢你！"

雯雯见状心想，老太太不但记忆有问题，这听力看来也是有问题啊。暖暖看出了雯雯的心情，劝说道："雯雯，别急，我们再想想办法。"

不久，管理科负责人小刘告诉了雯雯一个好消息："我们又和江西鹰潭方面联系了。对方说了一条线索，磊磊！"

雯雯一听，一拍桌子，"对呀，还有磊磊呢？我怎么给忘记了。"

"吴莉莉有一个儿子现在在南昌大学读书，叫秦磊。"小刘说。

"那会不会就是磊磊？"雯雯急着刨根问底。

"派出所的同志说，他们不知道，他家里人平时怎么称呼秦磊的。不过，对方听说我们是救助站的，就留了一个吴莉莉的联系方式。"

快到下班时间，但是暖暖和雯雯却依然兴致很高，商量着老人寻亲甄别的事。她们一致认为，就现在，秦磊、南昌大学、吴莉莉等几个线索都集中在一起了，这位老人是谢巧英的可能性非常大。凑巧的是，此时，电话铃响了。

"喂？你们是救助站吗？"电话那边传来一位男人的声音。当他得到肯定之后又问："你们真的是救助站吗？"

接电话的是暖暖："我们这里是上海市救助管理二站，请问你有什么事情？"

"哦，不好意思，我是江西鹰潭市的。"

"你有什么事，是想找哪个人吗？你说，我看看能不能帮你去叫？"

"你们这里是不是有一位江西老太太？"

"我们这里人多了，是流浪受助人员吗？"暖暖问。

"算是吧。"

"什么叫算是，我们这里是救助站，除了工作人员，都是受助人员。"

"哦，不好意思啊，我姓秦，就想问一下情况。前几天你们那里有人打电话，说有一位江西鹰潭的老太太在你们那里，所以，今天我就打电话问你们一下。"

暖暖明白了一半，立刻去叫雯雯。

"你说的老人叫什么名字？怎么称呼你？"雯雯接过话筒的同时，示意暖暖把江西鹰潭的老人接来。

"她叫谢巧英，是我岳母。"对方停了停说："我叫秦斯文。"

"秦斯文先生，你岳母离家多久了？"尽管心头抑制不住兴奋，但雯雯仍然保持谨慎。

"两个多月了，你能不能让我岳母接一下电话？我想直接和老人家说几句话。"秦斯文也慎重地提出了要求。这时，江西鹰潭的老人在暖暖的陪同下来到管理科办公室。

雯雯扶着老人坐下问："老太太，您认识谢巧英吗？"

暖暖一听就提醒雯雯："你上次不是问过她了吗？"

雯雯回答："上次她并没有说认识还是不认识呀。"

"你们怎么知道谢巧英的？那是我的名字。"老人突然接口到。

"你看看，老人说她就叫谢巧英！"雯雯由于兴奋，声量都大了。

谢巧英接过雯雯递过来的话筒问："你找谁？是莉莉吗？你怎么是个男人声音？啊？哦，是斯文呢？"

周围的人听到这里，悬着的心落地了。接着，雯雯又与电话里的秦斯文沟通了有关事项。原来，谢巧英的家人报案之后，一直没有相关消息。但是，自当地派出所告诉他们，上海方面有电话打来核实情况，并说与吴莉莉所报案情况接近后，他们非常高兴，想马上去派出所询问了解并与上海联系。但比较冷静的秦斯文提醒说："现在网上有收费的寻亲网站，假借寻亲，实则就只图收钱，那些网站也是用道听途说的消息向家属伸手。最后家人交了钱，就没了下文。再说，妈妈去年也发生过一次走失的情况。要不，我再去问问，如果人真的在救助站，我们也不用担心。"

而现在，谢巧英的情况清楚无疑了。"谢谢，谢谢您，老师，明天我们就来接我岳母。这次我岳母自己出门，想去她大女儿家看看，结果弄错路线了，走反掉了。"

放下电话，雯雯和暖暖长长舒了一口气，如释重负又很高兴，搀扶着谢巧英老人回到了活动室。

一天后的中午，工作人员人见到了戴着金丝边眼镜的秦斯文，才知道他是老人家里唯一认可的文化人。这次老人出来以后已经在广州至上海的火车上来回两趟了，没想到去大女儿家仅需要三个小时的路程老人却走了几天。

"这次如果没有你们救助站帮忙，她还不知道走到哪里去了呢。"秦斯文和吴莉莉对能顺利找到老人很是欣慰："这下可好了，之前，因为我妈妈的走失，我姐姐和我们都闹矛盾了。现在可好了，一切都好了。"

### 三、见证二嫂有胆有识接小姑回家

2010 年 4 月末，上午十点左右，我在救助管理科察看最近救助人员情况时，听说一位名叫"叶素琴"的女性受助人员说自己是贵州遵义县的。我看看那位"叶素琴"，问她："你是遵义的吗？"

她马上回答我："我是贵州遵义的。"

"遵义什么地方的？"

"大塘浦。"

"家里都有谁？"

"还有两个哥哥和我父亲。"

一旁的管理科负责人问："那你妈妈呢？"

"妈妈死了，就我爸爸还在。"我正思索着刚才的几句话，她又说了："你们帮我介绍个对象，我还没结过婚，我想留在上海。"

其他工作人员跟她开玩笑："只要说出你的家庭地址，我们就给你介绍对象，好不好？"

"好的，我不要老家的，太穷。你们帮我介绍上海的吧。"大家听了她憨厚实在的要求，善意地笑了。

这位流浪受助人员对答如流，她的话对甄别显然很有价值。我让小刘把问到的点滴线索记录下来，交班下去。

之后，我们便围绕"遵义、大塘浦"等地名顺藤摸瓜，先后找到贵州遵义县公安局、牛大场镇学校等单位。通过与牛大场镇政府一干部的沟通，我们很快证实，十余年前，在一个叫"大塘浦"的村子里，一家李姓人家走失了一个女孩子，当时大约十多岁，如今应该三十多岁。但是，这家有三个男孩子，而且父母双全。

由于"大塘浦"隶属施秉县，地处山区，当我们把照片发给对方后，已是下午四点多，"叶素琴"家人不便赶到镇政府了。于是，大家期盼次日听到"叶素琴"家人辨认照片后的情况。

"叶素琴"的家人次日一早，迫不及待地赶到了镇政府。工作人员一上班，其家人就冲到电脑边等着打开电脑仔细辨认了起来。

两天后，我们接到遵义市牛大场镇政府那位热心干部打来的电话："经过李家人辨认，认定你们发过来的照片上的人，就是他们家多年前走失的女儿'李玉先'"。

由于还有几条信息和线索不能完全对得起来，二站在安慰对方的同时，要求再做进一步核实。

当时，对方提出要与"叶素琴"通电话。当"叶素琴"接过电话时，激动得叫喊道："二哥，你赶快来接我回家，二哥，来接我回家吧，我太想念你们了！"电话那边，她的二哥激动万分，连连说："好的，好的，我一定来接你。"

"叶素琴"的二哥问：你还记得妈妈的名字没？"叶素琴"立刻就回答道："叫梁红英。"这下，她二哥更加肯定地说，她肯定是我的妹妹！因为我妈妈的名字她说得完全正确。后来，"叶素琴"的父亲和三嫂以及其他家人都抢着和她通话后，"叶素琴"是这家李姓人家人的可能性已经没有更多的悬念了。

这是上海市救助管理二站独立行使业务以后，第一名被寻找到家的流浪受助人员，她已经在外流浪生活了近十多年。大家对此都非常高兴，我作为分管业务的站领导更是兴奋不已。

"叶素琴"与其家人通过电话后，人的精神面貌更加好了。见到我高兴地告诉我："我找到家了！"看到我拿着相机时问"能不能给我拍几张照片？"我说好呀。于是，我拿起相机为"叶素琴"拍了一些生活照片，记录下她在这里的一段人生经历。

　　在等待李玉先家人来上海的那几天里，我将这件事写入了"救助日记"。在整理电脑里流浪受助人员的照片时发现，"叶素琴"从四月一日转到我们二站到现在的一个多月里，人变得胖了，气色也红润了。我在救助日记里这样写道。

　　"叶素琴"在当时的二十多名女性流浪受助人员中属于比较开朗的，平时还喜欢帮助工作人员做些零活，经常得到工作人员的表扬。这几天更是帮着工作人员为其他受助人员洗澡、擦桌椅，兴致好得不得了。知道她要回家了，工作人员都为她高兴，也有点舍不得。

　　中午吃午饭时，我对她说："'叶素琴'，回家后如果想念这里，还可以回来看看。"她说："不来了，还是家里好！"听了她的话，我内心一阵感慨。"叶素琴"说的是大实话，真正的大实话！虽然，我们在生活上对流浪受助人员给予了周到的安排，每天都有个人卫生、看电视、文体等活动。但与她们自己家里比，哪怕贫穷，也还是家里好啊！作为救助站，创造安全、卫生、方便的居住环境是无可厚非的，但是，在感受亲情和对亲情的呵护方面，一定会有不周的细节，而这种距离却是精神与心灵上的那种道不明的间隔。

　　原以为，家人好不容易有了失散多年妹妹的消息，一定会尽快赶来上海接回的。但是，时间过去了一周，"叶素琴"的老家却始终没有动静。

　　反倒是，我们有点不可思议的再次打电话到贵州，向"叶素琴"的老家催促。接通她的哥哥电话之后，对方犹豫了一会问："你们真的是救助站？是国家的吗？"当得到再次肯定的回答后，那头回复："那我们商量一下尽快去接。"说完，电话就挂了。没曾想，原以为李家会迫不及待的事情，竟然变成剃头挑子一头热了。

等待是令人焦虑的。天天盼望家人来接她的"叶素琴"，在毫无家人消息的日子里，终于忍不住了："难道，不来接我了？"我们安慰焦急等着回家的"叶素琴"："会的，一定会来的。"

事后我们才知道，远在贵州的"叶素琴"家里人在与上海通过电话以后，一开始非常兴奋，充满热情。可到了晚上，邻居你一言，我一语，像炸开的锅一样议论纷纷。隔壁大伯说："说是找到了，你们就应该尽快去接回来，不要让一个女娃老是在外面。"屋后婶婶说："到底是不是，你们电话听清楚了没有？现在骗子不少，那么多年不见了，就凭声音和几句话，就肯定是小先？"一时间，老屋里的人形成了正反两种意见。这让"叶素琴"的家里人不知所措起来。她哥哥说："干脆，明天我再去镇上，问问警察再说。"隔壁大伯临走时，拍拍"叶素琴"哥哥的肩膀："好好想想，毕竟十几年没见了，不要轻易放弃机会。"

次日一早，哥哥就骑上自行车赶到镇上派出所。派出所一位穿警服的说："说不好，可能性也就是80%，估计假的可能性不大，但是，说不好。"这下，满怀心思想得到公安同志的肯定的大哥，结果还是得到一个"说不好"。

回到家，家人又商量开了。这时，平时就喜欢敢拼敢冲的二嫂说："去，还是要去了才知道是啥子情况嘛。"她丈夫在旁边看看他的婆娘，嘴里嘀咕道："就你逞能。""是嘛，你们都不去，那我们咋知道是真是假哦？要是真的，小先不急死了？"稍停，她又说："如果是假的，也不要怕，我们穷得什么也莫有，他们能咋样哦？再说，那边现在也没有提钱的事情嘛。"一家人你看看我，我看看你。"我莫得用，我当大哥莫用。"大哥苦恼地摇摇头，唉声叹气地坐在一旁。"你们男人去，也不方便哦，还是我去。"二嫂大胆说出了心里话。此话一出，语惊四座。大家大眼瞪小眼地看着刚说完话的二嫂，也都觉得她的确是前往上海接李玉先的合适人选。

为此，一家人决定去一趟上海，以最终确定李玉先的身份。于是弟兄三个凑了来回路费，交给了李玉先的二嫂罗甘妹。

李玉先的二嫂力排众议，只身乘火车来到上海。

罗甘妹看似一位南方农村妇女，个子比一般女性矮一点；可是，心境可不小。远在贵州却能走出大山，去上海，这个以前只是电影里看到过的地方，那绝不是一般农家妇女敢决定的事。

由于之前在老家听到人家的各种议论猜测，来到上海的时候，她也是花了一番心思的。她的脑海里也有过激烈交锋：到上海后，万一事情不是想象的那么顺利，那么好，咋办？即便坐上火车，罗甘妹心里还在细细盘算到上海以后，可能会遇到什么样的阻碍。

下了火车的大部分人们已经出站。

这时只见二嫂罗甘妹一只脚穿着破了的旧拖鞋，另一只脚赤着。一瘸一拐地走出来了，手里还拿着一个大布包，双手捂着。显然，给人的感觉是一名十分贫穷的妇女。

很快，罗甘妹被接到当时还在卢湾区蒙自路 430 号的上海市救助管理二站。

此时已过晚餐时间，但是食堂还是为其准备了热腾腾的面条。急切的罗甘妹却提出要马上看到李玉先。

晚饭后，她再次提出来："我还是先看看小先吧。"很快，管理二科安排了她与"叶素琴"的见面。那天，正巧是救助管理二站的张平站长总值班，得知此事后，特地赶到五楼，见证认亲经过。管理二科工作人员把"叶素琴"领了出来。姑嫂相见，尽管相隔十余年，彼此还是第一时间认出了对方的面容："小先，你真是小先！"罗甘妹喊着，"是我，是我。二嫂。你终于来了，我还以为你们不要我了。"说完，"叶素琴"哭了……

映入大家眼帘的事实，清楚地说明了李玉先的身份。罗甘妹还特地取出身份证来说明她与李永先的关系。

经核对，"叶素琴"真名叫李玉先，1975 年 4 月出生，在贵州省遵义市牛大场镇小学读过三年书。十岁那年开始，由于父母嫌其干活慢，经常责骂，在家里也不受待见，这使其幼小的心灵受到了影响。因害怕父母打，她就经常躲在外面不敢回家。

有一天，家里发现她突然不见了，于是开始四处寻找，也到镇里报了案，但是，她杳无音信。

转眼就是十五年。2009 年 8 月当走迷路的"叶素琴"在上海内环周家嘴路高架由北向南走在杨浦大桥上匝道时，被当地派出所截住，送进了杨浦区救助站……

5 月 15 日，二嫂罗甘妹将要接回离散十多年的小姑子。

那天，是周六。当我见到罗甘妹时，她对我说："我想看看大上海可以吗？我是第一次来，回去后可能这辈子也不会再出来，再来大上海了。"

我马上安排车辆让她们姑嫂二人乘车到外滩和南京路转了一圈，满足了她们看大上海的愿望。

中午，李玉先和罗甘妹向二站赠送了一面锦旗，上书"救离散之急，助亲人团聚"。这是上海市救助管理二站独立行使业务以来收到的第一面锦旗。

当时的二站党支部书记徐启华对"叶素琴"的二嫂说："你们回去以后，一定要好好照顾李玉先。这次站里为了能帮助你们解决一点困难，顺利回到老家。你来接李玉先和返回老家的车票以及从遵义下车后的短途路费都由我们支付。"罗甘妹听了极其感动，连连道谢。

李玉先她们姑嫂俩临走，救助站给她们带足了干粮和水，以及路上的零花钱，还专门为她们拍了纪念照，送给她们。

李玉先找到家的事情，使接触救助管理不久的我感到无比的欣慰与感慨。

像李玉先这样的情况，如果没有尽全心全意之力，找细微之源的精神，那就很难为其找到失散多年的家。

## 四、从聋哑张大爷的戏迷身份寻找线索

安徽省蚌埠市，别称珠城，地处我国南北地理分界线"秦岭与淮河"一线，下辖四区三县。它是全国性著名综合交通枢纽。始发于北京与上海的京沪铁路早在 20 世纪 60 年代建成通车后就途经此地。蚌埠也是我国京沪高铁和京福高铁的交汇点。

相传，古时大禹治水就曾路过蚌埠，于涂山娶涂山氏为妻，生有一子——启。启建立夏朝并成为华夏第一代帝王。大禹"三过家门而不

入"的经典故事流传至今。

如今，国家水利部淮河水利委员会的牌子就挂在蚌埠市。

蚌埠历史上曾是兵家必争之地。如今已是高楼林立，如同我国其他城市一样，发展迅速。

在这个北方人称其为南方，南方人又称其为北方的蚌埠市里，在市救助站安置点，一名哑巴老大爷经常急切地用哑语吱吱呀呀，还用手比划着要回家。尤其在情绪激动时，他急得面红耳赤。可见想回家的愿望之迫切。

当时，蚌埠市救助站拥有十多年专业救助管理经验的门建林站长提醒工作人员多加关注，然而每次都是以沟通无果而结束。因为日常甄别中与聋哑人通过哑语打交道，是寻亲工作中非常麻烦的一项内容。

哑语，既有全国通用的"普通话"，也有带有地方特点的"地方话"，还有极具个性的只有家人和少数与其经常生活工作在一起的人能够理解的"土话"。使用"土话"的聋哑人，俗称"土哑巴"。这名被救助的聋哑老大爷的哑语就带有浓重的地方特点。对此，蚌埠市救助站把门建林倡导的"七用工作法"加以运用，一直在寻找合适的机会。

转眼，蚌埠市救助站李华明站长走马上任。

一天，他去天河安置点查看情况，又被比划着要回家的聋哑老大爷拉住。对此，李华明详细了解过后，叮嘱工作人员加大询问甄别力度，记录每一次的进展情况。

细心的工作人员发现，每当这位聋哑老人看见电视上播放戏曲节目，总是很安静，而且经常给工作人员画小房子等。莫非这是在画他记忆中的老家？工作人员在想。

就在救助站一时摸不着头脑时，情况有了新发现。

李华明分析，根据老人的表现特点，会不会以前他很喜欢戏曲？经过试探性的观察，事实印证了他的分析。但是，如何找到他的家呢？李华明再次陷入深思。

眼看天气转暖，工作人员晓燮找到李华明："站长，听说有一家公益寻亲组织，他们也有不少甄别线索。看看能不能有突破？""可以，只要有可能，我们就不要放弃。"李华明果断地采用了晓燮的建议。

几天后，公益寻亲组织转过来几条线索，但是，都没有直接反映老大爷的对应的内容。"你们再仔细分析一下，同时要发挥自己的主观能动性。理一理思路。"李华明给同事们说。

蚌埠市救助站为站内流浪受助人员采留了血样，想为张大爷做一次DNA比对。事情过去几天，大家期待着的好消息却迟迟没有传来。人们只能再度寻求其他方法甄别。

一天下午，办公室接到一个陌生电话。对方称是中国失踪人口档案库，接电话的晓燮有点纳闷。后来才明白，原来那边有一位张姓青年也做了DNA留样，正巧与救助站发布的寻亲公告上看见的情况接近，所以特地打电话来求实。

真是功夫不负有心人，这个电话竟使两年多的寻亲瞬间有了眉目。

电话里，对方传来一个男人的声音。他自称叫张来水。

"你家里有人走失了吗？"晓燮问他。

"是的，你是哪里？"张来水问。

"我们是蚌埠市救助站。"晓燮回答。

"蚌埠？那么远啊？"张来水不无疑问地说。

"我想问下，你们家有人走失没有，就是不见了。"晓燮说。

"哦，有，有。我大爷走丢了。那公告就是你们发的?"张来水说着，声音变得急促起来，他一听马上联想到了他的大爷。

"这样，到中午，我们再视频连线一下，我们让老大爷与你面对面确认一下，你看好吗?"晓燮建议。"现在不行吗?"张来水显然很着急。

"现在不行，因为老大爷在安置点。放心吧，他都很好。"晓燮给电话那边的张来水说。

两个人挂断电话。

晓燮第一时间向李华明报告了聋哑大爷甄别的最新进展之后，他马不停蹄地赶到天河安置点。

晓燮与张来水按事先的约定，双方联通了手机视频。当视频将画面接通之后，聋哑大爷一下子就认出来对方了，他激动地指着对方，连连点头，朝旁边的工作人员示意，视频里面的人，他认识。

视频里，晓燮和工作人员看到的是张来水流着满脸泪水，他几乎控制不住自己，嘴里不停地在说："是，他就是我大爷。"

聋哑老人的老家终于找到了。他的家原来在蚌埠市以北300公里以外的山东省梁山地区，叫张朝山。

为了让日夜思念家乡的聋哑老人尽早返回，蚌埠市救助管理站李华明站长决定亲自带队北上护送老大爷。这是2017年5月的春天，户外一片绿茵茵的绿树花蕊，使人心旷神怡。

救助站的车一路前行，坐在车里的聋哑老人丝毫没有心情欣赏这一切美好的景色，他心里想的就是何时能见到熟悉的亲人。同行的救助站的工作人员和他打手势，让他好好休息一会，他却兴奋地不停摇着手，意思是不累不累。

当护送老大爷刚到村外时，激动人心的一幕发生了。

在村口，护送张朝山老大爷的车还没有停稳当，他的三个侄子就挤了上来，搂住张大爷抱头痛哭。还有好几位跪在车外迎接走失多年的张大爷。张大爷也激动得"叽里哇啦"比划起来。

这一幕让所有护送老人回家的工作人员感动得掉下眼泪。

鞭炮，接连不断，震耳欲聋。满地都是炸后的碎纸屑，红红的一片，仿佛铺上了一层红地毯。村里好多人闻讯张大爷找到了，都簇拥到了村口围观。

一阵迎接的忙碌，大家搀扶着老人走回老家。张大爷的侄子张来水拉住李华明的手不停地表示感谢。

来到张大爷的家里，才听老大爷家人叙说，原来张大爷喜欢看戏。那天，老大爷看完戏也许还沉浸在剧情里的关系，有人看见他跟在戏团后面走出了村庄，谁也不曾想，他却走失了。这下，急坏了家里的所有人。老人在老家是一位孤寡老人。但是，自年轻时起，他就是村里出了名的孝敬人。他照顾家里叔叔等老人，还获得有关部门颁发的"孝敬老人模范"锦旗。无论家里人还是邻居家的人，出门打工后的家里事，张大爷都会主动承担下来，消除大家的后顾之忧。就这样一位热心人走失，让老家人实在于心不忍，到处寻找。半年多过去了，依然没有张大爷的消息。结果，谁也没想到他竟出现在了安徽蚌埠，离家三百多公里的地方。

自古以来，在中国的乡土情怀中，回家与亲人相聚是人生的一大幸事。而今，走失多年的聋哑老人能回到日思夜想的老家，能不让老乡们高兴吗?

## 五、想方设法让被冤的四川老乡保住双脚

2011 年 5 月 18 日,流浪受助人员符春荣的丈夫费尽千辛万苦,在上海市救助管理二站热情的寻亲帮助下,终于接回了曾被冤枉的妻子。

半年前,符春荣之前跟着自己的丈夫在上海某大学食堂打工。一次,食堂一名上海籍职工的私房钱,约两千元人民币,在更衣室不翼而飞。为了查清钱款的下落,受害人向当地有关部门报了案。

有关部门立即展开调查问讯。来自四川大山里的符春荣被这场面惊吓了,不知所措。对她来说,偷别人钱财,那是缺德要遭雷打的。而就在这个时候,有人诬陷是她偷的。由此,符春荣陷入痛苦之中,不久她精神失常,于 2010 年 10 月 29 日走失。为了给自己的妻子讨个公道,同是四川达州的丈夫把那位诬陷妻子的人告上了法庭。法律援助帮助他打赢官司,老婆依然没有下落。

有人看见了符春荣在闵行区靠近外环线一带流浪,他们把这事告诉了她的丈夫。正四处寻找妻子的丈夫,听到这一消息后,就按人家说的地方找去。但是去找了几次,都没有见着。而恰恰在此期间,符春荣被一辆卡车压辗了双脚。

2011 年 1 月,符春荣转来救助管理二站时双脚红肿脚尖腐烂发臭,甚至有的已经变黑。她流浪在外时,根本无法去医治受伤的双脚。符春荣被救助之后,救助站曾送她到医院诊治,医生看后建议截肢。救助

站的医生后来又陪符春荣去了另外一家大医院，得到的回答依然是截肢。理由是，如果不截肢有可能发展成败血症，就会危及生命。

我当时听了，就只有一个想法，不能轻易给她截肢。脚对一个人来说是多么的至关重要！更何况是一位来自农村的妇女？

最后，我决定让医生采取保守治疗。涂抹消炎药水，保持干燥，随时观察发展情况。结果几个月下来，符春荣的双脚已经明显好转，红肿迹象已消退，腐烂处也已收干结痂。

那天，当符春荣的丈夫得到消息前来接她回家时，我看到他们夫妻俩相见的情景，看到符春荣的双脚，心里无比的高兴和欣慰。如果当时按医院医生的意见办，今天看到的可能是坐在轮椅上的符春荣，她的丈夫不知道是什么感受，夫妻俩相见会是什么情景和心情。

据符春荣的丈夫说，自她走失以后，他曾四次去有关部门找过自己的妻子。前三次均被告诉没有此人。我在想，如果接待的工作人员再多一点责任心，符春荣在过年前就可以和家人团聚。

救助工作是做人的工作，是救助最困难、最需要帮助的流浪人的工作，是政府行为。

救助工作是一项关系千家万户的极其有意义的事业，不仅救济、救急、还救命救人。所以，一定要急人所急，想人所想。不把流浪受助人员当成自己人来对待，就不可能做好这样看似简单的工作。

符春荣在丈夫的陪伴下离开了救助站，他们出站时有说有笑，符春荣双脚和精神已经基本康复，她和丈夫手牵手走出了救助站。是救助站挽救了她的双脚，也正是救助站使其重归故里。

## 六、让"刀巴登"回家无后顾之忧

蒙城，地处安徽省亳州市，古称山桑、漆圆等，是历史文化名城，道家代表人物庄子的故里。

2018年8月的一天，农历的七月，大暑季节刚过。酷暑难耐，热浪滚滚。公安机关向蒙城救助站送来一名流浪女人。

如今人们知道蒙城，大都因其前几年养牛而闻名全国。今天这个妇女就是刚刚在一家牛肉火锅店门前徘徊乞讨时，被好心人报告"110"，由警察开车送来的。来人衣衫褴褛，脸上脏兮兮的，头发很长，也很凌乱。救助站老范一看就知道又是一名神志不清的流浪者。他问："在街上做什么呢？"那女人看了看老范，低头不语。一旁的郭巧给她倒了一杯水，她接过来仰脖就喝了下去。看得出她很渴，郭巧又给她接了一杯递给她，她朝郭巧点点头以示谢意。郭巧坐回自己的位置。老范又问："叫什么名字？"女人嘴巴动了一下，发出一点微细的声音。

老范："你说响一点。"

郭巧也说："你说响一点，我们没听清。"

女人又看看郭巧，说："刀巴登。"

这次，老范听清了。但是，他有点奇怪，怎么叫这么个名？听她的话也不像当地人。

老范和郭巧商量："照她现在的情况看，她可能是南方流浪过来的。"

郭巧也说："她说，她家不在这里。"

"对，如果没有其他情况，就收下吧。"

蒙城救助站人手少，但任务并不轻。有时候忙得连出差护送都安排不过来。外省市流浪受助人员甄别出后需要送到家的事情很多。站长李颖佳常常忙得连家也顾不上，一出去就好几天。遇到节假日，更是忙得疲惫不堪。但是，他还是忘不了为那些说不清自己家在哪里的流浪受助人员寻亲。

下班了，他径直走到流浪受助人员宿舍去了解一下今天救助的情况。当天值班的郭巧见状跑去陪他，到了门口，打开房门。"刀巴登"和另外一名女受助人员住在一个房间，看见李颖佳他们来了，就自觉地站了起来。李颖佳见了说："坐下吧，没有事，我来看看。"他脸朝郭巧问："就是她今天来的吗？"对面的"刀巴登"却主动回答："是，今天来的。"郭巧点头："是的，李站。"

"刀巴登"也许是刚才洗了一把澡，换了衣服的关系，情绪比刚来时稳定多了，话也多了。李颖佳接着问："老家哪里的？"

"我十八岁就出来了。""刀巴登"答非所问。

"你好像不是北方人？"李颖佳又问。

"刀巴登"朝李颖佳和郭巧俩瞄了一眼说："我家老远了。"

"为什么出来不回去？"李颖佳问。

"刀巴登"没回答，自己在房间来回踱起步来，两手还背着。

"'刀巴登'，李站问你呢。"郭巧拉住她，李颖佳示意郭巧没关系。然后，李颖佳看了看房间里另外还有一名受助人员说："家找到了是吧？"那位高兴地回答："是的，谢谢你们。"

李颖佳和郭巧走出宿舍，她安排郭巧明天抓紧进一步了解一下这名

"刀巴登"的情况。"这么热的天，你们都要注意防暑降温，多喝水。"

转眼，蒙城救助站对"刀巴登"开展了全面的甄别查询，但无济于事。

李颖佳有点怀疑地说："你们感觉她是哪里人？姓刀，刀姓我们这边还真不多，听口音她好像是云南贵州一带的。"

老范笑笑："李站，她说她是南方的，老家很远，但是没有说是哪里的，她也想不起来了。"

大家商量了好一阵，郭巧说："我有个建议，要么把她的信息上传民政救助站寻亲网试试？"

李颖佳表示赞成。

消息上传以后，引起了公益组织"宝贝回家"志愿者的关注。刚过了 2019 年"五一"国际劳动节，蒙城救助站接到来自云南的志愿者的电话。他们经过多方核查，认为"刀巴登"可能是云南红河人。这消息无疑让老范他们高兴不已。但是，救助站和"刀巴登"沟通核对后，发现不是。消息很快反馈到云南志愿者那里。志愿者一时无法获得其他新线索。此时，救助站老范与志愿者详细交流后，认为，会不会她不叫"刀巴登"，或者是音同字不同？一个诸葛亮抵不过三个臭皮匠。"宝贝回家"的志愿者茅塞顿开。

不久，新消息传来。发现云南楚雄州有位与"刀巴登"情况相似的人。李颖佳心想，"刀巴登"离家几十年了怎么能不想家？都说叶落归根，于是，他和同事们商量去一趟云南，跨省核实"刀巴登"的情况。分管局领导很快批准了救助站的寻亲方案。

就这样，李颖佳与几位同事携"刀巴登"赶到省会合肥市换乘火车前往云南昆明。到那边后，天色已晚，他们决定次日乘火车赶往楚雄救助站。

已经做好准备的楚雄救助站将两辆车停靠在了火车站，早早等着远道而来的同行。当蒙城救助站一行一出站，双方见面后，就直接坐上了汽车，开往大山里的子午镇。车上，志愿者和楚雄救助站陈站先后将有关情况与李颖佳等进行了对接和通报。这时，蒙城救助站同行才知道，所谓"刀巴登"其实叫陶八金。

"因为离家时间太久，没有音讯，她户籍也被注销了。家里现在还有哥嫂。他们答应接收陶八金。"陈站告诉说。李颖佳非常感谢楚雄救助站和志愿者的帮助。

两辆车在山峦中穿越了一个多小时，楚雄救助站陈站微笑着问："李站，不习惯吧？"

"还好，还好。"李颖佳回答。

郭巧看着窗外无垠的绿色山峦和稀少的人家，好奇地问："他们怎么住得隔开那么远？"

陈站回答："这边不同于内地，都是这样，彼此分开一段距离，即便是同一家族也是这样。看着很近，走走过去还是需要一点时间的。"

临近中午，他们终于到了子午镇。

一见面，不久前刚提任的刘副镇长就说："陶八金户籍没有，早已不是当地人了。我们不能接收。"

"那她是哪里人？"

"不知道"。

李颖佳和同行反复给刘副镇长解释都毫无结果。

无奈，他们又转到陶八金哥哥住的旧关村。人们到了那里才知道，旧关村是行政村，而她哥哥家住在下面的羊回村，还有一段距离。村委会主任陪着他们又走了十多分钟山路，总算找到了陶八金哥哥坐落在山坡上的家。

然而，让人失望的是，到了才发现她哥嫂都不在家。村委会主任纳闷地说："昨天说好的嘛。"等了好长时间，依然没见她哥哥露面。显然她哥嫂回避了，这意味着他们不愿接收几十年未见的妹妹了。

郭巧看见，年近六十的陶八金低头不语，脚不停地轻轻踢弄地上的石子。她看看周围，老百姓住的房子非常简陋，经济贫穷落后。

于是，李颖佳请村里帮助做做工作，劝说一下。可是，他们却摇摇头感到为难。正在蒙城救助站工作人员不知所措，左右为难时，楚雄市民政局局长听到消息，马上拨通了那位不愿接收的刘副镇长电话，说明了道理和政策。

"你们可以先安排进福利院。"刘副镇长欲言又止。"她现在就是孤老，这种情况不救助，你让她怎么办？"电话那边民政局长斩钉截铁，底气十足。

等候在村里的老范看见村伙房炊事员在洗土豆，墙角里还堆着番薯等，就随便问了一句："为什么看不见青菜？"

炊事员抬头看看老范："青菜？哪里搞得到嘛。"

炊事员告诉说："这边干旱得非常严重，想吃青菜还是蛮难搞的。"

就在这时，子午镇传来好消息，鉴于陶八金的现实情况，镇里决定将她接到镇福利院入住，并抓紧办理户籍恢复和相关救助手续。

让人揪心的千里寻亲终于落地了，尽管陶八金没能回到哥哥家，但与借住在哥哥那破旧的家相比，入住福利院何尝不是好事呢？

寻亲的过程就是一个救助的过程。许许多多的救助管理人在繁杂的人群中去寻找，在错综复杂的线索中去排查，在护送的路途中不辞辛劳。

如果是没有救助概念的寻亲，很难完成那些难度很大的回家。

寻亲，常常是找到一个人成全一个家，找到一个人挽救一家亲。

# 第二章　当甄别成为寻亲救助关键

甄别，顾名思义，是对一个个细节实施推敲与分析，以确定来源信息的准确性和可靠性，这与救助管理的寻亲有紧密的联系。甄别是达到寻亲目的的重要方法。

2011 年之前，每年因各种原因暂时找不到家而滞留在上海的 150名左右的流浪乞讨人员中，有十几名能够回家，已经是非常有效的成绩了。但自从推行寻亲甄别制度之后，成功率发生了明显变化。

在改革开放之后，经济与社会建设发展中，各地经济实力都有了很大程度提高。尤其在上海，流浪乞讨生活无着人员因故滞留后向其予以救助，在经济上的承受力一般不会是大问题。

但是，即便救助站提供再好的生活环境，对一个人来说，家也是永远割舍不掉的向往，家是能够自由活动的地方，是一个爱的港湾，是一个梦寐以求的归宿。

所以，甄别是寻亲的必由之路，更是一件涉及人生的大事。

此路不走，何谈救助？此路不通，何以寻亲？

显然，甄别与寻亲是帮助流浪生活无着人员回归家庭与社会的基本工作内容。

上海市救助管理二站自从把寻亲列为救助管理日常工作进行考核，加以奖励措施，这使原来停留在一年 7% 左右的寻亲成功率，增加到 15% 以上，有了明显提高。

甄别，既是寻亲工作的最初阶段，也是贯穿于整个救助过程中的重要环节。谁能想到，有的流浪受助人员平时对工作人员很抵触，但是一个一小时左右的午休时间的午觉，几句不经意的梦话，竟成了寻亲甄别的重要线索？同时，流浪者人员广泛，情况极其复杂也是令工作人员感到头疼和棘手之事。人们要在错综复杂的信息中理出有价值的头绪。

在接触的流浪受助人员和临时求助人员中，他们往往具有典型的两重性——不确定性和复杂性。

首先是不确定性随处可见，往往会使原本有价值的线索，瞬间变成无价值可言的信息。同时，他们何时提出回家，或者他要去的地方是不是他真实的家；或者今天说回家，明天他不想回了，都是需要费神解决的问题。最令人头晕的是，有些患有精神和智力障碍疾病的人，会随着别人的提示和回答，回答与其毫不相干的同样的地址，几乎就是让人绕进了一个永无止境的洞穴。

其次是复杂性，特别是地域的复杂性。这些流浪生活无着人员来自四面八方，包括我国的香港、澳门以及台湾，甚至于国外。人员来自各民族，语言不相通，还有性别差异、年龄差异等，这导致寻亲出现许多意料不到的问题，其复杂程度有时让人难以想象。

客观面对流浪生活无着人员的两重性，给予充分的认识和理解，不盲目回避和忽视现实中出现的"不确定性"和"复杂性"，成为寻亲工作的重要部分。寻亲回避不了的是要经历一个甄别过程，而这个甄别过程就是让不确定的信息确定下来，使复杂的情况变得简单化。

## 一、火车到站前一刻才得知她的家不在云南

问起家在哪里，一直说自己是云南省红河县人的流浪受助人员——万红，在上海市救助管理二站下决心试行的跨省甄别寻亲中，完全暴露了她因难言之隐而隐瞒了三年的真实身份。

在上海世博会开始之日，万红被转到了上海市救助管理二站。她自报叫万红，老家在云南红河，现在已无力回家，也找不到家具体在哪里了。工作人员反复核查，也没有万红的消息。工作人员继续询问时，她又低头不语。工作人员认为，她文化低，很难准确说出自己的地址，也许确实迷路了。

由于一时查找不到万红的老家地址，救助站就暂时让她住了下来。

万红比较勤快，经常帮助其他流浪受助人员打饭送水，但就是找她询问家庭情况时，含糊其辞，或者是词不达意。

转眼，三年多过去了，她告诉管理人员，家里还有一个五岁的儿子，她非常想念。工作人员乘势想了解她的家世，她就戛然而止，不再吱声。每当站里搞运动会时，就会看见她望着站里未成年儿童和少年受助人员发愣，有时眼睛都红了。

面对此景，二站决定将其列为第一批跨省甄别寻亲的对象，以尽快搞清楚她的来历，同时也可以解决她对儿子的思念。另一方面也是工作需要，因为对于跨省甄别寻亲来说，毕竟是第一次，万事要从简易可行

开始，而万红平时与工作人员交流还算容易，普通话基本没有问题。

"工欲善其事，必先利其器。"对于第一次的跨省甄别，站里做了充分的准备。这一次，我特地安排了时任管理一科科长沈玉，业务科科长李建峰，救助甄别科副科长梁习武和王晴清等同事，组成行动小组。

2014 年 7 月，小组陪着第一位流浪受助人员前往云南。

火车上，梁习武仍抓紧时间，抓住一切机会打听万红家乡的消息，同车陪同的业务骨干王晴清也不时与万红聊天，关注她的举动。就这样，他们一路上不间断地分析万红的信息。火车不停地朝着云南昆明行驶，李建峰和沈玉商量着到达昆明以后如何转到红河的交通路线……

火车广播依次播报列车停站情况。按说，将要回家见到儿子和家人的人理应兴奋不已，但是，万红却神色恍惚，略带沉思，不停朝车里车外来回查看。

"梁科长，我不想回去了。"她突然提出。

"啊？你不想回去了？"梁习武问道。

"我不想去云南了。"

"那你想去哪里？"

"我也不知道。"她似乎还没有准备好想说什么。

旁边的王晴清说："我们都快到贵州了，你怎么想起来不去云南了呢？"万红的话让周围的几位感觉不可思议，顿生疑虑。

火车继续向前，向着昆明疾驶，窗外的一切，一草一木让万红的心与奔驰的列车一样，越跳越快。突然，她站起来："我要在贵阳下车，我的家不在红河！"

此言一出，参与跨省寻亲的随行人员都因难以置信而哑然。

经验丰富的梁习武迅速反应过来："你能再说一遍吗？"

"我家在贵阳，不在云南红河。"

"在贵州？不在红河？"梁习武在搞清楚真实情况后，又按照万红所说的地址，迅即与贵阳当地有关公安部门取得联系。

飞驰的火车，在铁轨上晃荡，不时发出铁器之间的撞击，咣当咣当的，让他和沈玉两位非常艰难的听着贵阳方面的回话。

接着，梁习武给在上海的我打来了电话。

自从行动小组出发离站，我就等待着他们的消息。去云南昆明的火车要行驶几千公里。夜晚，正当我徘徊之时，手机被梁习武打来电话的铃声呼响。

"万红说，她不是云南的，她的老家在贵阳。"

"这是真的吗？"在感到意外的同时，我果断发出了让跨省甄别行动小组到贵阳下车的指令："你们立即在贵阳下车，看护好万红，不能出一点问题，一定要保证安全。"

火车到达贵阳车站。此时站台上的大钟显示，正好是晚上 12 点。由于是临时决定下的火车，他们一边看护者万红，另一边分头找住地和吃的。

好不容易住进一家旅社，几位行动小组成员还在为临时改在贵阳下车而继续询问万红。"那你不是一直说是云南红河人吗？""你去过那边吗？"万红显得有点尴尬："我是瞎编的，从来没有去过红河。"

次日，太阳高照，万里无云。

行动小组草草洗漱后，就直往长途汽车站。拥挤的车站售票大厅里面人满为患。挤上长途汽车的行动小组成员们更是苦不堪言，汗水浸透了身上的衣服，车厢里时不时会飘过一阵难闻的气味。一个多小时后，汽车驶进一个小镇的停车点。跨省甄别小组一路兼程，来到了万红提到的那个小镇。

为了查清万红的真实身份，梁习武和李建峰说："我们应该到派出所去核实了解一下。否则直接去村子里太突然，也靠不住。"

"好的，到派出所了解清楚以后，这样让我们就更有把握。"李建峰表示赞成，由王晴清看护着万红，其他人先后进了派出所。

没曾想，万红也忽然跟着走进派出所，王晴清忙不迭追了上去。原来她担心梁习武他们说不清她的老家地址，直接对着民警说："我是远方村的，我叫万红。"

几分钟后，民警让梁习武进入后面房间。

"那她的丈夫现在不在村里，在贵阳？"梁习武说从民警那里知道了一个让所有人感觉头疼的消息，万红的丈夫因万红长久失去联系，现在在贵阳已经和另一位女人同居，一起养育他们的儿子。

"不行，儿子是我的，他怎么可以和别的女人住在一起。我才是他的老婆。"万红正激动地说着，当地的民政助理来了。带队的梁习武见状就过去寒暄了几句。民政助理喝口水后，慢悠悠地向着万红说："你也不要激动。你不想想，你离开几年了？你给家里来过电话没？你管过你儿子没？"他看看还想争辩的万红又接着说："你们夫妻当年吵架，你拍拍腿走了，一走还走了好多年，你让你原来的老公怎么办？你儿子那时候才五岁左右，还没有上学，他一个人，又当爹，又当妈。你让人家怎么想？人家到处找你，就是想和你赔不是，和解，但是找不到你！"

在场的人们听了此话，都批评万红。"人家不是说嘛，小夫妻吵架不记仇。"你一言，他一句，说得万红像泄了气的皮球，再也没有了大声嚷嚷的架势，嘴里却还在嘟囔："那他也不能和人家女的住一起，我是他的老婆。他们没有合法手续。"

梁习武此时提醒："万红，你离家失踪那么长时间，现在你丈夫到底和这个女的是不是合法，还不好说。"

万红的真实身份搞清楚了。家乡的邻居，热情的老人，进村担任"村官"的女大学生，还有她的婆婆以及开农家乐的连襟都出来迎接这位出走多年的"万红"。

然而，可惜的是，她当年赌气离开的儿子，如今跟着自己的爸爸去贵阳上学，已然是一名读三年级的小学生了。丈夫也已经因她的失踪，离她而去，与另外一位女子成婚。

万红回到了久别的家，但是，家里的情况已经物是人非。对她来说，一切都需要重新开始。

## 二、在山林中徒步苦寻救助人的家

2014年8月22日，第二批甄别行动小组凯旋。又一个离家十年的湖南怀化市会同县的小伙子，找到了自己的家。这位流浪受助人员患有小儿麻痹症，但思维如同常人。

每当我去管理科巡查，总会看见一个身材不高，有点络腮胡，浓眉大眼右手残疾的小伙子。只要问他，家在哪里？他会不加思索地告诉你，家在湖南怀化。时间一长，我就经常听他说，他的家乡是湖南怀化。

管理科沈玉科长告诉我，查过好几次。一开始，根据他说的地址，打电话了解，有一位村长还接电话，说是有这样一个人。但再仔细询问，对方却说，不对，不是一个人。于是，在他住在站里两年多时间里，管理科一直没有放弃对他的寻亲。经常与他核对地名、村名等，帮助他查寻家乡的准确地址。

2014 年，在成立救助甄别科以后，我决定把全站类似这样情况复杂的流浪受助人员都归纳起来，简而言之就是把甄别中的"疑难杂症"，由救助甄别科按照名单集中梳理、排查、研究，统一进行重点甄别。对有相对把握的线索，实行上门甄别，或者陪同流浪受助人员一起，到当地实地开展甄别查找。通过流浪受助人员对当地环境与人物的回忆，唤起点滴记忆，寻找最大可能出现的线索。

2014 年 8 月 17 日，再一次组成的甄别行动小组带着张江北（这名流浪受助人员自己提供的名字）出发了。

湖南省怀化市会同县，地处湘西，属丘陵地带。

甄别行动小组抵达会同后，被当地浓重的湘西话难住了。但是，这里却是张江北提到最多，相对熟悉的地方。根据张江北之前说他老家是在石板村的线索，行动小组决定直插"石板村"。他们趁中午吃饭时间，来到路边一家小饭店门外坐下。忽然，旁边一个桌上的当地湖南老乡看着张江北向同桌的人说："这个人我很多年前见过"。

这话让正想打听"石板村"去向的梁习武听见了。于是，两人就对上了话。那人听说行动小组的来意后，说："他不是石板村的，好像是'酿溪村'的。"

梁习武闻听，立即把张江北拉过去："你见过他吗？"他指着那位正吃着饭的人。

张江北摇了摇头。"我见过他，前几年他经常在这一带捡塑料瓶，帮人家推板车。"那人说。但是，张江北一听说"酿溪村"，一下子反应过来，连忙对梁习武他们说："我家不在石板村，他说得对，是酿溪村。"梁习武再三问张江北，他依然十分确定："就是酿溪村，我以前搞错了"。这下，行动小组才弄明白，张江北之前的确把自己老家地址给搞错了。

昨晚行动小组开会制定的行动方案，也随着刚获得的新地址不得不改变。但是，酿溪村在大山里面，没有公共交通，怎么办？走进去！

那人说："到了汽车开不到的地方再走进去还要个把小时，你们从这里就走，天黑也不一定到。"

梁习武听后想，不能只进不出呀。这时，有人建议找车，否则没有选择，除非你们是"孙悟空"。跨省寻亲任务在身，别无他法。行动小组好不容易找到一名愿意带他们进山寻找的当地"黑车"司机，就是因为听说行动小组是从上海专门来为了帮助流浪人员寻找亲人的，受到感动而决定随行。

行动小组带头人梁习武一看司机的面包车说："师傅，你这是新车，不方便吧?"

司机回答："没有不方便，走吧!"

车辆一路驶出城里，进入山区，泥泞的道路，坑坑洼洼。路很窄，只能驶过一辆面包车，而且车辆摇摆的厉害。但是，同行人员没有一个表示埋怨。再往山上走，终于车辆不宜进去了。于是，一行人下车，问清路线，带着张江北继续朝山里走去。这是一条刚通行也就一年多的山路，就是石头铺设的一条可以行人的简易通道。跟行动小组一起找家的流浪受助人员张江北并不熟悉这条小路。人们艰难地向上爬着。

司机师傅朝着张江北说："苦不苦想想红军两万五，累不累想想革命老前辈啊！"大家听了都笑了起来。此时，有人说："这条路如果不是帮助张江北甄别找家，也许一辈子都不会来的，太危险。"

张江北说："我也不记得有这路。"

梁习武问道："那你认识自己的家吗？"

"认识！"张江北肯定地说。

跨省甄别小组行进在山中的石子路上

半路，司机师傅提醒大家："你们可以找一根树枝拿着，以防万一，如果遇到蛇时还好打一打。"

话音刚落，"蛇……"旁边的蔡蔡和司春鹃不禁尖叫了起来。

"我是说，万一遇上。"司机慌忙补充说。

行走队伍里有人说："没关系，蛇出来，我们就抓住改善生活。"

大家话是这样说着，却都到路边上折了几根树枝。业务科长李建峰说："拿着当拐杖也好。"转眼，人手一根，路越走越窄，路边上的草却越来越高，几乎与人的肩膀同高。

就在行动小组丝毫没有感到希望时，希望出现了。

张江北似乎看到了什么，行走速度明显加快。"就是这里，这里就是我的家。"张江北激动得自言自语，回过头来告诉梁习武："那边，那边就是我的家，我爸爸他们就在里面。"

一下子，同行的几位都为之高兴起来。

司机说："太好了！终于没有白跑，快走，你带路。"他着急地抢话说道。大家你一句，我一句，跟着张江北穿过草丛。梁习武似乎有点担心地跟在张江北身后，张江北很快闪进一个木板房。梁习武和陈夏耕在后面喊道："不要急，不要急。看清楚，是不是你的家？"当梁习武他们跟着走进张江北所说的老家后，面前的景象让几位随行人员目瞪口呆。这是一个什么样的家？屋顶，墙壁，当然还有屋门都是木板制作的，但是，木板透着大大的缝。床上积累了厚厚的灰尘，一张桌子的一条腿还是垫着的，里面没有一个人。

梁习武问："你爸爸呢？这里真是你的家吗？"张江北四下张望了一下，他失望了，行动小组的同志们失望了。费了九牛二虎之力，冒着蛇出洞的危险，大家找到张江北的家却是"无人应答"。

大家一时间，都没有了声音。

张江北一会蹲着，一会又站着。显然，心里非常焦虑，非常不安。突然，他向着梁习武说："我不回上海了，我要靠自己，不回去了！"

梁习武问："你不回去，怎么生活呢？"

"不要紧，我靠我自己，一定可以。我要去办身份证。"

这几年，张江北的流浪乞讨生活让他饱尝了，没有身份证，说不清身份的苦衷。所以，尽管老家父亲弟弟都不知去向。但是，他深深地感觉，自己做主的生活一定能活下去。

待大家缓过气来，梁习武他们才听张江北说，对面山坳里住着他奶奶一家人。行动小组跟着张江北绕过山道，走到对面小山坡，到了张江北奶奶家。

经过当地人那位司机师傅的介绍，张江北的奶奶才认出张江北。但是老人被突然找回家的张江北惊吓住了："我都不认得他了。"话音刚落，她就晕倒了。旁边操着一口湖南会同话的司机吓了一大跳，被眼前突如其来的情景感动的眼泪夺眶而出，忙不迭上前扶住"奶奶"。

正等着验证亲属关系的梁习武也被奶奶的晕厥惊呆了，来不及再说下去，夺步向前扶住将要倒下去的张江北的奶奶。

肖力和业务科长李建峰紧紧攥住张江北的手，唯恐也发生眩晕。好在，一会儿工夫相见的局面缓和下来，气氛也随着热烈起来。张江北告诉奶奶："他们都是上海人，全部都是好人。"

"你走了有十年了吧？"奶奶问："我们想死你了。"

"我也是，我给你们打过电话，可是没有接通。"张江北说。

一个为寻找被酗酒的父亲暴打被迫离家的母亲出门流浪了五六年，又在救助管理站生活了近好几年的张江北，最后，在上海市救助管理二站跨省甄别寻亲行动小组的帮助下找到了家。

张江北，其真实姓名叫"宋贤臣"。他在南下的列车上告诉同行人员："没有马站长，我这辈子也别想回家了，也许我死也死在站里了。马站长是好人。你们都是好人。"说着忍不住掉下了感激的眼泪。

宋贤臣是个性格开朗的小伙子，他见大家如此贴心地为了他不惜千里与他一起搭乘火车，一路辛劳，还给他泡方便面，问饥问暖，不由得使他联想起许多在救助站的往事。他说："真没有想到，出来这么多年，竟然连自己的名字都搞忘了。现在我的名字也只能是个大概。"

跨省甄别行动小组在湖南会同为张江北寻亲成功后的留影

找到家的张江北，就要和几天来一起吃住、跋山涉水的跨省甄别行动小组分别了。远远的山上，他和大伯站在田埂上向行动小组成员挥手再见，久久没有离去。

## 三、胎记、疤痕与"真假"何小珍

那是一个初夏。

救助甄别科按惯例对在站流浪受助人员进行梳理，偶然被管理科的一名进站半年的女性流浪受助人员的情况吸引住。于是，他们对她再次进行了甄别询问。

"你叫何小珍是吗？"甄别工作人员问她。

"是。"自称何小珍的流浪受助人员回答："我家在湖南。"

"湖南省什么地方？"

"记不得了。"除此以外，何小珍再也说不出任何有关老家的信息。

对于救助甄别科的工作人员来说，类似这样的情况，经常遇到，几乎大多数人都会这样。梁习武与大家一起分析："我们再看看她还有没有其他特点，包括所带行李，即便是破烂，我们也要仔细查一遍。还有就是身体上、语言上等。如果发现有何不同，或者有明显特点都记下来，我们及时沟通。"甄别科将这些意见转达给了负责流浪受助人员生活的管理科。

次日上午，梁习武收到报告："何小珍左手虎口处有一个伤疤，还提到过'牯牛镇'。"两个信息成为甄别的重要线索。

然而，在排查时，他们发现，湖南省有好几个叫"牯牛镇"或村的地方，"五牛"镇、"武留"镇、牯牛村，都是音字不相同。尤其，改革开放之后，各地撤乡建镇，行政区划发生了较大变化。更让甄别人员头痛的是何小珍的话音，湖南地方口音重，"牛"与"留"几乎分不清楚。这都让甄别科一时难以断定究竟哪一个是何晓珍的"牯牛"。

再次接触何小珍，祖籍湖北武汉的梁习武决定凭借地缘优势，与其直接对话。经过几个回合的沟通，甄别科最后得出"何小珍应该是湖南永顺县勺哈乡人的可能性最大"的预判。

很快，他们与湖南勺哈乡公安部门取得联系。

然而，对方查实后，告诉救助甄别科："何小珍现在在家。还要什么核实？"

"你说现在何小珍在家里？那我们这里的何小珍是怎么回事？"负责甄别的工作人员问道。

"你问我，我问谁？你们会不会搞错了？"对方回答。

甄别科工作人员把通电话情况向科长做了报告。尽管没有得到预想中的回复，但梁习武却认为，他们的工作已经获得了实质性的突破。

第二天，甄别科再与何小珍所在的村委会联系。这次，电话挂通了湖南省永顺县勺哈乡水湾村的书记。

"公安说得对，何小珍是在家里。以前是走失过，后来听说找到了。我也感觉你们会不会弄错了？"村支书说。

于是，甄别科工作人员要求村支书帮助与何小珍家属再做一次电话核实。

次日中午，甄别科接到了湖南勺哈乡自称是何小珍哥哥的电话。对方口气十分意外又十分怀疑。

"何小珍在你们那里？"他说。

"是的，我们这里有一位查下来她家在勺哈乡水湾村的何小珍。"甄别科肖力回答。

"哦，我妹妹手上有个疤。"哥哥试探性地说。

"是的，左手。"

"我记不太清了。"哥哥那头那边很快就挂了。但是这次寥寥数语的对话，却让何小珍的老家沸腾了，周围邻居听闻也纷纷议论。

"这不一定吧？你也没有见到他们。"

"会不会是骗子？"

"国家那么大，叫何小珍的多了。就是湖南那也大了去了，会这么巧？"

此时，埋头吸烟的哥哥忽然抬头说话："听声音不像是骗子，根本没有提钱的事情。"

在旁边一直没有发声音的穿着带补丁大褂的老母亲说："你还是再去问问。你妹妹小时候后脑勺有一块胎记。那个何小珍不会有吧？"

下午，甄别科又接到湖南电话。

"你们是上海市救助管理二站？感谢你们。我想再问问，你们那里的何小珍后脑勺是不是有一块胎记？"

甄别科工作人员被突如其来的问题差点问住。"你等等，很快，不要挂电话好吗？"把话筒搁在一边，工作人员迅即与管理科联系核实。

不过两分钟，就传来确认的消息。"肖力，何小珍头颈后面是有一处胎记！"

肖力立即抓起话筒："她有！"

"真的？"哥哥的语气又惊又喜："好，我们明天就过去，你把地址告诉我好吗?"

两天后的早上,上海市救助管理二站工作人员刚刚上班,救助甄别科就迎来了两男一女三位来自湖南的中年人。

他们就是何小珍的兄嫂和姐夫。怀着忐忑、疑虑,他们迫不及待地奔赴上海,就是要通过自己的眼睛,证实猜测,希望一扫隐藏心头已久的压抑。

何小珍在管理科陈夏耕等人的陪同下来到了甄别科。感人的一幕出现了。

"是,是,她就是……"何小珍的哥哥一见何小珍,就控制不住自己,含泪指着失散多年的妹妹告诉周围的人。

"哥哥……"何小珍也被突然出现的哥哥和姐夫惊呆了。

她的大嫂上前紧紧抱住何小珍:"你怎么跑到这里来了?爸爸到处找你,现在好了,现在他的在天之灵也有安慰了。"

何小珍闻讯,再次放声大哭,姑嫂失声抱成一团。

与家人团聚,事情却并未结束。何小珍哥哥接下来的诉说,使在场的所有人都不知所措。

何小珍自从幼小离家,她的家人和邻居都四处寻找,却一直杳无音讯。

一年后的一天,何小珍父亲的好友捎来消息:"听说在五里外的集市上有人见过何小珍。你不方便,我先去看看。"

何小珍的父亲听了以后,连连答应。走失的小女儿总算有了消息,这让他那夜兴奋得无法入睡。

第二天中午,父亲的好友就领着一个女孩回来了。盼星星盼月亮盼女儿的母亲一边喊"小珍"找到了，一边抱住"小珍"。

"后来，有一天，我听见母亲给父亲说：'小珍怎么怪怪的，我总感觉不是我生的。'父亲听后，很不高兴地说：'胡说什么，你不会是糊涂了？'"哥哥说："就这样，那个'小珍'和我们一家糊里糊涂生活了好几年。我也逐渐感觉找回来的'小珍'和以前的小珍的确很多地方不一样。但又说不出道道来。"

现在，第二代身份证已经开始办理了。家里的"小珍"满十六岁，家里人就为她按规定办了证。"所以，当我们接到电话，说是又找到一位'何小珍'，确实让我们将信将疑。天下哪有那么巧合的事情？名字一样，胎记一样，手上的伤疤一样。编故事也不会有如此巧合一致的事情啊！"

何小珍的哥哥说道。

如今，站在面前的女孩子，的的确确就是自己的亲妹妹，何小珍手里接过姐夫给她的照片，上面是何小珍小时候的合影。何小珍丝毫没有停顿就顺利的指出了照片上的其他人的名字，以及和自己的关系。前来接何小珍的哥嫂和姐夫三人不停地点头称是。这一切都不用怀疑了。

真的何小珍终于找到了！

可是，回家以后老家现在的"何小珍"又该怎么办？

## 四、再见符春荣，工作日记成为甄别依据

事情的发展往往让人有意外收获。

记得那天下午，我在办公室整理我的救助日记。突然，一张熟悉的

照片让我顿时感觉好熟悉，这个人在哪里见过？

这个熟悉的面孔让我的思绪一下子集中在这张照片上。我竭尽全力，搜寻挖掘记忆的画面。

"啪！"我头脑里突然就闪过的一个图片瞬间定格。"难道是她？"我立刻拿起内线电话，直接拨通女性流浪受助人员生活管理科科长室。"小黄吗？你马上去看看那名上周转进来叫胡春荣的受助人员，检查一下她的脚是否完好。"

小黄似乎还没有明白我的意图问道："脚，看她的脚？"

"对，快去看看。马上。立即！"我急切地下命令。

马上，我又拨了另一路内线。"让档案室马上查一下，2011年前后，是否有一位被接走的双脚受伤，后来治好的女性四川籍受助人员？"

三分钟不到，管理科副科长小黄回电："站长，她双脚脚尖好像受过伤，长短不一，有的尖，有的短，好几个没有脚指甲。"

我脱口而出："就是她！"

此时，办公室老路也上楼来报告："档案里2011年5月确实有这样一位女性受助人员转来站时双脚腐烂，后来在我们站保守治疗好的，当年是她丈夫把她接走的。"

"她叫什么？"

"符春荣。"档案管理员老路回答。

"这就对了！"我为搞清这位第二次被救助的受助人员身份感到兴奋。她之前在二站被救助过，留有家庭地址，身份是清楚的。

但问题是，这个符春荣为什么会再次被转送来二站？

流浪受助人员在转来二站之前曾接受过内部"人脸识别"，符春荣也是一样，符合救助的规定，也没有核查出曾有救助过的记录。但是，我却记得，她在六年前的确是转送至二站救助过，后来离站回家了。

怎么会再次救助的，怎么没有被识别，再次转入二站呢？

原来，2011年，离开救助站的符春荣精神上时好时坏，丈夫眼看她不再适合在上海打工，就把她送回了四川老家。没有想到，缺少照顾和交流的她，在老家待了几年后，想凭借着记忆到上海寻找丈夫。这一找，又找进了救助站。一口浓重的四川地方口音，让接待她的救助管理站工作人员无法判别她说的内容。而自行开发的"人脸识别"又没有识别出她曾被该站救助过的记录。

这件事让我意识到，"人脸识别"技术也有跑偏的时候。为了避免类似情况，传统的甄别方法不能轻易丢掉。

谁能想到，六年前被救助过的人，我在不经意地记《救助日记》时，却得到新的发现而出现转机，促使一名流浪受助人员在几分钟内就被甄别出来。看来，"好记性不如烂笔头"的话还是很有道理的。

那次，由于无法核实符春荣提供的其丈夫在上海的信息，二站按规定直接把符春荣护送回到了她的四川老家，并协助当地为她办妥了相关救助手续。

一想起甄别，我就会联想起许多省份都在这方面下了很多功夫。

山东省烟台市救助管理站，为了甄别，经常请在烟台市就读的来自各地的大学生，进站帮助识别判断流浪受助人员的口音，以达到甄别户籍的方向与可能性。

浙江杭州市救助管理站，甄别能手还将凌晨3点作为人们容易说出并记得平时不曾想讲的关键时间节点，会在此时经常找一些流浪人员询问情况。

上海市救助管理二站，又会把甄别观察的范围和焦点集中到每一名流浪受助人员在进站时的表情，察言观色，不放过一丝一点的细节。

河南商丘市救助站，还有将疑似某地的受助人员以走亲戚的方式开展甄别寻找。

在刚接触到流浪生活无着人员时，大家往往是以甄别工作开始寻亲。无论是对主动上门求助，还是被公安、城管或好心人送至救助站的求助人员，按规定都要进行必要的检视登记的"规定动作"，以此进行甄别。同时，也在"规定动作"实施的前提下，及时开展寻亲，以帮助他们尽快找到家和亲人。

## 五、故意说错地址的抚州浪荡人

2015 年初春的一个上午。我照例去救助大楼查看。来到三楼男性受助员生活区域时，一位口齿不清又操着浓重南方口音的普通话的受助人员对我说："我要回家。"

我当时正和管理科科长沈玉在说话，一听到这名年轻人的话后，马上回头问"你家在哪里？还记得吗？"

"老家在抚州。"他回答得相当肯定，尽管带有较重的地方语音，但是我还是听懂了。

"你家在哪个省？"

"抚州，江西抚州。"

这时旁边有一位管理员笑着对我说："马站长，他乱讲，江西哪里来的抚州，福州不是在福建省吗？"

我说："江西是有一个抚州。但是，它和福建的福州不是一回事。"

"对，对，对。"年轻救助人听见后，迫不及待地抢着回答。他有点口吃。

接下来，沈玉科长把年轻人领到现场管理办公室。

"你把具体情况讲讲，怎么会到上海来了？"我和沈玉俩让他坐下以后，问他。

"我肯定是江西抚州的，从抚州到上海火车票一共是 108 元，不信，你们可以去查。"他非常自信地说道。

"你叫什么名字？"沈玉问。

"我叫黄湖川。当时，我就是想出来找一份工作。"黄湖川摇了摇头，接着又说，"工作没有找到，干脆，我就一路上在上海玩了玩。后来，钱花光了，就流浪在街上，再后来就……"说着，他头低下来了，那半句话，接下来他就来到救助管理站了，一直没说出来。

沈玉拿出一本民政部印发的"全国各地的行政区划"本，翻到江西省抚州那页，递给黄湖川让他找一下他的老家属于哪个乡镇。他看了一遍后，尴尬地笑笑，手抓了下头，不好意思地对我们说："我不认字。"

于是，沈玉一边念，一边问，一个一个往下查，报到抚州市所属乡镇排列最后的一个乡镇时，他刷的一下从椅子上站了起来："对，就是这里，东乡区李圩镇。"此时，他两眼瞪得大大的，高兴地笑了。

在场的人都会心地笑了。"我再看看从抚州到上海的车票钱和路程。"沈玉向我说道。

"好，抓紧确认。一定要让他早日回家。"

当天下午，沈玉打电话给我："马站，经过核实，他的确是江西抚州东乡区李圩镇人。"

"马上安排护送。"

两天后，经初步甄别，江西抚州市东乡区李圩镇的黄湖川由二站派员护送回家。列车上，异常高兴的他问护送他的小姚说"给我一支香烟好吗？"

"车上不让吸烟。"

他又自言自语："有杯咖啡喝就好了。"说完他跷起二郎腿不停抖动。

然而，没曾想在护送小组到了江西抚州以后，原定护送流浪人员回家的任务，再度变成了跨省甄别的任务——黄湖川所说的老家信息根本不是他自己老家的真实地址。按照他之前所提供的地址，根本就找不到他所说的"家"。反复询问下，黄湖川才承认，这是他以前在镇上玩耍的朋友家的地址。

这让护送小组的带队人肖力有点措手不及。一行人在镇上，无论怎么询问，黄湖川就是不再张口。夕阳已经出现在人们的眼帘。肖力急中生智，改用试探策略："你不开口，就是不想回家，是吗？"他接着提醒黄湖川："那好，如果你再不说实话，我们今天就一起返回上海。"

此话一出，黄湖川立刻有了反应。他似乎想说什么，但还是没有开口。就在双方僵持的时候，肖力忽然看见一辆摩托车停在了不远处，他示意同伴一起上前问问。

事情意外地出现了转机。那辆摩托车主知道了肖力他们的身份以后，回头打量着黄湖川说："他好像是朱村黄家的二儿子嘛。"

"家在哪里?"肖力听了追问道。车主再次打量了护送小组几个人后，指着左前方一条路给肖力说："你们沿着这条路走，再向前大约十分钟就可以到了。"

终于，经过来回折腾，护送小组此时该叫跨省甄别小组了，带着黄湖川找到了在当地还是比较富有的黄湖川的老家。直到这时，带队的肖力心里还在担心，那位镇上的摩托车主会不会认错。

肖力一行将黄湖川送到目的地，这家人十分惊讶的见到离家出走多日的黄湖川，一时不知如何是好。只见这家那位年纪偏大的妇女说："这不是阿川吗?"说完，赶紧让肖力他们进房间里面坐。"我是他妈妈，进来坐。"肖力这才放下心来。他不禁问："黄湖川，你为啥不直接说你的名字和家庭地址呢?"黄湖川难为情地低下了头，没有直接回答。

而他父亲却忍不住了。"你不声不响走了，还去了大上海。你知道家里人有多么着急吗? 我们到处找你。你整天乱跑。"父亲有点责怪地说。"以后就不要乱跑了，在家帮助妈妈做点事情，你也老大不小了。"母亲在旁边插话说。

原来，这位黄湖川之前自己偷偷地拿了家人的钱私自跑出去了，也没有告诉家里任何人，结果弄得全家人到处寻找，老母亲因为着急，竟生了一场病。

平时，黄湖川在家也是游手好闲。所以一开始，家里人还以为他去朋友家玩耍了，没想到这一不见，竟然跑到上海去玩了。

## 六、救治流浪到内蒙古的苗族女

呼和浩特，是我国内蒙古自治区的首府。

内蒙古自治区是我国北方以蒙古族为主要民族的自治区域，临近山西省，与黑龙江省、吉林省、辽宁省、河北省、山西省、陕西省、宁夏回族自治区和甘肃省接壤，距离首都北京市约 400 多公里。

在内蒙古自治区，牧民是一支浩大的主力军。大草原孕育了内蒙古人民坚韧不拔的性格。

2015 年 6 月 8 日，正在埋头整理资料的救助管理站工作人员接到消息，一个看似女人的人，经常流浪在城北沿街的路上。

工作人员放下手里的工作，即刻准备奔向消息提到的地方。

此时，有关部门正欲把露宿街头的那位流浪人员送至呼和浩特市救助站。

呼和浩特市救助管理站在接待询问时听着她讲述的名字有点奇怪。问了好几遍，才听清楚，她叫"俄内牛席"。

按规定，呼市救助站在"全国救助寻亲网"和呼市网站上登记发布消息，采集 DNA、打拐比对等，都没有结果。

医务人员在例行体检接触的过程中，还发现"俄"除了精神疑似存在问题，还患有传染疾病。精神疾病与传染疾病于一身，这是让救助管理站最头疼的情况。因为，为了患者和医务人员的安全，精神类疾病医院一般不收患有传染疾病的患者，而传染病专科医院又拒绝接收精神疾病的患者。

但是为了救助，呼和浩特市救助管理站就时常陪着"俄"来回与两个医院之间。好在"俄"病情与性格比较平和，若被救助者是情绪与病情不稳定的人，还会动手打人砸东西。

就这样，来来回回，寒冬腊月，酷暑高温，日复一日。转眼就是两年。

两年后，"俄"在工作人员的呵护下，情况有了很大好转。

一次，周晓芬站长问"俄"的情况时，叮嘱工作人员"她的情况比较特殊，涉及女性保护问题。大家要抓紧了解'俄'的一切信息"。

呼和浩特市救助站在与"俄"交流时，根据她说的谐音，工作人员发现"俄"姓是我国百家姓之外的一个姓氏。于是，救助站在互联网上大面积搜索，经过与"俄"反复核对比较，基本确定了一处疑似她家乡的地方。

后来再三与"俄"沟通，又和有关部门和民政部门多次联系，最终确认了"俄"的身份。原来她是一名来自南方的少数民族姊妹。

2017 年 7 月某一天，从四川省乐山马边彝族自治县走出来的彝族同胞俄内牛席健健康康，满脸笑容地回家了。

2 000 多公里以外的老家，"俄"见到了自己已有好长时间未见着的孩子和父母。"娃，不走了吧？你看看你孩子都大了，我和你父亲也都年纪大了。"母亲心疼地看着"俄"说道。

寻亲，让这家人不仅骨肉再次相连，精神上更是得到了极大的欣慰。她母亲说："今后，我们一家人就天天在一起了。"

## 七、分清"阮""余"，送老大年节团聚

2016 年 1 月，距离大年初一还有不到一个月的时间。安徽省无为县的一个乡镇上，每家每户都开始忙着筹备新年的年货。

阮家大女婿送礼来了，他顺便给身体不太好的大舅子买了一件羽绒

服。"正太，你穿上试试。"说着他把羽绒服递给了大舅子阮正太。年近90岁的老丈母娘高兴地说："快，穿上试试看。这个颜色真好看。"丈母娘称赞道。一向不太爱说话的阮正太接了过来，看了看。"好，我现在的正好旧了。"阮正太看着新衣服也很高兴。

"今天别走了，吃好饭再回去。"老丈母娘给大女婿说。

"我回去还有事，马上就要过年了，还会来呢。"大女婿回答。

大女婿执意走了。

话说着，时间也已到了下午4点。

在老家做生意的阮正太弟弟回来了，问了一句："妈，谁来了？我哥呢？""哦，你姐夫来过了。你哥出去一会儿了，该回来了。"老母亲回答。

晚饭时间到了，天也逐步变暗。

"这个正太到哪里去了？怎么也不回来吃饭？"老母亲不禁问了一句。

令阮正太一家意外的是，那天晚上他竟一夜未归。无论家里人怎么寻找，从那天起，阮正太没影了。

马鞍山市，曾记得当年闻名遐迩的马鞍山钢铁厂，就坐落在安徽省长江边上这座著名的城市，属于我国十大钢铁基地之一。

马鞍山是全国文明城市，横跨长江两岸，其港口属于长江重要深水港。毗邻江苏省省会南京市。马鞍山如今与全国其他城市一样，在改革开放中成长壮大起来，据说人均收入在省内名列前茅。

一个傍晚，警察将一个蓬头垢面的男人送到了马鞍山市救助站。

负责接待的老刘问了来人一些问题，开始得到的回答似乎比较明确。

"我叫余真太。"

"老家在哪里？还有什么人？"老刘问。

结果，这位自称叫"余真太"的人说的话，就没再理出头绪，还嚷嚷着头痛。

老刘无奈，给来人办理了进站手续后，就直接对"余真太"的姓名进行了核查，结果为查无此人。"余真太"却一直说自己头痛。

天一亮，老刘就请示将其送到医院就医检查。医生告诉站里，"余真太"患了脑积水，需要住院治疗。

情况立即被报到站长申贵琼那里。"有病就得治疗，先治病。其他情况都搞清楚了吗？"他问。"现在就是说了一个名字，其他的我们听不懂。"接待科小荷说。"抓紧核实一下他的姓名，只要符合救助条件，我们要全力以赴。"遇事沉稳，善于研究政策的申贵琼站长说。接着，他又安排道："如果医院认为，他可以出院了，就先安排护理，甄别工作随时跟上。""好的。"小荷答应到。

令人遗憾的是，马鞍山市救助站通过核查，却没有查出叫"余真太"的人。寻亲工作变成了甄别"进行式"。

马鞍山市救助站把"余真太"的材料上传至"全国救助寻亲网"，又经过 DNA 比对，一系列可以使用的寻亲甄别手段都用了，但是，还是毫无消息。

春天来了，申贵琼站长拿起电话："老刘在吗？"接待厅小荷马上回答："站长，我这就去叫他。""你给他说一声，等五分钟后，我下来，我们一起去护理院。""好，申站。"小荷答应道。

五分钟以后，老刘和小荷在楼下车旁正等着他们的站长。

路上，申贵琼问了一下老刘，站里的受助人员在护理院的情况，他还特地问了一下那位"余真太"现在情况怎么样。小荷说："他现在情绪比较稳定，人比以前好多了。"他们说着，车子已经到了护理院。

申贵琼等三人来到"余真太"的房间。"他们在外面晒太阳。"打扫卫生的阿姨告诉申贵琼。

申贵琼三人不约而同朝楼外操场上看去。

"余真太"正和几名中年男子在操场上漫步。"我们出去看看。"听了申贵琼站长的话，三人一起来到操场。

几名流浪受助人员见救助站来人了，有的向他们点点头，有的叫"刘师傅好"。看见申贵琼也来了，都笑一笑。

"'余真太'，你最近感觉怎么样?"申贵琼站长问道。

"好，不饿。""余真太"有答没答地回答。

然后，申贵琼和老刘又问了些有关情况。正在这时，护理院的负责人过来了，又逐个介绍了眼前这些人的情况。

"最近，快过年了。我们准备再一次集中对他们进行甄别，尽快帮他们找到家。"申贵琼两手背着说。

2018 年 2 月，又是人们喜迎大年的时候。马鞍山市救助站，再次通过"今日头条"将"余真太"的照片等资料推送上去。

这次推送后，仅仅半天，就有了令人惊喜的情况反馈。

一个为了方便家庭成员沟通而建立起来的"快乐一家亲"微信群，晚上却因一条消息让全家人夜不能寐。不是因为群里大家散发了十多个红包，也不是因为作为群主的大姐要请客吃大餐。

　　事情还得从小弟弟阮正天说起。

　　每天忙碌于安徽无为市和合肥市之间的阮正天，别看他是一家小企业的老板，但是在家里却是名副其实的好丈夫、好男人。

　　那天临近中午，他突然在手机上看见一位十分像自己哥哥的照片。心里顿时泛起一阵激动的涟漪。为了避免误会，他先与马鞍山市救助站取得了联系。"马鞍山救助站吧？我叫阮正天，今天我在'今日头条'上看见一张照片和寻人启事，情况和我失踪好长时间的哥哥有点像。我想过来核实一下。你们看好不好？""你都看清楚了是吗？他不姓阮，姓余啊？"老刘说。"是的，我看清楚了。"阮正天肯定地回答。其实，他内心多少还是虚的，可他想，如果不亲自看看，也不敢说就一定是。

　　次日，已是传统意义上的小年夜。

　　一辆乘有两男一女的轿车停在了马鞍山市救助站内的路边上。刚停稳的轿车里，很快下来一名女性，她就是阮正太住在合肥从那里赶来的姐姐。

　　马鞍山救助站的老刘查看了阮正天和他姐姐的身份证明以后，就通知其他人员陪一名叫"余真太"的男性受助人员来到接待厅。

　　就在"余真太"走进接待厅的那一瞬间，阮正天差一点张嘴叫了出来，那不正是自己的哥哥吗？然而，他还是牢记刚才救助站老刘的那一句话，"一定要沉住气"。马鞍山市救助站的老刘是一位从事多年寻亲工作的"老把式"了，见过不少前来认亲的人。由于多年没见，一见到看似很像的亲人，就激动万分，结果仔细一看，竟全然不是，导致双方都很难堪。

　　两人接近了，阮正天走到"余真太"的脸前，"余真太"轻轻地说了一句："你怎么来了？"话音刚落，听得仔细认真的阮正天大声喊了出来："哥哥是我，我是正天！"

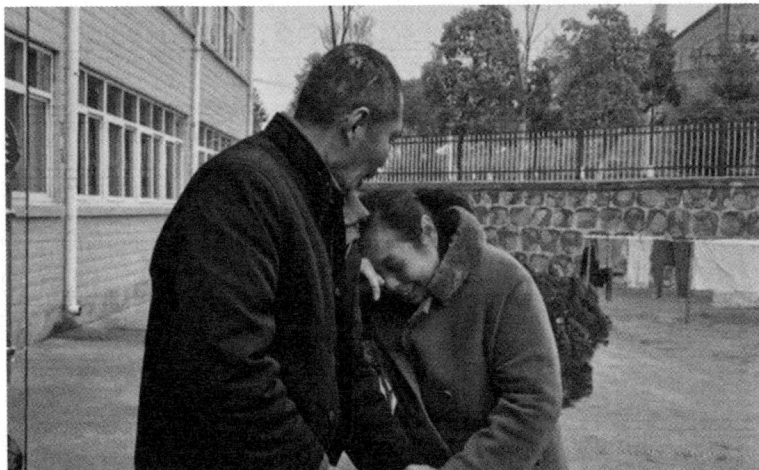

阮正太与家人相认

　　见此情景，无疑，"余真太"毫无疑问就是阮正太。前来确认阮正太的姐弟三悲喜交加。

　　他们姐弟三人今天来接"阮正太"回家了。

　　虽在安徽一个省内，却有着语言上的很大区别，安徽北部、中部和南部都有许多差异，就连省会城市合肥，以前就有不同的语言习惯和区别，犹如"从肥东到肥西，除了骨头就是皮"。阮正太被救助时，他的话音使救助站工作人员把"阮"听成了"余"，所以阮正太就变成了"余真太"。

阮正太家人为救助站送锦旗

　　而今，在马鞍山市救助站的护送下，阮正太的姐姐和救助站两辆车开到了阮正太居住的无为县刘渡镇。

　　人们奔走相告，走失了两年的阮正太回来了。这让快要过大年的小镇喜上加喜，阮正太家门口百米之外噼里啪啦的鞭炮接连不断。

　　阮正太的姐夫搀扶着 90 岁的老岳母站在门口等候着。阮正太下车了，他已经换上了本应该两年前，过年时要穿上的羽绒大衣。他下车的第一件事竟然是和马鞍山救助站的工作人员握手致谢。而后，他在姐弟们的陪伴下走向已有两年没有迈进的老家。

　　当看见老母亲站在门口时，阮正太快步走上前去，拉住了母亲的双手。母子相见，喜极而泣。围观者无不为之动容。

## 八、点滴汇成甄别寻亲的心得

甄别，它所显示的地位与功能不是一般意义上的询问和分析排列，仅有虚名的甄别不可能使寻亲工作实现应有的目的，不可能促进求助人与家人的团聚，因为真正的团聚是心与心的沟通，心与心的默契。

其实，救助管理站其主要任务就是三点：一是满足基本生活；二是接续社会关系；三是恢复社会功能。

这三点，涵盖了以临时救助为主和以救助安置为主的所有救助管理机构。从流浪人员进站开始，无不围绕这三方面而旋转。

其中第一条，就是解决流浪受助人员被救助以后的吃住穿医等基本生活需求。

第二条，接续社会关系主要反映两个方面。首先，就是甄别寻亲。为他们尽早、尽快找到家庭，回归社会。其次，是促进流浪受助人员的人际关系和社会人的体现。给他们创造合适的教育环境和学习机会，以了解社会基本关系和社会进步情况，适应社会生存需要。有的流浪者长期在外，或从小就流离失所，连起码的哥哥姐姐和叔叔阿姨等社会关系都搞不清，也不知道该怎么称呼。有的成年人还需要再社会化。

第三条，就是恢复社会功能。因为长时间的流浪生活，有的人丧失了基本的自理劳动能力和应对社会发展的功能。他们需要通过学习、训练、寻亲得到重新走向社会的机会。

三者相互联系，相互促进。其核心就是体现在寻亲之中。

较真的态度和严谨的作风才能使每一次甄别寻亲都滴水不漏。这需要救助人拥有责任与担当，而这种责任与担当的体现，就在于人们对艰苦甚至于枯燥工作的刻苦坚守。

所以，有时候看似一件并不复杂的寻亲工作，却往往包含着许多不确定的事情。

它要求救助管理人员应该掌握语言、法律、地理和历史常识，还要有卫生、礼仪、生活习俗等基本素质基础。

任何信息对寻亲甄别都可能具有价值。但同时，任何信息也都可能存在误导的可能性。提高工作人员的综合素质，就是提高甄别质量和寻亲的重要手段。

因此，寻亲甄别除了有促进寻亲甄别的制度，还要有组织机构保证，更要有认真且富有热情的人。正如毛泽东主席提到的，决定战争胜利的最终因素是人不是物。

# 第三章　探寻跨省联动合作机制

对救助管理而言，寻亲不能脚踩西瓜皮，滑倒哪里是哪里，更不能简单地凭感情办事。寻亲是一项跨地区、跨行业甚至于跨国界的事，是涉及面广，政策性强，情感很丰富的事。只有一个相对稳定，且能推进和保证寻亲甄别服务有序实施，确保基本政策落地，使合作双方互赢互利的措施与机制，才更能促进寻亲的有条不紊，坚实有效。

在对自身和各地寻亲工作研究比较之后，上海市救助管理二站从2014年开始，用了将近大半年时间，开展了不同地区、不同方法、不同的带队方式，分小组行动，带着流浪受助人员一起跨省甄别寻亲。并先后到了贵州、湖南、广东和江苏等地。

跨省寻亲，让我们感觉到了优势，也让我们发现了许多问题和困难。是否还要坚持走下去？我想起了著名哲学家黑格尔说过，只有长时间完成其发展的艰苦工作，并长期埋头沉没于其中的任务，方可有所成就。

于是，在实践的累积中，我心里逐渐萌生出一个能否与外省市携手联合寻亲的想法，以此推进跨省甄别寻亲。

　　2015 年春节刚过，一个拟在全国救助管理系统推进寻亲服务合作机制的思路逐渐形成，这是一个推动参与双方通过协议形式达成共识并携手合作，从而建立一个机制的模式。

　　这个机制主要建立在各地救助管理站之间的业务合作上，不同于之前部分救助管理站的"试送"，或者一般意义上的"站际合作"。

　　之前在寻亲方面的站与站之间的合作，都基于相互间的认识与情感，或者出于义务上的帮忙，没有一个法律层面的约束和支持。

　　比如"试送"，如果简单的从形式上来看，似乎与"跨省甄别联动机制"有些相像。但是，究其实质，"试送"与"跨省甄别联动机制"，还是完全不同性质的。

　　试送，仅以试试看的目的执行寻亲任务，由救助工作人员陪同流浪受助人员一起前往疑似地，请当地同行陪同寻找。找到家，就完成任务；如果找不到家，就带着流浪受助人员又回到原来救助站。

　　而"跨省甄别联动机制"则即便是第一次没有找到，也可以暂时先把流浪受助人员临时放在对方救助站，并按"跨省甄别联动机制"协议精神，由对方救助站继续甄别。

　　"跨省甄别联动机制"是建立在法律基础之上的一种带有一定目的性的约束与互动，是一种紧密型的合作，而非"试送"那样的松散。后者仅是一种帮忙。

　　在有些地方，各类设施设备齐全，外观架子很好看，但是几乎没有人救助。甚至有人还错误地认为，流浪受助人员越少越好。其实，那是自欺欺人。流浪乞讨生活无着人员绝不会因你消极救助，而自行消亡，或者避开你的"领地"。客观发生的事物不会无缘无故地生死，而是有其内在原因。所以，一味地消极救助，只会把自己晾了起来，给自己工作带来很大被动，或者增加意外风险，甚至于引火烧身。

"跨省甄别联动机制"体现为双方是一种"双赢"的救助关系。一旦求助者或流浪受助人员找到或查出身份和家庭地址，参与各方均按流浪受助人员离站办理业务手续。这反映为业务工作的连续性，并非仅仅找家而已。

"跨省甄别联动机制"的最大好处，就是极大促进了寻亲甄别的成功，让求助者和流浪受助人员看到回家的希望，沟通了救助站之间的业务交流，弥补了站与站之间的不足，增加和提高了相互之间的友谊与工作水平的质量，促进了我国救助政策的落地。

何为"寻亲"？

一般意义上的寻亲就是为流浪受助人员找到了亲人或者家。然而，在实践中，却不是这样完美无瑕。现实社会中有家不认，有亲不接的情况也会让人们备感烦恼与忧虑。

此时，"跨省甄别联动机制"恰是预防抵制类似情况发生的重要保证之一。"跨省甄别联动机制"对合作双方而言既是一种合作，也是一种责任，一种履职。这体现了大救助管理的关系，反映了救助功能的延伸与稳定性。

寻亲不仅需要寻亲者的积极努力，还需要社会各界的大力配合，特别是对有些老年、伤残等特殊流浪生活无着人员的寻亲。某种程度上来说，就好比一个完整的链条和系统，每一个环节都是确保目的得以实现的因素，缺一不可。

上海市救助管理二站与山东省烟台市救助管理站成为了国内第一家

签订"跨省甄别联动机制"的寻亲合作者。

上海市救助管理二站站长马超英（右）
与烟台市救助管理站站长王健（左）签约后的合影

　　这一机制在实际工作中的运用，成效突出是不争的事实。上海市救助管理二站在实施和推行"跨省甄别联动机制"以后的一年里，寻亲成功率从 15％左右一跃达到 30％左右。

　　从 2015 年 5 月开始，在往后短短不到三年时间里，就有 52 家来自华东、华北、西南、西北和东北地区的救助管理机构与上海市救助管理二站签订了合作协议，融入"跨省甄别联动机制"的寻亲行列。

　　当年"跨省甄别联动机制"还处于萌芽阶段时，国家民政部有关领导得知后，立即要求上海"速报部里，一起研究"。民政部社会事务司司长王金华在全国救助管理站站长微信群里表示，向七位站长喝彩！

　　2015 年的 11 月中旬，当时步履维艰的"跨省甄别联动机制"的签约单位才七家。而实际加上上海市救助管理二站发起单位，应该是八家。另外七家签约加入"跨省甄别联动机制"的救助管理站非常值得一提，他们是：山东省烟台市救助管理站；安徽省六安市救助站；江苏省海门市救助管理站；江苏省泰州市救助管理站；湖南省永州市救助管理站；江西省宜春市救助管理站和江西省萍乡市救助管理站。

面对全国近两千家的救助管理机构，以及三万名左右无家可归的流浪乞讨生活无着而安置在各地救助管理机构的流浪受助人员，寻亲任务十分繁重，"跨省甄别联动机制"却显得那么的渺小。

还处于萌芽状态的"跨省甄别联动机制"在建立时，大有"欲渡黄河冰塞川，将登太行雪满山"的感觉。好事多磨，一波三折。个别省份和地区对机制推行不理解，不支持，甚至批评已经签约的救助站，给基层部门施加压力。这使在实践中刚摸索出来的"跨省甄别联动机制"不断遇到挑战。尽管有国家有关部门领导的支持，但没有文件的口头赞成，却引来一些旁观者的"围观"。

回想起"跨省甄别联动机制"的建立，我内心心潮澎湃，久久难以平静。

"跨省甄别联动机制"协议中，拟定的合作条款并不多，只是将双方的权利与义务，围绕国家的救助政策范围作了一个简单的明确和分工。虽说简单，但是，究竟与哪里的哪一家救助站先签约合作？我心里没有底。"橄榄枝"伸出去后，还遇到了一些挫折，有的石沉大海，有的假客气一番，有的甚至笑话。反应不一的反馈，说心里话，我内心确实五味杂陈。但是，这并没有使我放弃建立"跨省甄别联动机制"的信心与想法。

我想，此机制不推，更有何招？难道别的省市救助站在寻亲方面都很顺利吗？难道其他救助站就任其随波漂流吗？难道大家不想寻求一种可以提高效率并减少资源的寻亲方式吗？

不是。我发现，其他救助站有的是一样的艰难，有的是一样的尴尬，有的是一样的困惑与忐忑，有的是一样的期盼。

一天，救助甄别科梁习武又为护送受助人员回家来到站长办公室。梁习武似乎看出了我的想法。"我们可以跟烟台市救助站谈谈。我和那里的李科长曾经在重庆一起参加过学习，我们认识。"他看着我的反应。我略加思索后："可以，你们可以到那里与烟台市救助站试探性谈谈。要把寻亲所遇到的情况和问题谈出来。听听他们有什么想法。"梁习武得到我的肯定之后，高兴地离开了。

没几天，正巧二站有一名山东籍流浪受助人员需要送烟台市救助站。于是，梁习武带队出发，他同时还受站长委托，带着另一个"使命"踏上了北上的火车。

从那天开始，我就有一种期待。我期待着烟台市救助站领导能够理解"跨省甄别联动机制"对于寻亲工作的重大意义。

但我又十分担心此行会毫无结果。矛盾的心理在我内心交织起来。

第二天，也就是梁习武抵达烟台后的第一天，梁习武打来电话。"烟台市救助管理站的站长去党校学习了，不在家。要过几天才回来。"

得到这样的消息，我本来就很矛盾的心，就更加没有底了。"好的，你见机行事吧，我相信，只要有对受助人员寻亲富有责任的单位，一定会对此感兴趣的。记住，凡事我们都可以商量。现在，谁也说不好各省市如何确立寻亲甄别的好方法。"我说完这些，心情反而舒缓了许多。

人有时就是这样，在劝导别人时，也同样劝导了自己。

几天后，梁习武他们回来了。刚进站的他径直就找到了我，汇报了在与烟台市救助管理站联系的最新情况。

又是几天过去，一天下午，我得到消息："烟台市救助站由站长带队，一行数人将在明天周三下午到我们站。深入交谈'跨省甄别联动机制'。"办公室主任黄欣告诉我。"好！做好欢迎准备。请甄别科、业务科还有办公室。马上到我办公室一起商量接待工作。"说实话，听到这个消息，我有点兴奋。虽然还没有与烟台市救助管理站站长王健见过面，但是，我却莫名地有种似曾相识的感觉。

很快，各有关科室的科长在站长办公室外面的小会议室坐齐。

翌日，我很早来到站里，再次交代办公室黄欣主任："你等一会儿把'跨省甄别联动机制'的协议内容给我，我再仔细看看。你让两个业务部门也再看看。"

那天，我先后与救助甄别科和业务科多次切磋了"跨省甄别联动机制"协议，并和其他站领导交流了有关协议内容的条款。记得当时在二站挂职副站长的柯盈还专门就条款和文字进行了仔细推敲。

天色黑了下来，去机场接烟台市救助站同行的车还没有回来。站里已经下班，而这时书记、副站长等有关人员依旧等候着烟台市救助站的一行朋友。

时钟敲响了晚上 19 点，去接烟台市救助站同行的面包车驶进府村路 500 号。烟台市救助管理站和上海市救助管理二站两个站的站长的大手握在了一起。一个为流浪受助人员寻亲甄别的"跨省甄别联动机制"就要在他们中间形成了。

上海市救助管理二站与烟台市救助管理站两站就"跨省甄别联动机制"深入交谈

创新有风险，而不创新因循守旧就不会有突破，不会有前进，甚至，在一定程度上还会更有风险。

那时，国内媒体先后报道过一些地方的救助机构发生了走失儿童死亡案、老人自杀案、救助站领导被杀案，等等。瞬时间，救助站被推向了风口浪尖，社会上对救助管理工作高度关注。其中，有的就是由于寻亲不到位、不及时而产生了重大问题。

寻亲压力越来越大，各地在实际寻亲中不断感到单单依靠自身力量经常会遇到许多困难，力不从心，势单力薄；越发认识到相互间的合作才是寻亲的有效力量，加大寻亲力度才能有利排除风险。

随着时间的前进，寻找并建立一个有效互利的跨省甄别联动机制，在我脑海里盘旋得就越来越频繁和强烈。

而今，一个有效的明确而又有制约性的机制，终于在上海与烟台之间签约了，这将会促进异地寻亲甄别的成功，并留下一笔难忘的寻亲记录。

一名女性自称"李金莲"，家住大桥镇，作为流浪受助人员，她的情况经救助站多次排查分析，范围缩小至广东省韶关的下属一个镇。于是，赴粤甄别行动小组迅速组成。这是继前两次的跨省甄别行动的第三次。

俗话讲：事不过三。这是人们对事物进展的一种提醒，要求人们在处理问题时要慎重，要有预警。否则，就会适得其反。

负责带队的救助甄别科副科长梁习武带队成功甄别出前两次的跨省寻亲。毫无疑问这非常鼓舞人心。但有很多好心人也担心失败。同样，也有人私下里认为前几次跨省寻亲成功是"额骨头碰到天花板"（意为碰巧了）的怪论。

因此，面对第三次跨省甄别寻亲，我果断决定，在不暴露自己意图的情况下，暗地里与第三次行动小组一起南下。目的是缓和冲突并支持跨省甄别的行动。也就是说，万一这次跨省甄别失败，责任在我。我就以带队领导的身份出现，来承担责任；万一成功了，则成绩归属梁习武他们的行动小组。保护尝试性的跨省甄别行动令其即便失败，也不为众议和误解，从而为找不到家的流浪人员留出一个跨省寻亲的机会。

我深知，上海这样一个大都市，被称为流浪乞讨生活无着人员的流入地。要想在寻亲甄别上有突破，不主动，不创新，或者不够大胆，一定是没有出路的。

同样，要想通过没有真凭实据的案例说服流出地和外省市，其难度也会比较大。而实际的跨省甄别让我们获得了成功，在半年不到时间里的几次跨省寻亲，成功率占了90％以上。

　　为了推动寻亲服务，在 2014 年决定跨省甄别寻亲行动时，我就有意安排刚进入上海市救助管理二站的新同事一起参加。因为这对此后二站的发展和职能科室熟悉了解一线工作十分有利。这个想法得到了站党支部书记吕梅英的赞同。

　　第三次跨省甄别行动小组组成了。这次我特地指派了刚应聘进救助管理站，还在救助甄别科实习的新同事司春涓再次参加行动小组，陪同流浪受助人员一起南下。她非常珍惜那次难得的南下寻亲甄别锻炼，毅然放下了她年幼的宝贝儿子。

　　说实话，跨省寻亲都要求行动小组成员事必躬亲，事无巨细，比方说：在外省市排队购票、夜间看护受助人员、租车问路、查地图、照顾受助人员吃喝如厕等。经常上山下村，与当地老乡打交道，克服语言不通，无车可坐徒步行动，长途跋涉等一切难以预计的困难，对每一位参与者都是一次生活和能力的考验与锻炼。

　　那天，一支五人行动小组出发了，依然是救助甄别科副科长梁习武带队。下午由上海南站乘火车南下广东。

　　上火车时，行动小组并不知道我也从后面与他们上了同一辆火车。

　　为了积累跨省甄别的资料，每一次跨省甄别，我都安排专人负责摄影摄像，记录每一个细节与问题，包括走山路、问老乡、行动小组开会研究问题等，尽可能地记录完整的寻亲甄别过程。那次也是如此。同行包括负责摄像摄影的江力嘉、业务科科长李建峰、管理科副科长陈夏耕、救助甄别科蔡蔡。大家各自按行动要求接受了自己的分工。

　　这些寻亲中的影像资料成了后来每年一度的"甄别研讨会"的真实素材，从中整理编辑出来的短片非常生动感人，具有难得的教育意义和历史价值。

## 一、"等不到妈妈不结婚"

2014 年夏的一天傍晚，上海南站一辆开往广州市的列车准时驶离出站。

在一晚上行驶的火车中，行动小组不忘抓住机会向"李金莲"了解情况。正巧，车厢里有一位送女儿来上海就读大学家住乐昌市坪石镇的女教师，当知道面前的人们是在了解"李金莲"家庭住址，为其找家时，她主动配合行动小组用广东话与"李金莲"交流起来。没想到，这位教师的方言竟与"李金莲"说的话，听上去是一样的。她们一口地方话非常熟练，"李金莲"也许好久没有听到乡音的关系，她显得十分高兴。在别人眼里她们可能是同乡相遇了。

司春涓想，如此巧合，莫非真的会出现奇迹？然而，让她遗憾的是，她们俩几经对话，却依然没有获得有价值的信息。老师说："听不太懂她说的意思。"

次日凌晨 4 点多，火车途经广东韶关站。在火车徐徐停下之后，一行人马陪着"李金莲"下了车。

刚下火车的行动小组成员立刻就感觉一股热浪扑面而来，到站台上时已热出一身大汗。

出了火车站，陈夏耕接着就去了旁边的出租车营业部和公交车站。不成想，出租车公司一听行动小组要去大桥镇，连忙摆手，用广东话回答了一句"那边是要走山路的"。陈夏耕再转向公交车站，车站发车时间要等到上午 6 点半以后。站在车站大门口的几个行动小组成员，先是被十分绕口的广东话弄迷糊了，接着又遇到不能及时赶路的车辆，他们抓紧寻找，感到有点着急。

等了好久，天渐渐有了蒙蒙亮光。"大家简单吃一点，我们必须马上出发，还不知道今天是什么结果呢。"我提醒大家。正在这时，一名私家车主感觉我们在找车。她凑上来问业务科长李建峰，一番嘀咕讨价还价以后。李科长建议："梁科，她有车，同意与我们一起进山查找。"梁科长眼神转向我，我马上回答："按照你的思路办，我今天是随行者。"梁科长嘴角会心地动了动。他们与车主又是一阵交谈，估计谈好了价钱。李建峰大手一挥。我们一行人乘上了私家出租车，按上海的叫法，就是"黑车"。

甄别行动小组的伙伴们此时一个也没有顾得吃上一口早餐。

负责拍摄的小江照例坐在司机后边的前排。车开前，女车主提醒我们："多装些水，接下来很远的。"我最后上车，坐在了面包车的前排，回头一看，个个都是没有睡醒的隔夜面孔。

车辆刚开出韶关市区，有的已经打起了瞌睡，小江也抱着摄像机睁不开眼了。那是因为大家整整一晚基本没有睡觉，实在太困了。

这时，我依然坚持着，尽管司机精神饱满地让我们都眯一会儿觉。但是，我怎么也闭不上眼睛。我不能错失一些不为人知的镜头。

于是，我抓紧拍下了几组镜头。这不仅是寻亲的需要，也是寻亲路上艰辛的见证。

山路，一会儿就出现在我们的面前。还好，都是刚修的路，两边却都是耸立的高山。一会儿，车辆又途经左面是大河，右面是高山的七弯八弯的公路。就这样，穿小村，过山寨，面包车一路向着大桥镇疾驶。

我提醒车主："注意安全，一切都要安全第一。"女车主会意地点点头。

大约快两个小时，面包车停了下来。大桥镇到了。

我们下了车，原来这里是广东韶关的乳源瑶族自治州的地方。果然，我们一下桥，面前就是一座长约 40 多米，宽约可对开两辆卡车的石头建筑的桥梁，桥的南边是高山，从南面过桥后就是大桥镇。

按说，"李金莲"到了熟悉的家乡应该睹物思情，非常激动。但是，跟我们下了车的她却是一脸茫然。梁习武心想，也许她离家时间太长，家乡的变化使她对镇上陌生了。陪着"李金莲"一路朝前走着，"李金莲"没有一丝惊喜。在镇上，我们一边问着，一边与"李金莲"聊着，想让她回忆起什么。可是，还是没有进展。

大桥镇边上

　　此时，有人提出，先找地方吃早点，然后再继续寻找。

　　话音刚落，一位在镇上等待接活的电动三轮车主旁边，突然冒出一名看似20多岁的男青年，他说，"李金莲"是他的婶子，多年不见了。

　　啊？在场的人不约而同地都惊叫出了声，我连忙问"李金莲"："你认识他吗？""李金莲"非常勉强地回答"好像认识"。旁边那位小青年继续说："她有两个孩子，都是男孩。""李金莲"接着说："是的"。"那你的家，你不认识了吗？"这时，梁习武和司春涓、蔡蔡见势悄悄地提醒那名自称认识"李金莲"的小青年："你叫你叔叔打一个电话来吧。"梁习武老练地说："我们就在那边店里吃早饭，你抓紧和你叔叔打一个电话，再问问，让他到镇上来接。好不好？"那位小青年非常热心乐意地说："好的"。

　　于是，我们陪着"李金莲"到了街西面的小饭店。

　　我们分析，这名小青年说的情况，的确可能性很大。但是，"李金莲"之前没有说她有过两个男孩子，只听说有一个，她广东话口音很重，有时我们也听不太懂，可能会有出入。

　　半小时过去了，那名认出"李金莲"的小青年没有再过来。陈夏耕坐不住了，出去找那位小青年。不一会儿，找到了那位刚打完电话的小青年。可是，这回他回答我们的却与刚才的话完全不一样了。"我叔说，我婶子前几天回来了。我可能搞错了。"

　　他最新的回答，让所有人的希望瞬间变成了失望。

　　人们对此感到不可思议。梁习武说："我们一起去看看，会不会'李金莲'是那边的人？"但是，那位小青年不愿意带领我们前去，借机离开了我们的视线。

我们几个吃罢带有广东地方特点的早餐米粉之后，继续寻问起来。店外的，店内的，我们几乎都问到了。

大桥镇上没有，上车，往原先掌握的坪石镇方向开。之前，救助甄别科对"李金莲"提到的地名，人名曾都做了筛查。现在，从地图上来看，"李金莲"所说的地名都集中在这一带，也就是说，很有可能"李金莲"以前对这一带比较熟悉。她家在这一带的可能性也非常大。载着行动小组的面包车沿途开着，路过一处小镇。镇上明显繁华了些，车速慢了，而镇上的中心路却让人感到年久失修，坑坑洼洼。车子好不容易驶出小镇，我看见一处附有蓝白相间颜色标识的公安派出所。"老梁，我们去派出所问问吧？建峰你看好吗？"我问他们。"我随便，去问问也好。"李建峰回答。梁习武点点头。"好呀。"他把想法告诉了司机，于是，我们的租车就势转入了路右边的派出所大院。

刚才，我们路过的就是梅花镇。在大桥镇"李金莲"也曾提到过的这个镇名。现在我们进入的就是梅花镇派出所。我想着在这个梅花镇会不会出现一线希望。

接待我们的民警是那天所里值班的一位老同志，后来我们才知道他已经有四十年的警察工作经验了。老同志得知我们的来意之后，他专门叫来"李金莲"，并用广东话询问了几句。然后，请我们在他的房间里坐下。梁习武接着把我们寻亲甄别的一系列情况给老警察详细说了一下。警察眉头紧皱："刚才，我问她的一些情况，她好像回答得很模糊，也听不太清。"李建峰想，你穿着警察服装，表情还那么严肃，"李金莲"能不紧张吗？我转脸看了看坐在一边的"李金莲"。站在一旁陪着她的司春涓看看我，神情也很严肃。面对老警察的询问，我们耐心地回答。

　　正在大家分析情况时，蔡蔡跟着一女警察进来，女警察对着老警察说："老廖，我查了，就是没有叫'李金莲'的人，而且大桥镇也没有。""会不会她说的不清楚？"司春涓提醒到。显然，司春涓是想争取派出所再查一遍。此时，女警察好像在等老廖的回话。我一看，说："警察同志，我们这名受助人员也没什么文化，可能也说不清楚。要不，我们去附近村子里实地看看，也许有人认识她，也许她能记起什么。"那位老廖警察听了我的建议后，严肃地想了想，用生硬的普通话说："刚才我问她也是这样，说不清楚地方。那我们就去村里转转。"他看了一下手表，这时已是下午 1 点。他起身给我说："你们等我一下，我去安排一下。"老梁马上递上一支香烟，老廖抬手表示谢意，转身就去了走廊那一边。蔡蔡紧跟那位女警察后面，也去了办公室，一会儿出来了。"马站，没有办法，他们可能有权限的，只能查到这里。"蔡蔡向我说。"没关系，我们上车，一会儿跟着老廖一起去村里转转。"

　　那天，派出所接待民警听说我们是乘火车陪着流浪人员来广东找家寻亲，很惊讶："你们从上海来的啊？今天早上刚到？"老廖问道。等在院子里的面包车女车主回答："是，我是当地的，他们几个都是上海来的。""没有想到啊！那么远。"老廖不可思议地走向他的警车，他们被我们的千里寻亲感动了。他在前面行驶，带着我们深入村子里面再去看看。

　　我们跟着老廖的车，又重新调头朝西，开出梅花镇，来到镇东一处小村子。我们也从车里鱼贯而出。

　　梁习武和蔡蔡密切关注着"李金莲"的表情。但是，"李金莲"依然没有反应，反而感到非常生疏。

　　我们一行人走在一条村子里的小路。问过一些在家盖房子的老乡，都不认识"李金莲"。随着警察再继续向村里走，边走边问。村里人并不多，冷冷清清。老乡们有的好奇地看着我们穿着深蓝制服的人跟着一位警察，不知道有什么事情。

　　只见前面路边上一户人家在盖小楼，脚手架竖在那里。老廖民警走过去向一位胖胖的施工老板模样的人说起来由后，他细问了几句后，"李金莲"胆怯地作了回答。那老板听后，似乎没听清，就把脸靠前凑凑问道："是'渔娘滩'吗？""李金莲"马上接住话："对，渔娘滩！""啊？真是'渔娘滩'啊？"胖老板重复问道。在得到证实后，他回头告诉了老廖。老廖说："'渔娘滩'，不是这个镇的吧？""'渔娘滩'好远嘞。我以前去那边做过装修。"胖老板说，还用手指了一下方向。"弄了半天，你是'渔娘滩'的？"老廖也如释重负地对"李金莲"说。我高兴地对"李金莲"说："你家在'渔娘滩'哪？"这时，"李金莲"好像看见了希望，拍着手回答我："对，就是'渔娘滩'的。"其实，"李金莲"所讲的话，带有很重的鼻音，一般都很难一次就听清楚她的话。

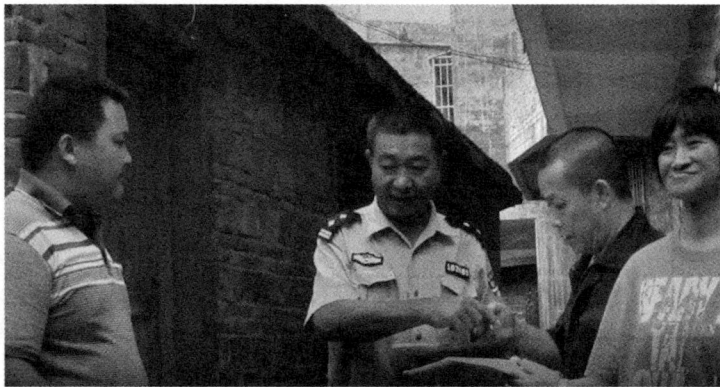

寻亲者与民警在一起为"李金莲"寻亲

终于，我们获得了较为可靠的线索，在那位胖老板的指点下，老廖民警介绍了大致方位："很抱歉，只能你们自己去找了"。我们谢过那位胖老板和老廖之后，出了村庄。

我们又继续向坪石镇开拔，挺进"渔娘滩"。

虽说，有了地址，但是要找到"李金莲"的家，还需要费许多周折。

车辆抵达坪石镇，这是一个四镇合并的大镇，隶属于广东省韶关市下属的乐昌市。不要看这是一座小镇，却有重要的火车站。

坪石镇地处交通要道，自古就是兵家相争之地，是广东通往内地的一个最北的出口，连接湖南郴州，西连广西。相传，太平天国头领洪秀全的妹妹就率兵驻扎在当地一座高山——金鸡岭之上。

那天正好是周五，派出所除了值班的，没有多余人员。

我们好不容易赶到坪石镇，谁知道坪石镇由于占地面积大，有两三个派出所。

一开始，我们了解到派出所在坪石镇十字路口的西面。大家正兴奋地要朝那里去。"老梁，安排人看护好'李金莲'，你跟我一起去派出所问问。"我给梁习武说。"马站，我一个人过去问吧？"司春涓突然站起来说。"我跑过去，应该不远了。"她继续说。我说："那就一起去，蔡蔡和'李金莲'留在车上。"这时，已经是下午 4 点多了。我们从坪石镇十字路的一个菜市口转出去，老乡告诉我们，再朝前走二三十米，就到了。果真，我们刚走入支路，就看见了派出所的牌子。让我们感到不理解的是，派出所竟然铁门紧锁，我们和公安人员竟在铁门内外对起话来。经过对话，才知道，我们应该去河西的一个派出所。因为，这个派出所不知道"渔娘滩",也不属于他们管辖。

无奈,我们又徒步找到坪石镇镇西派出所。在那里,我们终于查到了"渔娘滩"这个地方,这个地方是一个叫"河丰村"的下属村,相当于内地村里的"组",分散在河丰村沿河河边上的山里。如果没有熟人指路,我们恐怕两天也进不去找不到。

我们在最后一个派出所了解时,正好当天值班的民警是蓝副所长。当时在河丰村蹲点,听说过类似事情,在他的热情帮助下,"渔娘滩"村支部书记带着两位村委会干部很快来到坪石镇镇西派出所。

我急忙向其中一位干部模样的人了解情况,结果那位干部一口否认有"李金莲"这样的事:"没有,我们村里没有。以前很早有过一个人出走了,但不是她。"我让他仔细看看"李金莲",他看了看还是坚持说:"不认识,也不是她。"梁习武看看我,我怀疑地看着那位坐在我面前的干部。"不好意思,你再想想,听说你们的村子并不太大,像她这样的情况应该有数的。"我提醒他。"我是村里的治保委员,凡是村里的事,我都知道。"

另一边,只见"李金莲"点点头,原来梁习武和司春涓在问"李金莲"是否认识这个干部,她表示认识。现场的气氛让"李金莲"表情很紧张,她神情凝聚地看着那位治保委员。她心里在想,他明明认识我,为什么说不认识?就在我们不知下一步怎么办时,蓝副所长和年轻的村支书许昌盛走来了。"怎么样?你们认识不认识?"蓝副所长问治保委员。梁习武抢先回答:"他说不认识。但是,她有点认识他。"他向蓝所长指指"李金莲"。许昌盛书记说:"我刚当了村支书,还不是很熟悉情况。但是,我以前听说有过这样的事情。她叫什么名字?"梁习武马上回答叫"李金莲。""对，那家人家就姓李。"许昌盛果断地说。没想到坐在我对面的治保委员也说道："对对，那家人家是姓李。你这样一说，我倒想起来了，走失的那位不叫'李金莲'，是叫'李马莲'。"他的话音刚落，我们几个差一点笑喷。我心里在想，怎么会起这么好听的名字，像"吕马脸"？这谐音也太难听了吧？后来，经过那位蓝所长的纠正，才明白应该叫"李香莲"。我建议许昌盛书记和蓝副所长："我们还是到村里实地让他们看看吧？"蓝副所长非常同意："好，我最近也在那边村子里蹲点。我和你们一起去。""等一下，让我打一个电话。"许昌盛书记说。于是，我们一边准备下村，一边等着许书记的电话。几分钟后，许书记高兴地告诉我们："李家人正好在家，我们这就走。我让他们在家等着呢"。说完，我们纷纷下楼来到派出所的院子里。

　　出了坪石镇，跟着许昌盛书记的车，从大路转入一条河边支路。后来，我们一直沿着这条大河调头转进一个村落的小路。进入小路以后，路况就显得很差了。颠簸了近十来分钟，来到河边一处没有围墙的楼房前面，我们的车也跟着停了下来。

　　这时，楼房的主人已经等候在家，听到车子停在了自家门口的声音，他们走出来了。走在前面的是一满脸通红的壮年男子，紧随其后的是一位胖胖的中年妇女。

　　当我们陪着"李金莲"刚刚下了车，就听许昌盛书记问那位壮年男人"你快看看这是谁？"还没等许书记说完，男子就脱口而出："这是我妹妹啊！"他此话一出，现场所有人都舒了一口气。

　　找到了，终于找到了！我的随行伙伴和大家都会心地笑了。一个开始叫"李金莲"，刚才被误听成"吕马脸"，现在终于确定她叫"李香莲"，一个有着在当地很好听名字的流浪受助人员回到家了。

李香莲大哥热情地把我们大家请进家里坐下。从她大哥那里我们得知李香莲儿时得过脑膜炎，高烧使她变得迟钝了。在他妈妈的操持下，给李香莲找了一个岁数大一点的丈夫，婚后生有三个女儿，"渔娘滩"是她的娘家。他们兄妹早年丧父，就依靠母亲把他们拉扯成人。去年，老母亲又生病去世。听到这个消息，李香莲哭了起来。她不想让哥嫂和我们看到，自身悄悄地站起来出去了。隔壁大婶过来安慰李香莲："你妈妈临走前，一直叫着你的名字，她心里放心不下你。可现在，你妈妈已经走了，你也不要太伤心了。"周围一些邻居听说李香莲离家多年今天回到了娘家，都出来看看。

她大哥给我们说："我妹妹的三个女儿都很争气，最小的也大学毕业了，她们说，'妈妈不回来，我们一辈子不结婚'。"

为李香莲寻亲成功，这是跨省甄别的又一次成功。我给行动小组的伙伴们说："晚上我请大家吃饭！"

每一次的跨省甄别对我来说都是一次特别难熬的过程，一边是日夜想着回家的流浪生活无着的求助者；另一边则是敢为天下先的跨省甄别者寻亲者。成功抑或失败，我都是担当者。成功皆大欢喜，而失败则永留站史，还将影响今后寻亲工作。所以，每一次跨省甄别凯旋，我都是兴奋不已。我庆幸，我为流浪受助人员庆幸。

当然，任何事物都并非十全十美，面对寻亲未着，我也要坦然面对，因为那样可以吸取经验，完善跨省寻亲方法。

第二天，正值星期六上午。李香莲换了一身新衣服，特别是上身的那件浅蓝色花格子衬衫让她像换了一个人一样。她跟着河丰村党支部许昌盛书记和她哥哥特地送来一副刻有"千里护助，大爱无疆"字样的硬匾。

## 二、跨省甄别寻亲机制初战告捷

就在上海市救助管理二站与烟台市救助管理站刚刚牵手不久，一名疑似山东胶东的流浪受助人员被送往烟台市救助管理站。这是两站在跨省甄别寻亲工作中的第一次实战演练。

那名受助人员原来在几年前随自己的亲哥哥去山东烟台一带打工，年轻的小伙子经常和哥哥利用晚上去烟台市里看看。好奇的他，对烟台街道商店很感兴趣，他哥哥有时会买根冰棍给他吃，自己却舍不得。

让人遗憾的是，一天他感觉有些发热，就一个人出去散散心，结果走着走着，走到了一个自己都不认识的地方。他哥哥也因为弟弟的不知去向，而四处寻找。一段时间里，哥哥和一起来的老乡们怎么也找不到他，急切的哥哥还向当地有关公安机关报了案，然而依旧毫无音信。

无奈之下，两个月后哥哥只能打起包袱回家了。路上，哥哥几次红了眼睛，眼眶里饱含泪水，回家怎么给父母说？弟弟没了，去哪里了？

在火车上，他忽然看见车厢当中一位小伙子，那不就是自己的弟弟吗？原来他也回东北老家，竟然也不告诉我。他轻手轻脚走到弟弟背后，正想给弟弟一个大惊喜。没想到眼前的弟弟竟然还有一个叫他爸爸的孩子。他仔细一看，哪里是自己的弟弟，其实也就是一个与弟弟长得非常相像的人。那个差一点被认错的人，却被他的奇怪表情弄得丈二和尚摸不着头脑。哥哥无精打采地回到了自己的座位上，伤感与失望再一次笼罩在他的心上。

烟台市救助管理站站长王健得知上海市救助管理二站将转送一位疑似烟台附近的受助人员后，极其重视。立即找来业务科长和社工科科长等，在办公室研究接收事宜。"这是我们与上海市救助管理二站的第一次合作，也是对跨省甄别寻亲的一次摸底试探，千万不能马虎。俗话说：良好的开端是成功的一半。"

接上海市救助管理二站的工作人员回来了，一名说着类似山东胶东半岛话的受助人员在与烟台市救助管理站业务科长李沛乾对话以后，李沛乾发现，此人好像不是烟台本市的，极有可能是渤海湾一带的。于是，双方按照"跨省甄别联动机制"协议精神，将此人暂时留在烟台。李沛乾告诉梁习武："梁科，先把人留在这里，我们继续甄别。一有情况，我会马上通知你。放心回去吧，我们王站长特地交代过。"

第二天，上海市救助管理二站的梁习武一行乘上返回上海的动车。即便到烟台没有马上找出受助人员的家庭地址，他心里也很高兴。因为，像这种情况，如果放在以前，受助人员就要带回上海了。那样，受助人员不但会跟着来回跑地折腾；也会因为与寻亲者语言上的交流问题，使寻亲显得更不方便，机会就会错失。而这次烟台救助站按"跨省甄别联动机制"协议履行，开始了跨省甄别的第一单。这种诚信，让梁习武十分佩服。

梁习武一遇到高兴的事，胃口就会大开。

旁边一起随行的，正好还有在救助甄别科实习的陈燕萍，她拿出一盒方便面，悄悄地倒上开水泡了起来。

梁习武正和他人侃侃而谈，陈燕萍捧着热气腾腾的泡面端给了梁习武。"哦，谢谢！"陈燕萍道："梁师傅，快吃快吃。""好的好的。"说罢，梁习武拿起筷子吃起了刚泡好的方便面。"你刚来站里时间不长，就参加了跨省甄别，不习惯哦？有点辛苦吧？我们出来甄别都是连续作战。""没有，跟着梁师傅学到很多。"陈燕萍回答。看着梁习武呼啦呼啦埋头吃面的劲头，陈燕萍和其他随行的蔡蔡问："面好吃吗？梁师傅。""好吃好吃。"梁习武爽快回答道。其实，他心里还是因为这次烟台市救助站爽快的配合感到无比欣慰。他感到，"跨省甄别联动机制"这下搞大了。梁习武多次参加过甄别，但是，真的像救助站之间如此合作，还是第一次。他预感到，这次送去甄别的那名受助人员，寻亲成功的可能性极大。因为从两个站的行动中看出，大家对流浪者都怀有一份真诚的责任和寻亲的执着。

动车上笑声不断，为着跨省甄别的伙伴们笑话连篇。

事情才过去不到半月。烟台传来消息，送去的流浪受助人员家乡地址找到了，是东北辽宁省人，老家还有姐姐等亲人。不日，烟台市救助站就护送那位流浪受助人员返回东北老家。

烟台救助站的党支部书记李文泽带队前往东北，护送受助人员回到老家。村里人听说走失的孙家的弟弟回来了，好多人都围拢来观看。李文泽书记一行陪同受助人员乘着汽车，颠簸地走过泥泞的乡间小路。开到家门口下车时，等在家门口的姐姐和其他亲人都哭了，她们为自己的亲弟弟回家而激动；也为救助管理站不辞辛劳护送她弟弟回家而感动。他姐姐不停地说："谢谢，谢谢你们。"当得知她弟弟曾流浪到上海两年多时，她惊奇地说："他跑到那么远去了？没有你们帮忙他怎么也回不来了呀。"

令人惋惜的是，好不容易回到家的流浪受助人员孙老二得知，就在他与哥哥在烟台分手之后，哥哥因四处打听没有消息失望的回到老家。后来，哥哥感到无颜面对自己的父老乡亲，整天郁郁寡欢，最终生病去世。

回到家的孙老二再也见不到自己的亲哥哥，只能永远在内心留有不灭的思念。他内心的遗憾翻江倒海，看着自己老家的院子，没有说出一句话。他到底在想什么？

第一次牵手"跨省甄别联动机制"，就以流浪受助人员寻亲成功旗开得胜！

紧接着，我们还获悉，送往安徽省六安市救助站的两名流浪受助人员，到六安市救助站还不到一小时，就甄别出来其中一名的家庭住址。

这无论是对上海市救助管理二站，还是对烟台市救助管理站以及其他救助机构，都是一次十分令人鼓舞的大事。这再次证明了实行"跨省甄别联动机制"的可行性和重要性，尤其是对受助人员寻亲找家是多么的重要与难得啊！

纵观国内，2015 年夏末，救助管理机构系统性的大范围寻亲全面启动。

国家民政部、公安部联合发布 158 号文，要求"加强生活无着流浪乞讨人员身份查询和照料安置工作"。

同年 11 月，国家民政部又专门召开全国救助管理工作视频会议。民政部领导在会上提出"六必须，六不得"，再一次强调了寻亲工作，并对上海在全国率先开展血样比对给予了表扬与肯定。可以认为，上述两件事情更加细化了之前的寻亲甄别办法。

2016 年春天，"跨省甄别联动机制"得到了更多同行的认可。4 月，安徽省马鞍山救助管理站站长申贵琼和南京市救助管理站站长戴阿根，打算带领一行十余人来到上海，拟举办一次业务交流会。作为上海市救助管理二站站长，我在接到大家的建议之后，非常高兴。我感觉前来开会的站长，大多是来自江苏、安徽、浙江以及河南的一些同行，是一次难得的交流学习的机会。我想，千载难逢，不如把会议当成一次寻亲工作主题探讨，也借此好好向大家宣传一下救助管理机构的寻亲出路与设想。

于是，我就这一打算与站里党政领导交换意见，又将此想法告诉了马鞍山市救助管理站站长申贵琼。经过申贵琼与南京市救助管理站站长戴阿根等的协商，大家怀着试一试的心情，同意将这次座谈会取名为"华东地区部分救助站长联席会"。

那天，有南京、徐州、苏州、南通、蚌埠、马鞍山、淮北、砀山、台州、义乌、商丘等十余位站长到会，他们在会上纷纷就寻亲工作开展了激烈的探讨。大家来来回回就有些问题深入研究，气氛非常认真热烈。那是我第一次同时接触到这么多的站长，好多都是第一次见面。那天，市民政局社会福利处王伟民同志代表处里专程参加会议。原定当天会议有两个议程，除了上海市救助管理二站的寻亲方面的工作以外，还计划请时任安徽省蚌埠市救助管理站站长门建林再谈如何制约"跑站"的议题。门建林站长见大家对寻亲工作，特别是"跨省甄别联动机制"意犹未尽，就主动把时间给让了出来，结果会议一直开到傍晚 6 点多。

次日，同行们不顾疲劳，吃好早饭就与上海市救助管理二站签约，成为"跨省甄别联动机制"的成员单位。大家互相手拉手在大草坪上拍照留念。照片在微信群里发出之后五分钟不到，立刻引起全国站长群里各位站长们的集中关注。国家民政部主管全国救助管理工作的社会事务司司长王金华马上点赞，并幽默地写道："杭州有一个 G20 峰会，你们有一个 20 位站长联动，好!"

2016 年 4 月，又有 12 家救助管理站站长签订"跨省甄别联动机制协议"并在上海市救助管理二站广场上牵手庆贺

2016 年 10 月，上海市救助管理二站派出由副站长李长兵带队多部门参加的赴外省市考察学习组，集中考察学习外省市流浪乞讨受助人员的甄别寻亲和托养业务。考察组分别去了南京、蚌埠等地，取得了经验，交流了体会。

同年 11 月，在上海市救助管理二站第五届"甄别工作研讨会"上，

时任上海市民政局分管救助管理工作的桂余才副局长概括地提出，寻亲
要线上与线下结合、民政与公安结合、传统方法与现代科技结合，"三
结合"观点在受邀站长和与会人员中反响不小。

## 三、一失手割掉老父的头，他不敢回家

2017 年春天，在上海被救助的胡科凡，瘦弱的身体，一双聚神专
注的眼睛，头发花白。任凭工作人员怎么询问，他就是一言不发。后
来，救助甄别科的同志经多次甄别，他就以你问十句，他回答一句的样
子出现。救助甄别科分析下来，一致认为此人属于北方人，而根据其平
时吃饭时的口音推断，山东人的可能性较大。于是，就联系了山东烟台
市救助站。

几天后，二站组成跨省寻亲甄别行动小组陪同胡科凡乘车去了烟台
市。两个站的工作人员迅即对胡科凡进行甄别分析，并究其有关足迹。
烟台市的同行社工科隋之初科长推断，"听他说的地点，极有可能是我
们西面一带的地方"。当时在场的几位也感到胡科凡属于烟台西面东营
市的可能程度很高。

次日，两个站一行数人来到莱阳附近的一个村庄。刚下车，当地老
百姓就认出了胡科凡是曾在这个村一家养牛场干过的伙计。

人们指认了养牛场的所在地。见到养牛场的老板后，他承认，胡科
凡之前是在他这里干过。但是，老板并不知道胡科凡的家庭地址是哪
里。细心的烟台市救助站业务科科长李沛乾和上海市救助管理二站的张
维里商量："我们再到养牛场里面去看看。""好，李科。我们假装看他

们养牛，顺便问问里面养牛的人。"张维里说。没一会儿，他们俩出来了，李沛乾在隋之初耳朵边说："看来，里面的人也不知道，估计老板真不知道这个胡的家庭地址"。

结果，眼看就要破解的寻亲甄别，一时间又陷入了困境。

隋之初和梁习武他们两位科长不甘心就此放弃，他们一路不停地还在养牛场周围询问当地群众。但是，结果依然是一无所获。"老胡"李沛乾再次问胡科凡。"你自己的家住哪都不知道了？"胡科凡点点头。"是不是就在附近，你再想想？"李沛乾又说。胡科凡摇了摇头，还是没有接话。

两天后，按照"跨省甄别联动机制"的精神，胡科凡留在烟台市救助管理站，由烟台市救助管理站继续甄别。二站同志返回上海市。

两个月后的一天中午，我正在局里开会，突然接到来自烟台市救助管理站站长王健的电话。我接过电话，还没来得及正式回话，就差一点惊叫起来。"胡科凡的情况，已经有了重要线索。他在十五年前，因与父亲吵架，把他父亲的头给割了下来！"我听后感到十分震惊："啊？王站长，竟然是这么一回事？"我说。"是，后来他连夜出逃。目前初步甄别，这个人的老家应该是临沂一带的地方。"王健站长几乎带有兴奋地告诉我。"好！非常感谢你们。明天，我们就过去。"我当即决定，尽快赶往烟台，趁热继续甄别，为胡科凡寻找亲人送他回家。

第二天中午，我亲自带领梁习武和陈燕萍，匆匆赶赴山东烟台市。

抵达烟台时已是当天的傍晚。

当我和随行的同事走出机场时，烟台市救助管理站的业务科李沛乾科长在大门口正等待着我们。

出站时，烟台机场周围已是夜幕降临。

我们马不停蹄随着李科长赶往烟台市救助管理站，与还没有下班正等着我们的烟台市救助管理站王健站长进一步了解情况。

次日，他们一早赶到我们住的酒店。简单交流了出行的打算后，我们就驱车赶往地处山东东南方向的临沂市。

据当时王健站长介绍，当天我们一行还要途经临沂市的平邑市。然后再请他们带着去实地查找。

那天，与我们同行的还有专程从北京独自连夜乘火车赶到的《中国民政》杂志社的女记者李雪。她曾连续两次参与此件事情的实地调查采访。两次都是独自一人乘高铁来回于北京与烟台之间，路上一坐就是数小时，抵达现场就一头扎进寻亲甄别之中，从没一句怨言。有的只是默默地拍照和轻轻地询问。她的敬业，无疑让我们实际寻亲者信心倍增。她曾说："与你们在一起，我非常高兴，大家会让我感到人的毅力与坚强。"

载着受助人员胡科凡和我们几位的烟台市救助管理站的面包车，在南下临沂的高速公路上一路疾驰。

忽然，车外下起了一场大雨。车速明显减慢，天色也暗了许多。临近中午饭点，我们在服务区稍作休息。烟台市救助管理站王站长安排大家简单吃了碗面条，随即继续赶路。

又是两三个小时的路程。路上，王健站长一直与临沂市救助管理站的万站长保持着联系，却因为万站长手机应用不熟，他们时不时会联系不畅。原本想让临沂市万站长给发一个定位，这样就可以不用一直电话联系，方便双方。不成想，临沂的万站长不会发。于是，他们俩就经常保持着断断续续的通信，以确定各自的方位。记得那次路上，王健见开车的老顾因工作劳累，精神不佳，便亲自驾驶车辆开到平邑高速公路出口。

时值下午 3 点多，我们在平邑市下了高速公路。几分钟后，在前面领路的万站长和平邑市救助站的吴站长的车辆转入一个大院子，我们也随其后进入。下了车，我才知道，这里是一个乡政府办事处。我还在想，时间已经不早了，为什么还要弯到这里，大家直接到目的地不好吗？

万站长把我们带到楼上的一间办公室，进来一位负责人，大家寒暄了几句，见我们急着要走，就带着我们又从二楼下楼，上了各自的汽车。两辆车转弯进入一条小路。

不到二十分钟，我们来到了疑是胡科凡老家的地方，一个看似不算富有的村庄——卞家崖村。

在我们从上海来到烟台之前，烟台市救助管理站已经先后几次对胡科凡的情况进行分析了解，还送胡科凡去了烟台市精神卫生中心诊治。虽然，医生认为胡科凡的情况不算严重，但是，很明显感觉到，他受到过什么刺激，心灵伤害留下的阴影很大。胡科凡总体情绪是稳定的。为此，烟台市救助站就把胡科凡暂时放在福利院护理。就在救助站把他接回救助站询问时，不知是被感化，还是暂时的清醒，胡科凡流露出了他的过去。但是，从那以后，胡科凡不再提起自己的经历，闭口不言他老家在哪。而他那次点滴零碎的地名与经过，经过整理，被烟台市救助站推断出一个地名，那就是叫卞家崖的地方。

今天，在山东烟台市、临沂市和平邑市等救助站和乡政府的等多方面支持下，甄别寻亲人员来到了卞家崖村，一切情况到底如何，我和王健心里还真是有很大的问号。

车辆停在了村委会办公室门口。

卞家崖村委会就在被当地人称为中心街的大路旁边。没有院子围墙，村委会办公场所极其简陋，更不用说与沿海发达地区的村委会相比了。可想而知，卞家崖的经济条件显然还是落后的。

村支书非常热情地接待了我们。他叫卞立伟，在听说我们的来意，见过胡科凡之后，他说："好像没有听说过这个事，我也不记得这个胡科凡是俺村里人。"烟台市李沛乾科长就又详细介绍了一遍胡科凡的情况。此时，临沂市万站长启发村支书卞立伟："胡科凡是十几年前的事，那时候都还小。现在，本村姓胡的还有几家？"卞支书想了想，还有好几家呢。"我可以问问。"接着他拨通手机问了一个人。情况就此发生扭转，原来，接电话的人竟然就是我们带去的胡科凡的亲哥哥胡家民。"这样，不是我听说了，是你弟弟就在村里。"卞立伟给电话那边说。"什么？他怎么来的，他怎么找到家的？"胡家民接二连三地追问道。"不是，是被烟台市救助站送来的。你看，这样好不好，你马上来一趟村委会，我等你。"卞立伟说。"别了，他还有脸回来？俺爹就是他害死的，我才不去村委会。"说完，就挂了电话。卞立伟收起电话："这个事比较麻烦，没想到这么巧找到了他哥。可是，就因为当年他把他爹害死了，现在怎么回家呀？"卞立伟感到棘手了。我一听，胡科凡老家还真就是卞家崖村，心反而放下了。只要家在这里，事情就好办。否则就还是无头案。经过大家一再商量，说服了卞立伟支书。于是，他带着我们去找胡科凡大哥的老家。刚一出门，就遇上了天上下起了小雨。我们也顾不上找东西遮挡，跟着卞立伟穿过村里一条条小胡同。在村东，他领着我们到了一家大门前。

他上前敲门，可是，大门紧闭。我上前一看，还上了锁。铁将军把门了。紧锁着的门口外有几个鞋印，很有可能，这是胡科凡的大哥有意避开了。

无奈，王健问："还有其他可以找的地方吗？他妈妈呢？"卞立伟回答："他妈妈倒在，不过不一定在家。我们可以去看看。""对，我们既然来了，还是应该看了再说。"王健说。

我们又接着离开紧闭的大门，跟着卞立伟冒着滴答不停的小雨一路弯到胡科凡妈妈的老家。这是一处很旧的小院子，周围到处是杂草，仅有一条大约不到五十公分宽的羊肠小道。胡科凡妈妈的大门也是反锁着的。邻居告诉我们："屋里就一老人，每天老人的大儿子给送饭，老人家也不出门。她不记事了。"这时，四五个人都等在了大门外，只见卞立伟书记弄开大门，拨开蜘蛛网。我们带着胡科凡就跟着走了进去。

映入人们眼帘的是满院子杂草长得齐腰高，人们鱼贯而入，一位老太太坐在堂屋门口木讷呆滞，她紧张地看着进院子的人们。她就是胡科凡年近八十岁的老母亲。

据说，胡某的母亲患有阿尔兹海默症（老年痴呆症），每天都是由老人家的大儿子家负责过来看看。

人们陪着胡科凡挤进屋里，胡科凡十分紧张。平邑市救助站站长问坐着的老人："大娘，你认识他吗？"老人家看看，嘴里不停地在问："你们是哪里的？""我是村书记，今天带你儿子回来了。"卞立伟说。李沛乾拉着胡科凡坐在了老人家的面前，有意让他们母子俩相认。可是，人们万万没有想到，看见的却是非常意外的一幕。

胡科凡看着养育自己的母亲，竟连连说"不认识，我不认识"，声音有些颤抖。而对面的母亲却也一口否定认识胡科凡。

母子相见，本应是欣喜若狂，或者相拥而泣，激动万分。但是，令人惊讶的是，两人竟不相认。

事情回转到十五年前的一个晚上。胡科凡的父亲忙完了一天地里的农活，疲惫不堪地回到了家。老伴已经烧好了晚饭，拿出来蒸好的馍馍，一家人围坐在饭桌前坐下。胡科凡顺手拿起一个馍馍吃了起来。老父亲无意识地说："看看，活不会干，馍倒吃得快。"说着也接过了老伴递过来的热腾腾的馍。"他有病，你别说他。"胡科凡的妈妈劝说道。正吃着馍的胡科凡心里不太高兴，心想，我在这个家里就没有自由。以前天天读书，现在又让我干活，我要出去挣钱，你们又不让。据说，胡科凡在老家读书时，成绩很好，用现在的说法，就是学校的"学霸"。父子俩一来二去，竟然争吵了起来。老父亲把手里筷子一摔："怎么了？我还不能说你了？不要忘了，你学习再好，我是你爹！没有我，你读个屁！"胡科凡刷地站了起来。他父亲一看："怎么，你还敢打我不是？"说着，他父亲也站了起来。旁边的老伴一看，这父子俩吃着吃着饭吵起来了，就忙不迭拉架。她刚要站起来，只看见胡科凡抓起一把镰刀朝自己的父亲挡了过去，这哪是挡他父亲的巴掌啊！那可是他母亲上午刚刚磨过的镰刀！"刷——"站起来的老母亲只看见老伴的头颅被儿子用那把锋利的镰刀给割了下来！父亲倒下了，他无缘无故地倒在了亲儿子的手里。"儿子，这可怎么好啊？"愣在那里的母亲惊呼道。一时间，胡科凡不知如何是好。突然，他扯出一块布把他父亲的头颅包了起来，跌跌

撞撞的走到院子里。"你要干什么？"他母亲急吼着问他。胡科凡扒开在
院子东面的地窖，把他父亲的头颅放了进去。患有间歇性精神分裂的他
想掩盖，想悔过，可惜一切都挽回不了他父亲的生命了。被现场短短几
分钟发生的事情惊吓住的他母亲几乎晕倒了，捂住跳得快要蹦出来的心
口。"这下我看你怎么办？我看你还往哪跑？"她瘫在了椅子上。这一句
声音不大的话语，似乎惊醒了胡科凡。他进屋朝着瘫坐在椅子上的母亲
猛磕起头来，忽然起身跑出了院子。"你还干什么去？"母亲有气无力地
向跑出院子的胡科凡喊道。她明白，这个儿子精神上有问题。可是，胡
科凡的母亲不知道，儿子这一跑，却再也没有回来，甚至杳无音讯。短
短几分钟，老人家就注定了这辈子夫丧子离的结局。

　　而今，小儿子回家了，却母子不再相认。亲哥哥容不下杀父之恨，
躲避不见。近亲和邻居们也是无可奈何心有余而力不足。村支书卞立伟
在了解了整个事情的经过以后，他非常感慨，愿意自己掏腰包养活胡科
凡。他说："村里没有福利院，也没有钱，我还有个施工队，要不我先
把他养起来。"虽然，我和王健站长听了卞书记的表态很感动。但是我
们不同意这样做。因为政府的现行救济政策完全可以解决胡科凡的救
助。然而，卞立伟似乎不清楚也没有遇到过眼前这样的特殊情况。于
是，我们与对方进行了救助政策实施的解读周旋。

　　最终，胡科凡的落脚地暂时由平邑市救助站救助，待他所在村委会
为其办妥身份证明和相关生活救助。

　　无疑，这又是一例很有说服力的"跨省甄别联动机制"寻亲成功的
案例。没有"跨省甄别联动机制"的可靠运作，胡科凡因病过失杀父的
遗憾与悔恨将永远折磨着他，而因此远离家乡流浪在外的生活不知何年

才到尽头。

## 四、大都市也有人文关怀，上海建成流浪者的驿站

上海市除了在市级层面有两个分工不尽相同的救助管理站以外，另外还有两家地处江苏省盐城市的上海市飞地——上海农场内的"上海市流浪乞讨受助人员安置所"。

一家是位于大丰市四岔河镇的"上农安置所"；另一家，则是距离四岔河以南40多公里外的东台市大桥镇附近的"川东安置所"。川东安置所成立于2003年，上农安置所成立于2004年。当年，还分属于川东农场和上海农场两个单位。2014年5月前后，随着农场体制改革，光明集团将原有的上海农场、海丰农场和川东农场合并成立新的"上海农场"。其后，川东安置所和上农安置所也都划归上海农场，属于"农场生活服务有限公司"管辖。

两个安置所在21世纪初收容遣送改为救助管理之后，在上海市人民政府的同意下，着手接纳暂时找不到家的流浪乞讨生活无着人员。一开始成立时两个安置所的铭牌上都是"上海市智障流浪乞讨人员安置所"。

2014年6月，两个安置所的业务指导，按照上海市民政局党组会议决定，由原上海市救助管理站负责划归上海市救助管理二站接管负责。

2015年元旦刚过，上海市救助管理二站就在上农安置所召开会议。时任上海农场场长助理杨玉飞一起出席。两个安置所的中层干部和业务

骨干以及个别受助人员代表参加了会议。

那次会议对如何解决流浪受助人员安置管理，统一了思想，端正了观念。

安置所自成立以后，当年的司法方面和后来的农场方面都做了很多工作，为解决上海市流浪乞讨生活无着人员的生活做出了努力。

那次会议让所有与会者最感到新鲜的是，在安置所生活的暂时找不到家的所有流浪乞讨受助人员都可以在找到家后离开。这使两个安置所的干部为之一振。举办那次会议就是要让大家明白一个道理。那就是，安置所是解决流浪乞讨人员的暂时生活困难，绝非一成不变。既然有进来，就会有出去。我们接管的目的就是让已经进入安置所的各类受助人员动起来。所谓动起来，就是指不想当然地让进了安置所的受助人员永远住在安置所不动，为他们养老送终。而是要加强寻亲服务，对安置所的所有受助人员，要一个一个甄别。随时调回上海市救助管理二站继续甄别，给每一名流浪受助人员以寻亲找家的机会。如果说，二站是一个周转站，那安置所就等于是一个临时驿站。这既符合国家救助管理的政策，也符合人的生存需要。救助管理站就是一个解决临时性生活困难的兜底性社会救助机构。为流浪受助人员寻亲回归家庭，回归社会才是不变的真理。

从那一年起，我们将寻亲内容加入了双方的合作条款。每年加以考核。很快，安置所就有了甄别成功的消息传来。

寻亲的消息在受助人员之中传开了。每一次我们到安置所，都会有人拉住我们想要回家，在之后三年左右的时间里，两个安置所就有 20 余人回家。

尽管政府几次拨款改造完善安置所的生活环境，生活标准也比往年提高，但是依然挡不住流浪受助人员对家的期盼。

俗话说：金窝银窝，不如自己的草窝。可见人们的思乡之情有多么强烈。

凡事就在于推动。从此，两个安置所寻亲工作走上了日常业务轨道。时任上海农场场长的柳玉标曾给上海市民政局桂余才副局长说："我们不仅要抓好经济效益，也要承担一定的社会责任。"这看似平凡无奇的话语，却道出了一位企业家的内心真实的写照与胸怀。

世上任何事，都不会是绝对的。对任何有责任的企业来说，经济效益的确是最大的追求目标。然而承担社会责任也是维护企业形象与发展必不可少的重要举措。诸如此类，在国内外许多重大抢险救灾和抗击疫情时，一些企业的善举例子举不胜举。

同样，在解决流浪生活无着人员安置的同时，也会引来世人的关注和点赞，而促进和帮助加大流浪受助人员的寻亲甄别，更是一项难得的道义之举。

2016年上农安置所修缮结束时，两个安置所铭牌全部改为"上海市流浪乞讨受助人员安置所"，把原来的"智障"两字拿掉，以更加准确地表述和反映安置所的实际情况，更好地保护流浪生活无着人员的隐私，也更好地维护管理人员的尊严。

2016年4月的一天，江苏大丰至南通沿海，起了大雾，弥漫于江苏沿海。就连G15高速公路都不得不临时关闭。

当时，上海市民政局朱勤皓局长与我约好，将从民政部南通现场会会场直接去两个安置所看看。

那天一早，视线被漫天的大雾所掩盖，伸手不见五指。我担心地给局办公室主任朱勇打电话，得到回音是："我们马上出发，先去川东安置所。""朱主任，现在这里大雾。"我提醒道。"朱局没说改变时间。"朱勇肯定地回答我。

那天，朱勤皓局长一行见高速关闭，就直插省道公路，顶着大雾一路急驶而来。大雾丝毫没有影响领导的计划。

从川东安置所出来，赶到距离四十公里以南的上农安置所时，气温骤然上升，汗珠渗出额头，他们没顾上休息就直接去了流浪受助人员生活管理区域。

快结束时，朱勤皓说："今天在两个地方都有人提出想回家，可我知道这里的情况比较复杂，好多人智力和精神上都有些问题。你们甄别任务很重。要克服困难为他们寻亲甄别，让他们看到希望。"

就在那次之后不久，上农安置所食堂管理员杨红在值班的当晚，偶尔听到一位流浪受助人员说话音调很像大丰当地人。这引起了她的注意，因为她亲戚就是大丰市区的。平时话不多的杨红回到办公室，找出花名册，才知道那位受助人员叫"武建国"。

次日，杨红特地把"武建国"叫到办公室，再次了解一下其他情况。没想到，"武建国"却不讲话了。一旁的同事也提示性地问"武建国"，他就是不说话。"你不想回家吗?"杨红此话一出，"武建国"立即抬头看了看杨红："想的。"一言不发的"武建国"被一声回家启发出声。几番对话，杨红发现此人竟与自己的表哥住一个地方，但是，现在那里已经拆迁。

杨红想，既然曾与表哥住在一个地方，通过表哥家人再找找看，也许会有新线索。当天，杨红就给住在大丰市的表哥打电话说明了情况。

周一，杨红便接到来自大丰市的一个男人的电话，他听了杨红的介绍后，表示马上就动身。一个小时左右，一位五十岁左右的男人来到地处四岔河北面的上农安置所，他就是"武建国"的父亲，当"武建国"见到自己的父亲时，十分惊讶："怎么搞的？这不是我父亲吗？你们怎么会找到我父亲的？"随后，他眼圈红了，他父亲哭了。两个男人相视着，房间内寂静得只能听到室外的麻雀叫声。后来，还是杨红打破了沉静的局面："找到父亲了都应该高兴。"大家纷纷都说："对，对的。"后来，人们才知道"武建国"，原名叫邬吉阔。他从二站转到安置所还不到半年，竟因为一句话却幸运地找到了自己原以为没有任何希望的老家。

提到安置所，就会时常出现老同志徐建平的影子。初看上去，他走路风风火火，说话声音洪亮。对安置所的热情占去了他退休前后的十余年的光景。

2015 年 8 月，连续两天的台风，煞是逼人。危害之大，面积之广成为当地五十年一遇的大台风。

看到这一新闻，我迅即联系上了负责安置所工作的徐建平。

在电话里，我得知安置所情况非常严重。上农安置所连接外面的唯一通道，一座被列入农场危桥的水泥桥下面，八九米宽的河流里的水也已涨到桥面，不知道的人无法想象这里还有一座桥。

此时，我想我必须以最快速度赶去现场。一来是实地查看险情，所内受助人员到底受影响到什么程度；二来为下一步安置所修缮摸清情况。时任上海市民政局分管救助管理工作的蒋蕊副局长接到我的请示后，指派当时还在福利处的王伟民科长和我一起驱车去了 300 公里外的上农安置所。

当我们的车辆来到安置所外的小路时，只看见沿路小树统统被刮成 80 度歪斜。安置所内水泥电线杆被刮断，一片汪洋出现在我们面前。上农安置所所长费存磊和沈冬令拿来了雨靴，但根本没法遮住将齐膝深的雨水。我和同去的王伟民、李建峰和办公室的张维里当即脱去鞋袜与徐建平等一路慢慢涉水行进。我看到管理区域的受助人员在旧房间里因为积水无法站地而被迫坐在床上。

安置所内已经看不见一条路，看见的只是深 60 公分左右的"汪洋"一片。我们几位深一脚浅一脚地趟着漫延的水，水面上时不时有飘着的粪便。我一个区一个区地查看，一直到傍晚时分。

安置所开启晚饭时，工作人员只能站在水里从宿舍外向里传递饭菜。那天的印象，使后来改造拨款有了更加具体的依据。

那次回到上海的晚上，我浑身发软，体温增高。无奈，太太陪着我去了医院急诊。医生给做了检查，并吊了一瓶盐水。让人不可思议的是，以前，一旦吊了降温的药瓶，一定是吊瓶里的水下降，我也会感觉热度在下降。然而，那天不是，吊瓶里的药水没了，我依然热度很高，护士给我测量了以后，吃惊的表情让我也感到更吃惊："咦！怎么还高了?"我有气无力地看着护士。天亮了，医生看了我的验血报告，各项指标均属正常，他建议我住院检查，否则没有办法检查我到底是怎么一回事。我当时第一反应就是不行，没时间住院。我心里很焦虑，有一种说不清的烦躁不安。

那天晚上，住在救助甄别科的一名女性聋哑受助人员，因羊水破裂被抢救去医院生下一女婴，而她到底是哪里人，家在哪里，都还不清楚。

医生坚持他的意见，但见我的态度丝毫没有回转的意思后，说："要不去隔壁传染病科再检查一下？"我同意了。一小时不到，检查结果依然是没有发现其他异常。最后，医生只好答应我回家休息，有情况随时到医院来就诊。

回到家，我仅仅吃了医生配给我的半片"SMZ"退烧药，睡了一觉起来热度就退去了。事到如今，我都还不知道自己当时是怎么回事。

第二天救助甄别科告诉我，那名女性聋哑产妇的老家找到了。原来，小两口吵架，一气之下，她和丈夫都赌气外出。可是，到了晚上，丈夫回家了，她却走错了地方。这一赌气，竟让自己离家数月。婆婆和娘家人知道她已经怀有身孕，急得几天在外面寻找，茶饭不思。

直至到了二站，感受到了无微不至的关心，女性聋哑孕妇才放心了，开始有了缓和的表情。特别是在生下自己的小宝宝以后，她深切感受到了每天围绕她和小宝宝身边，忙里忙外的张维里和蔡蔡等的关心。过意不去的产妇向她们吐露了心声。但是，张维里和蔡蔡看不懂她的手势，就拿来纸笔。最后，她们从聋哑产妇歪歪扭扭的字里行间分析出了线索。

那位产妇老家原来是河北邯郸的。当她的丈夫和婆婆及家人一听说人在上海，迫不及待地当天就想乘高铁来接她。

也许心情转好，我身体到下午感觉轻了很多。但是，就在当天上海电视台记者采访我的时候，就在短短十几米的路程上，新换上的工作服后背全湿透了，人虚到了无力站着的程度。

那天，从邯郸赶来二站接产妇的丈夫、婆婆、还有妈妈，一看见产妇心就定了。婆婆抱着大胖孙子，不停地朝大家鞠躬致谢，激动万分。

## 五、联手合作，铺就"雪苓"回家路

在河南省商丘市救助管理站遇到了一件在其他救助管理站也会时常遇到的事。

2014 年 1 月，临近一年一度的春节。商丘市救助站接收了一名带有北方口音的流浪生活无着的妇女。

在例行询问了解过程中，救助管理站的工作人员没有发现和得到任何显著符合地址要求的答复。

他们把此事及时向站长崔亚南报告，同时，也及时通过公安机关查询、报纸刊登寻人消息。后又联系"宝贝回家"和 DNA 血样比对，全国救助寻亲网登记等，几乎用尽了当时可以利用的寻亲渠道。但是，等到的回应基本都是一样，找不到求助人员的家庭信息。

寻亲遇到了困难，这位女性流浪受助人员的家在哪里？

过完春节，崔亚南召集了分管业务的柳副站长和其他有关人员，对近期流浪受助人员寻亲甄别工作进行系统分析梳理。

"对于年前进站的那名带有北方口音的受助人员，我们要加大查找范围。现在看来，依靠现有的科技手段，不一定会有新的动向。要发挥我们深入细致、不厌其烦的精神实施查找。"崔亚南在会上要求与会者。

"站长，最近她说了一个人名，叫'秦雪苓'。我们还没有最后确定这是谁的名字。"与会中的胡科长说到。柳副站长马上接过话："那我们就针对这个名字继续试试，到底是不是她的名字，同时看看是否还有更多的信息。"

2017 年 6 月，赴上海应邀参加"华东部分救助管理站长联席会"会议以后的崔亚南乘车返回。

火车在铁路上飞驰，一行行穿天杨树在沉思着的崔亚南目中也飞一样地划过，她丝毫没有欣赏路边风景的心情。

这次联席会议上多位站长们的发言和会下站长们的交流，让崔亚南思绪万千……

在将要进入老家河南省的地界时，崔亚南站长心里也萌生了一个想法。"我们何不向兄弟省市伸手请求支援，共同为那些暂时找不到家的流浪受助人员跨省寻亲呢？"

想到这里，崔亚南脸上无意中露出了微笑，她下意识地推了推眼镜。"多美呀！看看这两边的庄稼。"她赞美着铁路两边的风景，好像她刚刚上车才看见路旁的一切。

商丘市救助站不久就将"秦雪苓"的情况向几个疑似地发出协查信息。一段时间后，山东省济南市救助管理站就反馈了甄别消息。"秦雪苓"很像济南市下属的长清区五峰街道西菜园村人。

听到这个消息，柳鹰副站长立即让业务部门将"秦雪苓"的照片予以核实，并向崔亚南作了报告。崔亚南立即拿起办公桌上的电话与济南市救助站的王子福站长通话，电话对面的王站长在电话里响亮地告诉崔亚南："崔站长放心，现在看来没有太大问题。这个人的真名叫'秦雪莲'，今年 55 岁，已经出走了十多年了。""那太好了，她在我们这里就快四年了。这不，眼看又要过年了，终于可以和家里人团圆了。"济南市救助站站长王子福说："你们什么时候来，我们再一起下去核实一下，确定她的最终身份。"

2018 年 1 月 18 日，商丘市救助站崔亚南站长驱车前往商丘市以北的山东省省会城市——济南市的救助管理站。

下午，泉城脚下，晴空万里。西菜园村的亲人们拉起了表示欢迎秦雪莲和感谢救助站的大横幅。这时的秦雪莲在崔亚南和王子福的护送下回到了久别十多年的家乡。她控制不住激动的心情，反复念叨着："这是真的?"

秦雪莲的家人涌向村口，含着眼泪迎接这个十七年前因病出走而寻找无果的亲人。回到家的秦雪莲，有人叫她娘，有人叫她婶子，还有人叫她奶奶。她三十八岁那年因病离家，而今，十七年之后的她，在老家已是奶奶级的老太太了。

可见，如果脱离了责任的驱使，寻亲就会变成无谓的劳动，而联手合作，将会使寻亲的作用在每一次成功之后发挥到更加极致。只有对所有蛛丝马迹不厌其烦、不辞辛劳地跟踪研究与分析，才能体现出寻亲的终极目的。

### 六、听见女孩的呼声，"妈妈为啥不要我?"

2013 年腊月，江西省萍乡市市民打电话到萍乡市救助管理站，说是一名女子在高坑围子医院附近流荡。

萍乡市救助管理站接到电话后，闻讯立刻前去察看。

一名穿着单薄，头发凌乱，大约 20 岁左右的女性被接到了萍乡市

救助管理站。经过初步询问，这名女子符合救助的条件。于是，萍乡市
救助管理站对其进一步登记检视。

被救助的这名女性说："我叫周嘉，家住吉安吉水。""你为什么在
外面流浪，不想回家呢？"工作人员问她。周嘉摇摇头又接着点点头。
"你自己认识路吗？"工作人员继续问她。周嘉低头不语。接下来，无论
工作人员怎么问，周嘉不再回答。

看着眼前的周嘉，萍乡市救助管理站的工作人员一筹莫展。

根据周嘉的情况，她在萍乡市救助管理站住了几天后，依然没有更
多的回家信息。相反，萍乡市救助管理站还发现，周嘉精神恍惚。为了
获得进一步的信息，周嘉被送往萍乡康宁医院作进一步的体检和治疗。
但是，周嘉的寻亲找家已被列入了萍乡市日常救助管理寻亲的日程。尽
管萍乡市救助管理站通过公安有关网站和其他可以帮助寻亲找家的渠
道，分别发布了周嘉的个人信息，可是，丝毫没有得到相应的回应。

一年后的一天，本省的邻居，江西省吉安市救助管理站领导到萍乡
市救助管理站联系业务工作。"正好，麻烦熊站长你们帮助听一听我们这
里一位小姑娘的话。她说她是吉安人。"萍乡市救助管理站年轻的站长陈
勇说到。说着，他与吉安市救助管理站一行人来到周嘉居住的房间。

"周嘉，你老乡来了。"萍乡市救助管理站的陈勇笑着对正坐在房间
里的周嘉说。周嘉抬起头，微笑地看着进门的几位既熟悉又陌生的人。
"周嘉，这几天还好吗？""周嘉比以前还要白了。"一旁的女工作人员小
吕插话道。周嘉站了起来。

"你叫周嘉？"吉安市救助管理站站长熊军问周嘉。

"是的。"周嘉轻轻地回答。

"你家在哪里?"熊军又问。

"吉安吉水。"周嘉又回答道。"我家有田。"周嘉自己又加上了一句。"还有什么?"熊军再问。

"还有伯伯。""家里地址你记得吗?"熊军站长问道。

这时的周嘉几乎又陷入两难的感觉。她想回答,但是,她真的说不清自己家的地址。因为在这之前,她说的地址都不对。她也知道,说不清地址,怎么才能回家呢? 周嘉面对这个问题,她内心非常着急。这时,站在她左边的萍乡市救助管理站的陈站长安慰她说:"周嘉,不用急。只要我们找到你家,或者你想起来你家的地址,我们就可以送你回家。"周嘉听到这句话,激动地使劲点头。

随后,两个救助管理站又分别问了一些情况,就退出了房间。

"刚才和周嘉简单说了几句话,看来她的确是吉安那边的人,要不这样,我们回去根据她说到的几个地方,继续了解。一有线索,我们通知你们。"吉安市救助管理站站长熊军用商量的口吻说道。萍乡市救助管理站站长陈勇立即表示同意:"好的,我们保持联系。"

就这样,两个站领导就此话别。看似没有更多的承诺,然而,为周嘉寻亲找家的事,却在后来的工作中成为两个单位不间断的寻亲内容。

回到吉安市,吉安市救助管理站即将周嘉的详细情况在当地新闻主流媒体上刊登。每次下乡都会专门打听了解类似周嘉的线索与情况。

斗转星移,时间不断前行,救助管理站为周嘉寻亲找家的信心没变。

这天,萍乡市救助管理站站长陈勇的手机响了。他刚接通对方电话还没定下神,就露出了欣喜的笑容。手机传出对方的话音:"陈站,这是真的消息。周嘉的家终于找到了!""你们辛苦了! 谢谢你们,谢谢熊站。"陈勇通过手机感谢对方。"哪里的话，还是你们有心。"吉安市救助管理站站长熊军在电话里说。

次日上午，萍乡市救助管理站带着周嘉一起乘着站里的汽车，前往离别好几年的吉安老家——油田镇松江村。

中午，周嘉见到了分开多年，终日期盼她回家的奶奶和伯父。

周嘉的父亲早年离世，撇下她和年轻的妈妈。但是不久，妈妈又改嫁他乡。

周嘉记得，那天幼小的她一早被哄着出去，到街上买好吃的。等小周嘉回来时，发现妈妈已经不在家里。到了晚上，奶奶却让她跟着奶奶一起睡觉。她哭闹着要妈妈，可是家里人没有一个明确告诉她妈妈已经改嫁的消息。因为，周嘉太小。

从此，周嘉就跟着奶奶在伯父家生活。在农村，有着这样经历的一家，生活无疑雪上加霜。世俗的偏见，封建传统的影响，导致年少的周嘉精神备受打击，她变得恍惚起来，时常出走就忘记了回家。"以前，周嘉的学习很好，成绩在班级里都是前三名。这次走的时间最长了，我找了很长时间，也没有找到，亏得你们把她救助，还找到家。太感谢你们了。"周嘉的伯父说。"今年都快二十七岁了，还像小孩子一样。我年纪已经大了，想到她父亲，看着周嘉，我心里难受。"奶奶说着，眼睛里泪水已经控制不住。

原来，周嘉因父母的离别，转眼就变成了没有爸爸妈妈的孩子，内心遭遇了前所未有的挫折，不得不辍学在家。

一心想读书学习的她却因为父母离别，完整的一个幸福家庭变成了困难户，上学就显然成了一个梦想。

跟着奶奶和伯父一家，她有许多心里话想说而不能说。

她不明白的是，父亲已经生病离开她。而妈妈为什么又不要她了，还嫁到别人家去？

夜里，周嘉经常泪流满面；白日里，她看着人家的孩子依偎在妈妈身边，亲亲热热。自己却是孤苦伶仃。

随着时间的推移，她有点语无伦次了。而村里的人却也因为她的变化，越来越没有人与她接近。

于是，就出现了前面的一幕。

## 七、重视与支持让"跨省甄别联动机制"不断成长

随着"跨省甄别联动机制"队伍的壮大，我越来越感到，这一机制的建立，无疑在救助管理机构寻亲工作方面做了很大推动，鼓励了业务探讨，促进了寻亲工作的携手合作，以及效率的提高。但是，这一机制的表述与叫法还是应该更加准确，更加贴切，更加实在。

于是，我找到了办公室和救助甄别科的同志，和大家一起商量我的想法，"跨省甄别联动机制"也好，"跨省甄别寻亲联动机制"也罢，目的都是建立一个寻亲的联动机制，造就一个内循环、可操作的联合形式。我们仔细寻味分析了民政部的有关文件提法，回顾了几年来二站寻亲甄别的细节。最后，我们认为，名称里面不应既有甄别，又有寻亲，这样让两个互为交叉的提法同时出现。

于是，从2017年11月跨省甄别研讨会之后，这一机制的全称就改为"跨省寻亲联动机制"，因为寻亲里面包含了甄别，这一寻亲过程中

时刻存在的内容。

"跨省寻亲联动机制"的建立与推广，是一个循序渐进的过程，它包含了人们对其的认识、了解、行动。在设想乃至建立中，除了遇到不少救助管理站的同行知音以外，领导的支持是推动这一设想与行动至关重要的一环，这也是体制内一个尤为重要的因素。

之前，当上海市救助管理二站有关"跨省甄别联动机制"的试行情况专报给上海市民政局党组和局长后，朱勤皓局长当天就批示："这是一件好事，我们应该就帮助流浪人员寻亲及时与各地救助站建立联动机制，并报民政部。"批示很快又传到分管副局长桂余才手里。接着，主管上海市救助管理业务的救济救灾处即按两位局领导的批示将"跨省甄别联动机制"列入报告民政部的计划。

就在"跨省甄别联动机制"不断成长的过程中，国家民政部的全国巡视组分别深入各省市民政系统，这次堪称史上最严的巡视。

2017 年 4 月，现任国家民政部副部长，时任国家民政部党组成员，社会组织管理局局长詹成付带领民政部第八巡视组来到上海。

记得那天站里刚刚下班，上日班的职工们都已纷纷回家。突然，我接到门卫电话，说是：民政部一领导来到站里已经带着几个人直接去了救助管理的 4 号楼。闻讯，我一边告诉吕梅英书记，一边忙不迭快步赶到流浪受助人员居住的救助楼 4 号楼。等我急匆匆赶到 4 号楼时，只见詹副部长正向住在救助甄别科的流浪受助人员问这问那，了解情况。詹成付一行那天是在没有任何事先通知，没有领导陪同的前提下，对我们站来了一个突击检查。

据说，那天詹成付让接送巡视组的司机从宝山直接开往我们上海市救助管理二站，司机不熟悉路。詹成付说："没事，我有导航。"令人备感欣慰的是，那天巡视组对我们站的突击检查基本满意。

右一为国家民政部副部长詹成付（时任民政部党组成员、社会组织管理局局长）

快到晚上 7 点，在了解了"跨省甄别联动机制"之后，詹成付说："你们建立的'跨省甄别联动机制'的确是一件民政爱民，民政为民的大好事。是'可复制、可推广、可借鉴'的寻亲机制。我们要向部党组汇报。你们为流浪乞讨生活无着人员的回家，做了一件非常有价值的事情。"

次日晚上，民政部社会事务司副司长倪春霞，将巡视组在民政部内网发布的关于上海市救助管理二站的短讯转发给了我，并给予了点赞。

2018 年 4 月 26 日，时任民政部社会事务司副司长的刘涛那天下午在苏州调研结束后，紧接着来到上海市救助管理二站。

他认为，上海市救助管理二站，作为全国"跨省寻亲联动机制"的发起单位，对流浪受助人员依托流出地稳固返乡生活、增强全国救助管理机构信息交流提出了专业化的发展导向。上海作为一座国际大都市，要大力推行"跨省寻亲联动机制"和先进科学技术的相互利用，实现线上线下寻亲甄别的有机结合。

（右二）国家民政部社会事务司副司长刘涛和
（左一）上海市民政局副局长桂余才一同查看二站救助甄别科接待厅

2018 年 4 月，我接到来自安徽省马鞍山流浪生活无着人员救助站站长申贵琼的电话："马站，我们是否找个时间举办一次部分站长交流会？现在，每年一度的春节已经过去，各站工作也都有了全年的安排。我们看就以甄别寻亲为主要内容。"我听了以后，感到真是不谋而合啊。"我完全同意，申站长，我们还可以就广东练溪托养机构事件在这次交流会上开展一次讨论。大家可以通报交流一下民政部在有关地区巡视的情况，也好相互吸取经验，了解一些值得注意的地方。""如果你没有意见，我就找南京市救助管理站的戴站长沟通一下。"申贵琼站长说道。

下午，申贵琼又来电通报了与戴站长等救助管理站领导沟通的情况。"申站长，这次会议就麻烦你筹备了，我全力支持。"我果断地给申站长鼓劲说。"这次准备把会议放在河南省的洛阳市王站长那边，我会与他进一步商量一下会议安排。"申贵琼语气坚定地跟我说。

其实，在这之前，上海市救助管理二站、南京市救助管理站和杭州市救助管理站、烟台市救助管理站等几个站长事先初步交流沟通过，就广东练溪事件的影响和民政部派出各省市交叉巡视检查的事情一致认为应该尽快见面，以达到心里有数，确保救助管理和寻亲甄别工作不受影响。我受委托从业务角度专门向民政部社会事务司司长王金华呈送了情况报告。

报告除专题汇报了我们几个站救助管理寻亲工作以外，提出了举办部分救助管理站站长会议，并使之成为一个长效业务机制的建议。王金华司长看了报告后，非常赞成。他在电话里对我说："我们非常需要了解掌握基层救助管理站的情况，很想知道站长们是怎么想的。"他告诉我："会议地点确定以后，我派同志过来参加会议，一起研究。"

三天后，申贵琼站长把会议举办地的筹办打算和与洛阳市王铭安站长沟通的情况与我作了交流。

不久，一个救助管理站长业务交流会在河南洛阳如期召开，来自江苏、山东、河南、上海、安徽、浙江和山西以及陕西等地的部分救助站站长对民政部旧有的托养机构寻亲不力和救助站的业务档案管理欠缺等情况与问题，进行了沟通交流。

那次会议，民政部社会事务司派员参加，会议消息随后在《中国社会报》报道。

应云南邀请，2018 年 6 月，我和祁巍同志飞往昆明出席"云南省救助管理工作会议"。那次会议云南全省各地市县民政分管局长和救助管理站站长参加，省厅领导和业务指导处室领导出席会议并讲话。

在我们抵达昆明机场时，已是中午时分，等候我们的云南省厅救助管理总站的张玲站长，热情地接了我们就直接驱车前往会议地点蒙自市。途中，我们在一个镇上简单吃了点东西，继续赶路。

蒙自市，是云南省红河自治州的首府。地处云南省东南部，距离越南一百多公里。云南的第一个海关、第一个邮政局、第一条民营铁路等都诞生在这里。其中山区面积占总面积的 75％。据说，闻名全国的"过桥米线"就出自蒙自。

第二天，我向与会者展示讲授了"跨省寻亲联动机制"，那天上午的培训，云南方面的同志安排得非常周密。会后，我们就与昆明、文山、楚雄、曲靖和保山共五家救助管理站签订了"跨省寻亲联动机制协议"，这五家成为西南地区首批加入"跨省寻亲联动机制"的合作伙伴。

那次，张玲站长处事果断、思路敏捷的风格给我留下很深的印象。

几个月后，一位生命垂危的云南籍流浪受助老太太在上海抢救苏醒后第一句话就是要回家。后经甄别，上海市救助管理二站终于在曲靖救助站的配合下，满足了老人"叶落归根"的愿望。

# 第四章　无奇不有的寻亲故事

可以说，每一次寻亲的背后，都有着不同的故事。但几乎每一位求助人寻亲的背后，都有着令人心酸的离奇经历。

经历了无数次的寻亲工作，遇到过各种各样的情况。有时，眼看有了重大线索，但是随着事情的发展，得到的却是事与愿违、适得其反的结果。

全国地级行政区划的城市一般都有政府的救助管理机构。然而，在众多的救助管理机构内，所遇到的寻亲故事却是无奇不有。其中，无不包含着让人既感慨，又惊讶；既同情，又惋惜；既可怜，又抱怨的故事。

人生为何那么复杂，那么崎岖，那么伤感？

## 一、户口被注销的流浪者终于回家了

辽宁省锦州市，我国东北沿海的一处并不大，但却很有名气的一座海滨城市。由于中国共产党和中国人民解放军1948年发起的辽沈战役而闻名天下。

2017 年，时任锦州市救助管理站站长的奚绍强接到消息，大街上发现一位流浪老太太。于是，刚坐下正急着赶材料的他，随即给业务科打去电话："小吴，你们快去解放路附近看看，有一老太太在那，究竟什么情况。了解清楚以后，可以救助的就接回站里。""好的，奚站。我马上就去。"那边小吴放下电话就叫了其他两名同事，驱车前往解放路大街。

奚绍强挂了电话之后又抓紧整理手里的材料，因为下午他要去省里开会。

半小时左右，前往大街上察看情况的小吴回到站里，他让同事赶快把老太太安排进房间，自己就上楼去向奚站长汇报情况。"奚站，是一位老太太，看上去精神上可能有点问题。一个人，前言不搭后语。我就把她接回站里了。"小吴气喘吁吁地向奚站长汇报说。"这样，先让她休息一会，下午带她去医院检查一下，以便确定是不是有精神问题，一定要弄清楚。"奚绍强交代小吴。

两天后。"奚站长，那位老太太的检查结果今天医院寄来了。"小吴给站长报告到。"看来有点精神问题。"说着，他神秘兮兮地笑了。奚绍强问："你笑什么？"小吴看看周围没有人，说："奚站，老太太的病，就是有点那个，老百姓叫'花痴'的那种。""那也没什么可笑的，我们又不是第一次遇见。""走，我们去看看。"奚绍强说完就和小吴一起到了那位流浪老太太的宿舍。

房间里就老太太一人躺着休息，忽然见来了两位工作人员，就起身问道："你们好，什么时候让我出去？"

"我们想送你回家，你知道自己的家吗?"奚绍强说。

"记得，我家在西边，大桥村。"老太太回答。

"你出来多久了? 家里都还有什么人?"小吴又问道。

"我想出来就出来，家里、外面我有很多亲人。"老太太回答。一听老太太这样说，奚绍强站长和小吴不禁你看看我，我看看你，两人内心有了点奇怪。"我们问你这次出来多久了?"小吴问。

"下大雪时，她们赶我出来的。"老太太说。她说着，就回到了床前又坐下了。"后来，你就没有回去过?"奚绍强继续问。老太太摇了摇头，没有接话。"你看，现在天，一天天热了，你不得回家洗洗换身衣服?"奚绍强说。"想回。"老太太简单地回了两个字。"那你告诉我，回去找谁? 或者你都认识谁? 我们也好联系。"小吴问。

此时，看见老太太忽然笑了笑。接着她告诉说:"常规、六子。你们找他们吧。""他们是你什么人?"小吴问。"亲人，还能是什么人?"说着，老太太不再和奚绍强他们俩说话，独自一人自言自语起来。"都住在城西吗?"小吴又问道。"嗯，去找吧。"老太太最后扔出一句话。"这也没法找呀，连个具体门号、电话号码也没有"，小吴嘟囔着。"没关系，那个地方也不是太大，去看了再说。"奚绍强站长告诉小吴。

"快搬快搬，小心啊，别给我碰着了。"只见一年纪六十左右的男人在家门口嚷嚷着。"呦，村支书，家里添了台大彩电呢?"一村民正好路过。"好几天了，今天刚送来。"被叫着村支书的男人回答。"赶明儿我们到你家来看看。"那个村民打趣地说。"没问题，那有啥，随时欢迎。"村支书说。"老头子，电话来了，快来接电话。"只听见屋里面传来一女的声音。"来了，你们几个听你姊子的，看看放哪里。"说完，村支书就去接电话了。

　　虽说快要到端午节了，但是在东北却还时不时遇到刮风天气，气温就会下降。这天，小吴遇见了奚绍强。"奚站，我们去老太太说的那个地方找过了。""情况怎么样？"奚绍强问。奚绍强听了汇报以后，他更明白了，被救助的这个老太太"病得不轻"。原来，小吴去找到的那个地方，的确有老太太说的那几个人，基本没有错。可是，那些人都不太愿意出面认定这个老太太的身份。奚绍强："哎，小吴，这个老太太叫什么来着？""我问了，她说，她叫赵玉苹。"小吴回答道。

　　后来，奚绍强经过一番调查了解。他进一步了解了这个老太太以往的故事。也许因为精神疾病的原因，赵玉苹在外流浪时，曾接触过个别男性。但是，现在需要他们站出来替赵玉苹认定身份，却又感觉为难。那么，赵玉苹老太太的家到底在哪里呢？奚绍强让小吴和业务科认真加以研究分析，一定要帮助赵玉苹老太太找到家，找到归宿。

　　葫芦岛，地处锦州市西南 40 公里左右的一个沿海城市。从锦州市救助站开出的一辆救助专用面包车正向这座城市驶来。

　　车上坐着奚绍强站长、救助站的范雷、苗苗、还有那位赵玉苹老太太四人。他们这次要一起为老太太实地查找老家。根据之前掌握的线索，赵玉苹的老家很有可能在葫芦岛。

　　车子经过半个多小时的行驶，停靠在了乡政府大院。他们来到乡政府民政助理老姜的办公室。"来了，都先坐一会，喝点茶。我马上打电话给村里。"民政助理老姜说。看到老姜，奚绍强站长高兴地说："老姜，好久不见，这次又要给你添麻烦了。"奚绍强说这话确实是发自内心的。民政助理常常被人们称为"小镇总理"，许许多多的事务工作，政策落实与传达，都到民政助理这里。上面万根线，下面一根针。上级政府的好多事情，千头万绪，到了乡镇一级好多都汇集到了民政助理的桌面上。比如，社会救助、拥军优属等等。如今，救助站为了寻亲，这不还是托他来了。"村委会主任吗？我是老姜。哎对，今天我想麻烦问一下你。你们村里是否有一个老太太长期不在家，在外流浪。"老姜问。"没听说，什么模样？"那边村委会主任问。"哦，精神上好像有点问题，经常在葫芦岛和锦州一片流浪，疯疯癫癫，也不打人，对，不是武疯子……"老姜话还没有说完，对方听说到这里连忙说："没有，老姜，我们村肯定没有这样的老太婆。你再问问别人吧。"一下子，村委会主任显得不耐烦了。一边的奚绍强站长还想补充说什么，只看见老姜已经挂了电话。奚绍强给老姜说："可是，之前，我们查了，这个老太太说的老家地名都有。正因为她多次提到这个地名，所以我们今天才来找你核实一下。""奚站，你们户籍上查了没有？"老姜提醒道。"户籍上没有查到，但是其他村有叫这个名字的，可都是年龄不对，有的才三四十岁。""她说，她叫啥呢？"老姜似乎想帮助奚绍强共同寻找一下线索。"叫赵玉苹。"奚绍强回答。"那就奇怪了，我话还没说完呢，他就把电话给挂了。"老姜略带埋怨地寻思着。

从锦州赶到葫芦岛的奚绍强不甘心空跑一趟，他要对赵玉苹有一个交代，给自己一个交代。于是，他们谢过老姜后，转身上车，又去了八公里以外的孙家留村。

快进村子的时候。"范雷和苗苗，等一会我和范雷下车，苗苗在车上看好老太太。注意安全。"没想到赵玉苹说："让她跟你一起去吧，他留下来我们在车里就行。"她指了指范雷。她意思要让范雷留下陪她。

"你好好的，这是我们的工作，一会儿范雷跟着我。"奚绍强站长强调说。"一女的跟着我干啥呀？要不你们都去！"赵玉苹竟说。范雷坐不住了。"听你的，还是听我们的？你别看她是女孩，力气可大了，有她在不会有问题。"范雷说。很快，车开到一处距离两层楼不远的地方，小街两边有不少小商店。"小范，等一会儿，你就到那楼房边上停一停。""好，奚站。"范雷答应着。

范雷把车停在了一家小超市边上。奚绍强下车和范雷朝前走了几米，看见路南楼边上有家门开着。"老乡，在家吗？"奚绍强弯腰探头问里面。"在家，谁呀？"只见里面走出来一位中年妇女。"大姐，我想要点水喝。""里屋有，我给你拿去。"说完，那位中年妇女就进屋拿水瓶。跟着进院的范雷一看，眼看站长是来要水，心想车上不都有吗？他刚要张嘴告诉奚绍强，就看见站长给他递了个眼色，意思是我知道车上有水。范雷止住了要说话的嘴。"谢谢您大姐！大姐，你这还养了不少鸡哪？真好，赶明儿到集上就能卖钱了。"奚绍强接过水杯，有句没句地说。那位大姐听到奚绍强提到她的那些鸡，高兴地合不拢嘴："是，再留几个下蛋也能卖不少钱。""每天也麻烦不少，你也挺辛苦。"奚绍强又说。"挺好，我们在家就忙些这个。"那名妇女回答。"哎，你这隔壁人家很有钱啊，都盖了两层楼了？"奚绍强问，"那可是，那是我们村委会主任家。"中年妇女说。"那你什么时候才盖上？""哪敢想啊？人家是村委会主任，有钱。""那他老婆也在村里呀？""在，人可好了。""不是听说你们村还有一个流浪在外的疯老太太，是谁家的？叫'赵玉苹'。"奚绍强此话一说，那位中年妇女立马朝着奚绍强摇摇手，看了看站在院门口的范雷，轻轻地给奚绍强说："就是村委会主任以前的老婆。"中年妇女话音未落，奚绍强一下愣住了："啥？大姐你说'赵玉苹'是村委会主任的老婆？""这谁敢瞎说。不过，你们可别对外说。"中年妇女还是用极轻的声音提醒道。奚绍强不相信自己的耳朵，又问："大姐，村委会主任姓什么？""姓孙，孙大树。"

站在院子中间手里拿着水杯的奚绍强愣愣地心想，我们带着到处寻找老家的赵玉苹，竟然是刚才接电话的村委会主任的老婆？

原来如此，定过神来的奚绍强说："大姐，你放心，我们不会去乱说。"紧接着他又说："他们结婚也没有孩子吗？"奚绍强一面朝院子外面走去，一面还试探性地问。那位中年妇女送奚绍强往外走着。"大兄弟，我看你们也不像乱七八糟的人，他们有孩子，都出去打工了，家里没人。"说着说着，奚绍强走到院子外面对中年妇女说："大姐，我们是救助站的，你放心。我们就是觉得现在赵玉苹年纪大了，老是在外面流浪也不是事。小范，你带名片了没有？给大姐留个电话。"

奚绍强与范雷上了停在小超市边上的车里，他不知想说什么。谁能想到，这个长期流浪在外、居无定所、食不果腹的老太太，甚至连家都不认识的老人，就在自己的老伴知道她的情况后竟然还被拒之门外。

奚绍强和范雷上了车。范雷突然说："奚站，我们现在就把她送到村委会主任家去？"苗苗听说了事情原委后，先是吃惊，后有点愤愤不平："这算啥？自己的老婆都不要了？这就在家门口还不认？"范雷又说："都说，老来伴。这倒好，我们在乡里给他电话时竟推说没有这样的人，连自己老婆都不管了？"奚绍强沉思着抬起头，若有所思地说："也许，村委会主任的确有难处吧。""不管有没有难处，也不能不管自己的老婆呀？"苗苗不服地说。"问题是，村委会主任现在有老婆在家。"

奚绍强回答苗苗。"那这算怎么回事?"苗苗不解地问。

车在向着锦州驶去,坐在车里看护赵玉苹的苗苗听了,百思不得其解地问赵玉苹:"你出来多久了?""长了,他们不要我,我自己也舒服,想干啥就干啥。这不,今天又跟着你们周游风景了?"赵玉苹笑着说。苗苗说:"你怎么就不着急呢?""不急,心急吃不着热包子。"赵玉苹依然似答非答。

一直坐在汽车最后一排的赵玉苹根本没有听清奚绍强三人说的话。

回到锦州市里,已经快要下班了。奚绍强却放不下赵玉苹回家的事。他想,今天虽然跑了大半天,但是赵玉苹的家总算找到了。现在的问题是如何让村委会主任孙大树接纳自己的老伴。

经过与当地民政助理交流了解,赵玉苹已经离家多年,就连孙大树与赵玉苹生的两个孩子,也都不与赵玉苹联系。而且,孙大树现在家里已经又有了一个老婆,感情很好。

面对这样的情况,奚绍强感到有点棘手。但是,他转念一想。即便是这样,作为村委会主任的孙大树也不能一推了之,不管不问呀?更何况还是自己的结发夫妻?

临近端午节了,奚绍强和同事们商量,他们必须送赵玉苹回家,由当地村委会按有关政策接手落实下一步救助。他找来了苗苗和范雷……

端午节到了。有的从城里回家了,有的去超市办一点端午节用的食品。只见一支腰鼓队在村委会主任家前的路上,热热闹闹地跳起了群众喜闻乐见的腰鼓舞。

人们只有在逢年过节时才会看见这种热闹场景,一时间,大人小孩纷纷出来观看。

此时，一辆汽车也停在了腰鼓队伍旁边，车上下来了两人，也围了上来看热闹。腰鼓队里的领队非常起劲地领着大家跳啊跳。围观的人群中还不时有人发出嬉笑声和鼓掌。

然而，刚才下来观看跳腰鼓舞的不是别人，正是锦州市救助管理站的奚绍强站长和苗苗两人。下车来的奚绍强没有直接去找村委会主任，因为一天前他接到了电话，赵玉苹的两个子女回家过节来了。今天奚绍强带着赵玉苹来到老家，看看她子女是否接纳她。

奚绍强察言观色了一会，拿起手机给在车里的范雷拨通了。"你马上把赵玉苹带下来，到腰鼓队边上看看。"两分钟后，范雷陪着赵玉苹走到了腰鼓队跳舞的旁边，赵玉苹以为是看热闹，她看着看着，就也想跳起来，人们眼光不由得转了过去。这时的奚绍强好像侦察人员，用敏锐的眼光再次环顾四周。忽然，在一名30多岁的男人面前停住了，脱口而出"就是他！"于是，他迅即和苗苗走了过去："你认识她？"奚绍强问。那位站着正在仔细辨认赵玉苹的男人遇到突如其来的问话，来不及反应地答道："好像是我妈。""她叫赵玉苹，今天回家来了。我们救助了以后，今天送她回来的。"奚绍强紧接着说。"哦，她怎么会被你们救助的？"赵玉苹的儿子不解地问。苗苗拿出一张单子，奚绍强说："你在这里签个字吧。"他用手示意赵玉苹儿子。前后不到两分钟，赵玉苹回家的事情就办妥了。奚绍强见苗苗收好了交接单，就对赵玉苹说："老太太，祝贺你到家了，这是你儿子，你还认得不？"范雷扶着赵玉苹交给了她儿子。她儿子喃喃地叫道："妈，这些年你都去哪儿了？"赵玉苹看看自己的儿子，似曾相识地说："这不是我小儿吗？"脸上露出了微笑。

告别赵玉苹，上了车准备返程的奚绍强跟苗苗说："我们任务完成了，腰鼓队的任务也完成了。"苗苗会意地笑了起来，拿出手机："姚阿姨，你们可以撤了。我们回去了。对，对。谢谢你们！"

原来，为了把赵玉苹送回曾被拒绝的老家，奚绍强他们想了一个妙招。不曾想，事情竟如此顺利。受人之托的姚阿姨腰鼓队也顺利地偃旗息鼓，打道回府。围观的群众高兴之余说："现在是真好，文化下乡，腰鼓队跳进了咱们村。"

事情本该结束，没想到第二天孙大树就拉着乡里的民政助理冲进锦州市救助站奚绍强的办公室。劈头盖脸对着奚绍强一顿火。"这算咋回事？赵玉苹昨晚上躺在我家不走了，愣说这地是她的，这不，我老婆都气得回娘家了。"孙大树一进办公室就大发一通。民政助理老姜再三劝他也不听。奚绍强不急不慌地给两位倒上热茶。"坐吧，别急。有话咱好好说。"他劝火气正旺的孙大树："我说，村委会主任。你还迷糊呢？"奚绍强对孙大树说。"赵玉苹是你村里的不？""是，不过她现在户口注销了。"孙大树理直气壮地说。"是你老婆不？"奚绍强又问。"以前是，早不是了。"孙大树回答。"你们有过孩子。"奚绍强这时果断地说。"是，有两个。"孙大树声音出现了缓和。"你看，孙主任。赵玉苹人是你们村的。又和你有过夫妻一场。你们还有自己的孩子。就这种情况，你作为村委会主任竟然不接受她了，你让村里人怎么看？"奚绍强进一步讲道。老姜见事态有所缓解了，就顺手拿了两杯茶，递给孙大树一杯。奚绍强说："来，喝点茶"。孙大树说："不是我不想收她，她太能折腾了。后来精神上不正常以后，天天往外跑，回家就和我吵吵。弄不了她。"喝了一口茶后，孙大树又说："再说，我们早就分开了。孩子也都大了。""可是，你是村委会主任啊！"奚绍强说。"对，这事情你还真不管不合适。"一旁的民政助理老姜插话说。"婚姻问题我们暂且不说，但是，她作为你村里的人回来了，你不能不管，户籍可以恢复。如果符合救助条件，就给她必要的救助呀。何况俗话说：'一日夫妻百日恩'。"奚绍强开导孙大树说。"再说，民政助理也在，你说是不，老姜？"奚绍强问老姜。老姜忙不迭点头称是。"对，奚站长说得对。现在政策都有，你回去看看，我们一起商量怎么把赵玉苹的事情办妥。反正你一个人两个老婆也不现实。"老姜这话还没说完，那边孙大树就笑了起来："那是，那是。咱们得做合法公民。"孙大树说。"对了，孙主任，你还得做懂法的村委会主任。"奚绍强站长说。

后来，年纪六十三岁的赵玉苹结束了流浪生活，按政策得到了对应的救助和治疗。

## 二、"抖音"上看到失散的弟弟

家住安徽，失去弟弟多年的姐姐丽丽，看见"抖音"上一个画面惊呆了。

她情不自禁地大叫起来："爸爸，快快，爸爸快来看看。"她大声喊着一旁的爸爸。她说："爸爸，你看，这不是我弟弟吗？""抖音"画面上一位被浙江衢州一火锅店老板娘发布的寻亲照片吸引住了丽丽父女俩的眼球。父女俩反复参看后，激动的心都快跳了出来。

第二天，天刚蒙蒙亮，丽丽与爸爸朱步其就急忙乘车，动身赶往确定了联系方式的衢州火锅店。

到了那里，丽丽父女见到失踪几年的男青年时，三人已经是热泪盈眶。丽丽父亲朱步其果断确定，眼前的这个青年人，就是他的儿子——磊磊。现在终于找到了。

父子三人返程回到了安徽。一路上，儿子要吃要喝，朱步其都给予了满足，他边看着儿子边想，这下可好了。

回到家，周围邻居都来看失踪几年的磊磊。有的说长胖了，有的说变白了。

然而，四天后，刚回家才几天的磊磊，被他父亲朱步其再次送到临近的蚌埠市的怀远县救助管理站。

朱步其有点尴尬地告诉怀远县救助管理站的工作人员，他们从浙江领回来的磊磊，不是他的儿子。

这一消息一说，着实让怀远县救助管理站的上上下下感到震惊。但是，磊磊的父亲朱步其表示说，当时在浙江衢州接领时，确实认为是自己的儿子，而且怎么看都像，后来就领回家了。

回家住下，我们才发现，这个磊磊的好多生活习惯与之前变化太大，而且对家里父亲及其他亲人邻居他都不认识。

要说，磊磊离家也不过七八年，要说智力上有点问题，也许在外面流浪时被人家打过，但是不至于不认识家人。后来，他们一家人最后猜测，也许领错人了。结果，经过 DNA 血样比对，证实了全家人的判断。

作为救助管理站，怀远县救助管理站站长李长玉同意暂时收下了这位被领错的"磊磊"。随即怀远救助站向所属市里的蚌埠市救助管理站作了报告，并临时予以安置，另作寻亲打算。

事情一下子从满腔热血跌到了冰冷的深渊。

就在人们十分惋惜时，事情又出现了急转弯：被救助不久的"磊磊"竟然是河南洛阳市的"张宝磊"。

那天，天下着大雪。为了迫切期待见到亲人的"张宝磊"，蚌埠市李华明站长和怀远县李长玉站长一行顶着大风，不顾寒冷，一路兼程，连夜抵达"张宝磊"的老家河南省。全家人看见了走失四年多的"张宝磊"。

张宝磊的父亲告诉护送前往的工作人员，他儿子虽然有点智力问题，但那是他儿子。一家人高兴地拉着张宝磊的手进屋了。这名差点回错家的流浪受助人员终于露出了大家熟悉的笑容。

张宝磊终于找到家了。

可是，朱磊呢？

空欢喜一场的丽丽一家仍然期待着朱磊的出现。

丽丽有了这一次认亲经历后，她非但没有放弃寻找弟弟的念头，相反更加想从"抖音"上找到突破。她几乎每天不断地刷屏，甚至影响了自己的生意。

朱步其从第一次认错自己的儿子以后，知道了有"全国救助管理信息系统"的受助人员登记信息。他想上网仔仔细细查看。他下决心不能错过这个机会，再也不能出差错。

寻亲是个大事。人们认的是亲人，领的是血脉。亲人的血脉搞错了，那可是错到底了。

朱步其在寻亲网上查询，恰似大海捞针。然而，功夫不负有心人。那天，朱步其的女儿丽丽与父亲一起通过"全国救助管理寻亲网"查询着。突然，一条消息吸引住了她。那是上海市救助管理二站 2014 年登记发布的一则消息。上面的照片与个人信息极其类似他们要找的亲人。父女俩反复分析、查看。

这次，他们比之前冷静了许多。不见真人，不敢下决心了。去，到上海去，面对面再仔细看看。

第二天上午，父女俩如同之前一样踏上了去上海的路。这次与前一次形式上基本相同，但是朱步其的心情却完全不一样。他想，上次认错了。这次就一定认对了吗？离家好几年了，会不会人也变了？会不会与上次有一样的情况呢？他不敢想，因为他太想儿子了。

火车在飞驰，朱步其的思绪却倒回到了九年前……

那天，劳累了一天的朱步其回到家里就进屋躺下了。正巧儿子满怀喜悦地刚进家门。躺着休息的朱步其说："又去哪儿疯了？不好好在家帮着做点家务活。"他儿子朱磊漫不经心地回答："出去玩了，家务活是我干的吗？"虽然回答的声音不大，但是，疲劳不堪的朱步其听了却很不高兴。他刷地从床上起来，指着朱磊："你天天就知道玩，你多大了？你看看你姐整天为家里忙里忙外。你就不知道帮忙，我养你干什么？"没想到，朱磊父亲平常也随口说的一句话，却让朱磊瞬时也急了。"你养我？那好吧，我不要你养，我不要你养行吗？"家里人一看这突发情况，都上来劝父子俩不要吵，有的还指责朱磊。"那是父亲，年纪不小了，你不应该对他吵。他说两句就说两句了。"姐姐说道。"好，我不对，你们都帮着他。我走行不？"朱磊说完转身出了院子。"让他滚，永远不要回来了。"气不打一处来的朱步其越发生气地朝出了院子的儿子吼着。

天黑了，儿子没有回家。

天亮了，儿子还是没有回家。

一家人过了一夜，心里的闷气早已经烟消云散。可是，儿子朱磊却从此再也没有回来。这倒反而急坏了朱磊的一家人。

"这怎么是好？我不能说他了？"朱步其非常不解地自言自语。"我养了他那么大了，倒反过来给我过不去了？"他在家里说着，一边的女儿丽丽却急坏了。弟弟已经出走，下落不明；眼前的父亲又急成这样。这家里以后该如何是好？丽丽端着饭碗走到父亲身边："爸爸，不要急，明天我们再出去找，一定会找到。你先吃一口吧。"丽丽接着又说："爸爸，吃好了，你就躺下休息。一有消息，我就告诉你"。

让朱步其感到郁闷的是，日子一天天地在过，但是儿子的消息却石沉大海，杳无音信。朱磊可是自己唯一的儿子，是自己的希望，是自己的命根子啊！

大年三十的晚上，家家户户张灯结彩，千里之外的亲人纷纷奔回家来与家人一起吃团圆饭，一起过年。但是朱步其家里却总没有让朱步其兴奋的情景，因为儿子不在。

喝完除夕酒，朱步其仰望天空，心里想着不知下落的儿子。

进屋躺下的朱步其在床上想着想着，慢慢地打起了呼噜……

如今，朱步其和女儿丽丽以及其他亲人又循着新的消息去上海，等待他的会是什么样的结局？朱步其这位已经快到古稀之年的老人心里充满了未知，尽管他经历了人生许多挫折，但是，失去儿子的痛却总是让他万分难过。

来到上海，本来路上一直忐忑不安的老人朱步其反倒有些镇定，倒是朱磊的姐姐丽丽激动得恨不得马上见到弟弟。

一名青年人跟着二站工作人员来到接待室。

有了第一回教训的朱步其父女俩，压抑着内心的激动，与工作人员一起查看了青年人的特征。朱步其还取出特地带着的放大镜，在青年人的背上来回仔细辨认着身上的疤痕，拿着照片反复对照眼前的青年。

他们认定，此人一定就是朱磊。丽丽已经控制不住叫起弟弟的名字，朱步其和家人此时也已泪流满面。

但是，身处众人之间的青年人却说出了让现场所有人吃惊的话："我不认识他们！"

啊？他面无表情，甚至非常不耐烦地说出这么一句话，着实让朱步其和前来认亲的人们感到一愣。朱步其想，难道我又认错了？

老人们常说，"起小见大。"或者说是："三岁看到老。"意思是，人在小时候的性格或特点，即便是长大成人，也改变不了。

丽丽回头看着父亲朱步其，再看看一起来的亲人。大家都毫无疑义地认为，脸前的青年人就是朱磊。在一旁的救助甄别科副科长祁巍然也重新翻阅了这名编号"0637"的青年人的档案资料和在站期间的甄别记录。

然后又提醒朱步其他们："看仔细，可以与小青年谈谈家常。也许他忘记了什么。"

丽丽不忍心看着老父亲止不住的眼泪。她摇着弟弟的身体，不停地提示弟弟老家的人和事。但是，青年人就只有一句话"我不认识他们。"说话时，他并不看着来人。

一面认定这位青年人就是朱磊；另一面，却反复强调"不认识他们"。现场空气变得凝固起来。

在场的工作人员似乎感觉到了什么，凭着甄别的工作体会，救助甄别科的副科长祁巍然劝朱步其："这样吧，既然你们如此肯定，但他又坚决不认识你们。不如我们大家都暂时等等，等他情绪好些，然后再通知您，我们也再做做他的思想工作，您看好吗?"

"同志，他肯定是我儿子。"朱步其继续说道。他转过脸，向青年人说："儿子，你难道还生爸爸的气吗?"说完，老泪纵横。周围的人无不为之动容。

这，难道真是亲人相见不相认的真实版的上映吗? 抑或是编号"0637"的青年人记忆有问题?

但是，所有信息都足以说明"0637"就是朱步其要找的人，为什么他就是不相认呢? 难道其中还有难言之隐?

这边，朱步其伤心至极。丽丽急在心里，几乎用尽了可以劝说的话，明明是自己的弟弟，但她却不能感化他。

那边，青年人低头不语，表示要回宿舍。

朱步其和女儿不得不与眼前的"0637"离开了。

朱步其心潮澎湃，亲儿子相见不相认。十年前几句话的吵架，竟然导致父子之间留下如此大的裂痕。

他咬咬牙："不行，我就是拖也要拖他回去，他就是我的儿子。爸爸我说几句就不能说吗?"丽丽见状劝导爸爸："爸爸，既然这样了，我们也心里有底了。过几天我再来，我相信弟弟会回心转意的。"大家也都劝着朱步其。"想不到啊! 想不到!"尽管朱步其在来的路上想到了很多，但是，怎么也想不到，自己的儿子竟说不认识自己。他心痛，他着急，他更加有说不出的难过。

回家的路上，朱步其一声接着一声的叹息。

送走朱步其等人，祁巍然有了一个进一步促成寻亲成功的想法。回到办公室，他把"0637"接过来，一起坐下。

"我记得，你进站几年来，一直没有告诉我们你叫什么名字。今天却写下了'邵建'这个名字。其实，我知道，你不叫这个，对吗？""0637"不回答，转过头，还是不接话。

祁巍然继续说："我看得出来，你的姐姐看见你很高兴，也很激动。可是，你为什么说不认识他们呢？"

"0637"还是不作声。于是，祁巍然讲起了当年自己参军以后的故事。"刚开始到部队，我年纪还小，不知道自己父亲疼爱儿子的感受，经常嫌弃父亲话多，啰嗦。嫌弃父母亲动不动批评提醒自己要听领导的话，听老同志的话。还要多学习。那时，就一个感觉，父亲所讲的都是老一套。我也不是小朋友，小孩子，父亲讲的道理都懂。那时，我不关心家里人给自己说什么，就关心家里给自己是不是寄钱来。""0637"此时好像什么也没听到一样，表情木讷。祁巍然吸了一口烟，又说："后来想想，父母亲也不容易，批评也好，提醒也好。还不都是为了自己的孩子好吗？""0637"看着祁巍然吸烟，轻轻地问道："能不能给我吸一支？"祁巍然先是没听准，问道："你说什么？""我也想吸烟。""0637"又重复道。"哦，我的是电子烟。要不这里还有，给你。"说完，祁巍然从抽屉里拿出一支香烟，就给他递了过去，然后把打火机也给了他。"0637"接过去，却没有吸。反而看看香烟，闻了闻："算了，听说你们上海不准在公共场所吸烟。"祁巍然被他这一句话说得有点不好意思了。

"其实，我也很少吸。"说完话，祁巍然把手里的电子烟关了。祁巍然的话似乎触动了"0637"小青年，他们一来二去，气氛有了缓和。

"其实，我不叫邵建。""0637"青年人说。

"那你叫什么？"祁巍然不失时机地问道。

青年人又低头不语了，接着又抬头看了看窗外，长叹一声。

"没关系，以后告诉我也可以。关键是时间不等人，想想家里人那么着急找你，连我们也不知道你到底叫什么。我心里都不是滋味。"祁巍然告诉"0637"青年人。

就这样，在后来的几天时间里，"0637"青年人经常听到有关亲情的故事，站里不时为他提供一些参加社工活动的机会。二站还和丽丽建立了亲属微信群。面对在群里不断出现的面容与经历，"0637"动心了，他再也忍受不了离家的处境，再也不能继续一天天失去亲情。

"祁科长，我有话找你说。"周日的那天，"0637"叫住了总值班祁巍然。"我叫朱磊，那天来的人就是我父亲和姐姐。"朱磊急促地告诉祁巍然。"好，我明天就向站领导报告。"

祁巍然松了一口气，他来到办公室外，天空晴朗，空气新鲜。他伸了一个懒腰，仰望天空，无意识地说"好！"这一段时间压在祁巍然心里的一个心事，今天终于放下了。

几天后，上海市救助管理二站在安徽省蚌埠市救助管理站热心帮助下，将护送朱磊回家。

"都准备好了吗？"将与站长唐美萍一起出发的副站长李长兵来到救助甄别科问祁巍然。"这次我们得到了蚌埠站的大力支持，赶在春节前为朱磊家人确认了亲人关系。春运开始了，火车上会有很多回家过年的乘客，我们一定要照顾好朱磊。"细心的李长兵叮嘱祁巍然。"李站，已经准备好了，照相机等我也带好了。放心吧!"储储说。

2019 年 1 月，春运时节。朱磊在二站青年甄别突击队同事们和站领导的护送下乘坐高铁踏上了回家之路。

朱磊一言不发地坐在座位上，对面一个看似四五岁的小男孩儿不停地转过身子，顽皮地与朱磊乘坐的后排几位乘客说话。看得出来，小男孩很高兴，也许快要见到爷爷奶奶或者外公外婆了。"叔叔，你有飞机吗?"他问朱磊。朱磊看看他笑了笑，摇摇头。"那你坐过飞机吗?"小男孩又问。朱磊还是摇了摇头。小男孩继续他的玩闹，一会儿问这，一会儿讲那。这时候的朱磊思绪已经全然飞到九年前的老家。

原来，朱磊当年离家时也有一个活泼可爱的儿子。他估计眼前这个男孩的年龄与当年儿子的年龄差不多。他伸手想触摸那个男孩子的小手，小男孩却缩了回去。朱磊失望地看看，心里泛起了辛酸的记忆。

他离家九年了，孩子按说今年应该有十多岁了。不知道个子有多高了，会不会快到我肩膀了? 他想我吗? 也不知道他学习好不好，我连一天都没有管过。想到孩子的学习，朱磊再一次低下了头。"叔叔，你看我写得对吗?"前面那个小男孩又把手伸到朱磊面前，手里攥着他刚写的几个认识的字的纸条。"我叫朱磊，对不对? 叔叔。"朱磊虽然文化不高，但是也上过几年学，他一看，这纸条上写的不就是自己的名字吗? 他一惊，脱口而出:"你怎么知道我的名字?""这是我爸爸教我的，我叫朱磊。"小男孩笑着回答朱磊。朱磊心里乱了，同样叫朱磊，小男孩却无忧无虑，阳光灿烂。而自己却流浪多年，对自己的儿子一点关心都没有，哪怕教会儿子他叫什么名字哪！

朱磊把纸条还给小男孩。"你写得很好，你的名字也很好听。乖，坐好了。"朱磊夸奖小男孩的同时，他好像在给自己的儿子说话。

高铁的乘坐，大大缩短了路程的时间，就好像很能理解朱磊的心情。很快，他们到站了。迎接二站同事和朱磊的蚌埠市救助管理站的同行们紧接着接上他们，一路赶往怀远龙坑镇仔园村。

当车刚停在了仔园村朱磊家门口时，欢迎的鞭炮响了起来。朱磊看见自己的家门口一条大红横幅纵然写着"欢迎失散多年的朱磊回家"。朱磊下车再也控制不住回家的激动，看见老父亲与家人出来，他冲了上去，抱住父亲大哭了起来。哭声感动了周围的人，鞭炮声刚刚停下，朱步其就拉住儿子的手。"孩子，是爸爸不对，当年我不该给你发脾气。"朱磊一听，本来已经停下的哭声，又接着号啕起来。他悔恨，当年赌气离家，不管家里老少。如今回家，父亲已是白发老人了。"快快，来看看。这是你爸爸。"一旁有人招呼一位正在人堆里观望的男少年。朱磊闻声转头望过去，不成想，他儿子掉头就跑出了人群。

这时候，丽丽热情地招呼着人们。"站长来，到屋里喝茶。"她招呼站在门外的唐美萍和李华明等救助站的人们。人们看见朱步其的家并不富裕，但今天却充满了欢庆的气氛。"李站，我们把朱磊的照片给他爸爸吧。"唐美萍站长说。接着，一本藏有朱磊在上海时的照片的相册被拿了出来。"看看，朱磊爸爸你们还认得出来朱磊吗？"唐美萍笑着问朱步其一家人。站在一边的两位李站长，一位是李华明，另一位是李长兵，会心地笑了起来。

上海市救助管理二站寻亲甄别青年突击队护送朱磊回家

## 三、再度被骗乞讨之后，肢残青年终于找到父亲

就在 2019 年 11 月下旬，曾几次被骗出去参与沿街乞讨，充当童年流浪生活无着人员的刘凡坚，而今，一个偶然的机会重遇之前的"老朋友"，使寻家线索再度重现，终于回到了自己父亲的身边。

这时的他，已经是十七八岁的小伙子。

提起刘凡坚，还得从 2010 年上海世博会期间说起。

那年夏天，上海市救助管理二站接收了一名自称"刘小青"的肢体残疾的小孩。

来到二站之前，他被地处上海世博核心区的上海市卢湾区救助管理站救助。后因查不到他的家庭地址和亲人，就转送二站继续救助。这一住就是七年多，其间一直没有甄别出他家的下落。

2018 年秋，在上海举办的第一届中国国际进口博览会之前，上海市救助管理二站依据有关精神，将"刘小青"和其他疑似各地的长期找不到家的流浪受助人员转送各疑似地。"刘小青"也被送往了安徽省蚌埠市。来到蚌埠市救助管理站的"刘小青"依然没有提供更新的情况。而蚌埠市救助管理站站长李华明对上海新转来的三位受助人员极其重视，再次进行了甄别。陪同他去"肯德基"和其他提到的一些地方。还在报纸上刊登寻人启事等，做了许多寻亲工作。

直至后来，为了更好地解决这些流浪受助人员的身份问题，按照政策为"刘小青"等 40 余名找不到家的流浪乞讨生活无着受助人员办理了当地的入户手续。

2019 年 11 月中旬，我应邀前往蚌埠讲授"寻亲服务与联动机制"。次日，我和镇江市救助站领导潘学文等一同随李华明去参观他们的"天河安置点"。

当我们来到受助人员活动区域时，我一眼看见了非常熟悉的"刘小青"。他穿着棉袄，高兴地与我握手。我问："你怎么到这里来了？""去年来的，现在我们已经为他办妥了户口。"旁边李华明站长说。"都到老家了，还没有想起来你家在哪里？"我问。因为他刚进二站时，他就操有一口北方话。听到这话，"刘小青"低下了头。正在这时，一旁的潘学文忽然说道："他好像是我以前护送过的对象（在救助站有把受助人员称为'工作对象'简称对象）。"闻此，一起参观的镇江市救助管理站业务科王科长也仔细辨认起来。"就是他！"王科长肯定地说道。"再仔细看看，他以前在上海时，只要提及回家，他就回避。但是，他讲的话音肯定是江苏和安徽、山东以及河南交汇一带的。"我提醒大家。潘学文肯定地告诉我们："当年曾经为了他三下徐州帮助找家，肯定是他。"他还告诉我，当年，刘凡坚先后被骗子打断胳膊和腿脚，那时，他才是个七八岁的孩子。

一周过后，这名在 2010 年上海世博会之前再次被骗出家，而后又在上海和蚌埠两地救助站生活了九年多的"刘小青"，终于在一次"老朋友"的巧遇后，被护送回到了离别近十年的老家。

虽然离开自己的老家已经很久，但回到家的刘凡坚见到父亲时，还是一眼便认出来。他惊呼道："这是我爸爸！"刘凡坚的爸爸怎么也想不到，失去联系那么多年，都已经不抱任何希望的儿子竟然出现在了自己的眼前。他从怀疑到相信，他心跳得厉害。"孩子，真是你啊？这些年，你去哪里了？爸爸到处找你，你妈妈走了，你就是我的心肝啊！"两人眼泪止不住地往外流。"他们骗我，老是骗我。"刘凡坚哭着说。

上海市救助管理二站、蚌埠市救助管理站、镇江市救助管理站和
徐州市救助管理站与天齐社区领导一起合影

父子相见，百感交集

刘凡坚的老家刚拆迁建了新房，居民都很富足。虽然刘凡坚离失不知去向，但他父亲依然给他留出一间房，天天等着他回家。

## 四、来自大山里的他要当"合法"公民

刘星，一个自述叫这个名字的求助人员，看上去大约十七八岁。他长着一双大大的眼睛，五官端正，皮肤白净，说一口流利的普通话。

据刘星刚进站时说，他从小失去父母，自幼被捡到他的老爷爷抚养长大。懂事后就认老爷爷为养父。他和养父住在重庆的大山里。后来他养父去世，自己就走了快半个月，走出了大山。

"你还记得那大山叫什么名吗?"诺衡问他。心想这个大山真够

大的。

"不记得，只记得我走了很长时间。"

"那你饿了、渴了怎么办？"

"没有办法，就喝沟里的水，吃野果子。"

"现在，我们送你回去，你还记得路吗？"诺衡问他。

"不认得了，现在我养父死了，我没有亲人了。"刘星继续回答。

"那你既不记得老家的地址，也没有亲人了，你有什么打算吗？"

"我自己生活，找工作干。"刘星回答得很流利，看不出有其他问题。

"如果是这个情况，我们还是要找到你老家在哪里，然后请地方政府帮助你办理身份证明，你才合法，才是一个合法公民。"诺衡回答刘星。"你都这么大了，连自己的生活过的地方也不知道？你再仔细想想，回忆一下。我们一起寻找好吗？"诺衡耐心地劝导刘星。

对于刘星的情况，救助甄别科的同事们有点诧异。他的体检结果：精神正常，身体健康，无其他疾病。在甄别询问中，他对答如流，思路清晰。

时间一长，知道和熟悉他情况的人，有了两种截然不同的想法与认识。

一种认为，刘星出身艰苦，从小就失去家人的疼爱，非常可怜。他愿望好，有志气。应该帮助他尽快办理合适的身份，解决其自食其力的生活途径。

另一种则认为，刘星已经长大成人，竟然一点不记得原来生活的地方，看其精神面貌，不太像父母双亡，身边无一亲人。刘星思路完整，还认识字。他似乎内心有隐情。

刘星就这样在上海市救助管理二站生活下来。作为站长的我心里对此一直耿耿于杯。那天，我来到刘星生活的管理科，只见他和另一位不善言语的年轻的流浪受助人员在一起打乒乓球。当班的管理员孙军正在一旁辅导他们。"刘星，你要慢慢的，不要急，你们打得不错。进步很快。"孙军经常在管理当班时组织受助人员开展活动。"今天正好是星期天，就让大家在室内活动了。"他朝我介绍说。我问："刘星怎么样？有想家的情况吗？"孙军回答："没有，他就是经常给我们说，要成为一名合法公民。"

一天，我到救助甄别科检查工作。

"你们看看，那位刘星，你们大家有什么想法？"我问。科里那天在场的同事们开始了议论。

"我们根据刘星所说的情况反复进行了筛查，都没有办法深入去找。"蔡蔡说。"是，我们还上网上排查，也没有线索。不过他的情况很奇怪。"一旁的肖力说。

"他倒是蛮可怜的，从小就是爷爷喂养大的，现在爷爷也不在了。但是，看他的神色倒还可以。"诺衡插话道。

我看了看身边一言不发的副科长梁习武，随后我说："像刘星这样的情况，以前我们没有遇到过。大家要经常找他谈，掌握他的关键线索。不能错过任何机会，千方百计帮助他寻找回忆过去。"我接着又说："办理身份，取得新的身份手续，我们也要有依据。不能就简单地了结甄别结果。我们既要对他负责，更要对国家负责。要对得起每一件甄别结果，对得起每一起寻亲结果。"科里的同事们都神情严肃地听我讲话。这时，梁习武说道："马站，说实话，刘星不像是有问题的人。他很奇怪。说心里话，你们都不要见怪。我在想，他是不是给我们说了实话？"

"那他为什么不说实话呢?"我话音未落,一旁的诺衡问,"那他为啥要这样做呢?"其他人也感到奇怪,都又说不出理由。

"这就是让大家好好想想的问题,我们暂时不能盲目地单凭感觉下定论。既然刘星现在来站里有一段时间了,我看科里是不是把他接下来,近距离聊聊?"我建议救助甄别科。

"好,我也有这个想法。这样我们就可以察言观色,及时了解更多东西。"梁习武答应道。

刘星来到救助甄别科,被列为重点甄别对象。他的衣食住全部转到救助甄别科。

但是,刘星的情况依然没有新的突破,寻亲线索依然毫无进展。

2017年,国家民政部青年巡访小组进驻上海市救助管理二站。带队的领导要求所有成员一律住在站里,并参加站里的救助管理业务。所有巡访组成员均被安排至管理科和救助甄别科。

秋天的上海,白天温度适宜,但晚上稍显寒冷。

那天,记得巡访组的成员有的第一次来南方。站里除了安排好了宿舍以外,特地配了厚被褥。深夜,还是有几位女同胞冷得几乎没有睡着。

那晚,巡访组成员有三位安排在救助楼,正好与刘星生活的楼层在一个楼上。他向民政部来的同志叙说了他的想法。

次日,我见到巡访组的带队领导孔德福。"昨晚,刘星给了我们一样东西。是'请愿书'。"他告诉我。说到刘星我心里坦然地笑笑,但是,后来他说到"请愿书"时,我心里咯噔一下。"什么'请愿书'?"我问。他回答:"他说,他想回家,由于记不起家庭地址,又无亲人,想尽快成为合法公民，所以给我们写了一封'请愿书'。"

我随即对此进行了了解。当然事实告诉我，刘星虽没有其他新的提法。但是，差一点让仅有一两天在站里的巡访组成员误解了我们的寻亲甄别工作。

2018年3月上旬，民政部督查组由江西省民政厅党组成员、副厅长龚建辉带队来上海督查。在查看上海市救助管理二站受助人员生活管理情况时，刘星又特地向督查组谈了自己的情况。

左二刘星在向督查组谈自己的情况，右四为江西省民政厅党组成员副厅长龚建辉，右三为上海市民政局处长李志龙

刘星每天在管理科生活，一日一日地按照管理科安排的日程与其他受助人员一起参加室内室外活动，跑步、打乒乓球、跳绳等。

站里根据局里工会布置的任务，要组织一次大合唱，参加全局红歌演唱会。

为了体现我们与流浪受助人员救助之间的服务关系，站里专门让刘星作为流浪受助人员代表和工作人员一起组成了演唱队。刘星还担任了领唱。

接到任务的刘星非常高兴，大家也都很高兴。

那天，上海市救助管理二站表演的节目是——《黄河大合唱》。

大礼堂内，整齐的合唱队伍排列完毕，全场期待着上海市救助管理二站合唱队的大合唱开始。

指挥走到舞台中间，举起右手。"开始。"

此时，一个男声按照事先歌词的编排，朗诵了起来。"朋友，你到过黄河吗？"观众席上的人们齐刷刷地向我们大合唱的队伍望去，那位男声朗诵者就是刘星。

刘星的寻亲甄别几乎成了我内心的一个坎儿。随着时间推移，同情刘星的同事，不仅在管理科有，而且在站领导之间对他的认识也有彼此相左的观点与看法了。

2017年，刘星进站求助已经快两年了。

在站里的时间里，每次救助甄别科召开"月度寻亲甄别会"都会把他的事情提出来研究，及时掌握进展情况。据管理科反映，刘星总体上情绪稳定，除了看见站领导去科里巡视检查时，就要求帮助其解决公民身份问题，其他时间就与另外一位不太言笑、类似哑巴的年青受助人员在一起，经常形影不离。和他在一起，那位流浪受助人员有时会露出一些笑容。他们俩还有时帮助当班人员打饭端菜等。管理科孙军说："他接受能力很强，凡事给他一讲，他就明白。"

救助甄别科在刘星回到管理科一段时间后，还多次上管理科询问开导他，但是，始终得不到有用的线索。而刘星要求办理合法公民身份的愿望却十分迫切。

"马站，我们能不能搞一次跨省甄别，带上刘星一起去四川和重庆寻找？"管理科小章问。

"不行，他目前的情况不符合跨省甄别。"我果断地回答道："你们平时还是要多注意是否有新线索，把观察到的新情况都在当班记录上记上。"

那天，站里照例召开季度"甄别工作例会"，地处上海农场的两个安置所负责甄别寻亲工作的同志也来了，站里负责男性和女性流浪受助人员的管理科科长以及业务科也一起参加了例会。

梁习武在谈到刘星的问题时说："他的情况很特别，思路非常清楚，基本找不出问题。在他住甄别科里时，我们也搞过好几次，包括我夜里当班时，也找他谈话。他只是说记不起来他和养父住的大山上的地址了，甚至于他们住的大山也不知道叫什么名字。问他还记得周围邻居不？他回答也是与以前差不多，山上邻居都和他们住得很远，都不认识。"一谈到刘星，大家都静静地听着。

"你对他有什么感觉？"我问梁习武。

"让我说实话哦？"梁习武问我。

"当然说实话。"

"那我就说了，依据我对甄别的经验，以及对求助人员的情况来看，讲心里话，刘星跟人家不一样。"

"怎么不一样？"我继续问。

"他身上有太多值得怀疑的地方。"梁习武回答。

会议室里的同事们有的伸长了脖子听梁习武继续讲刘星值得怀疑的地方。有的轻轻地点头，没有吱声打断梁习武的判断。

"可以说，像他这样的年龄与文化，不可能不知道他以前的家庭地址。"梁习武鼓起勇气断定，他谈出了自己的想法。

会议室一时众说纷纭，变得热闹起来。

"好，今天这个例会开得很有起色。我们的例会就是要开成这样，大家广开思路，畅谈各自的想法。"我顺势鼓励大家。我又接着说："我们开会的目的，就是要让大家一起分析问题，找出问题，集思广益嘛。你们不要感到我对寻亲甄别很重视，就不去说内心的想法和估计。诸葛亮也还听取其他人的意见办事，更何况我们现在是为找不到家的人考虑问题呢？所以，希望大家敞开谈，不要有顾虑。"

一个下午，人们都在分析和议论刘星的事情。

散会了，与会人员也没有形成一个明确的好办法，刘星的甄别问题还得继续寻找突破口。

次日，我刚进单位，就见到了梁习武。

"梁科，你等等。"我把刚从食堂出来的梁习武叫住。

"昨晚，我又仔细想了一下例会上的事情。关于刘星，我也有与你一样的感觉。他的情况很不一般，他根本不像精神上有问题的人。但是，偏偏就是这样一个青年却提出来令人不可思议的身份问题。"我依然沉思着给身边的梁习武讲。

"是的，是这个问题。"梁习武点头。

"假如，刘星是一个正常的人，为什么会没有合法身份呢？看他的年龄也应该二十岁左右了。假如他曾经患了记忆上的问题，那为什么还记得抚养他的老爷爷呢？但是，他现在一点没有记忆和健忘的疾病。"我和梁习武边分析边走着。

"这个问题一定要慎重，甄别寻亲是我们的任务。但必须做到每一件甄别都要经得起考验。无论什么事，只要经过我们的手，就必须经得起考验。"我坚定地告诉梁习武。"最好做一次比对甄别，听说人脸识别蛮厉害。"我随口说道。"是呀，但是渠道不给力，据说还属于内部掌握阶段。"梁习武应道。

就在人们对刘星不解、同情、可怜时，让人感到奇怪的事情发生了！

那天，太阳高高悬挂在天空，气温逼近 30 摄氏度。

人们有的利用午餐后的一点时间在休息，有的在散步。救助甄别科接到了站大门口警卫室电话。

"梁科长，有人找你。"警卫室警卫打电话给梁习武。

当梁习武搞清来人用意以后，就派人去大门口接来人。来找梁习武的人一共四男一女五人。他们其实不是来找梁习武，而是来我们救助管理站找他们的儿子。

与梁习武一见面，来人中的一位五十岁左右的男人就迫不及待地从包里拿出一张照片递到梁习武手里。

"这不是刘星嘛？"梁习武刚接过照片，还没有仔细看，就脱口而出。

"啊？刘星？"一时间，科里其他同事都不约而同地转向梁习武手里的照片。

"是他，这一看就是他！"蔡蔡激动地喊道。在随后人们的肯定声中，进来的几位也喜出望外。"太好了！终于找到了！"

在救助甄别科办公室，工作人员给几位倒上了茶水。

经介绍，来人中的年纪稍大、五十左右的是刘星的爸爸，而另一位小伙子，则是刘星的亲弟弟，那位女的就是刘星的妈妈。

一起让上海市救助管理二站为此反复甄别达两年多，让不少人为之惋惜和同情的刘星，终于有了结果。

其实，给刘星做人脸识别的事，甄别救助科一直没有公开。在得到结果后，他们再次与重庆方面联系，以核实情况。没想到，刘星父母听说后，没打招呼径直就赶来了上海。

这突如其来的结果，让所有人感到惊讶，感到不可思议。

而令人不解的事情还在继续。

当工作人员带着刘星来到期盼已久迫切见到他的爸爸、妈妈和弟弟的面前时。他几乎惊呆了。他被这突如其来的场景惊呆了，脸一会儿红一会儿白。

他竟然强忍惊讶，装着不认识眼前来认亲的人。

"我们找你好久了，你怎么就在这里？"他爸爸急切地问他。"哥哥，你不认识我了？"弟弟又问。

面对亲人的询问，刘星没有回答，也许太让他意外了，也许这太突然了……也许，他心里的好事瞬间变成泡沫了。

他看了看爸爸、妈妈和弟弟，就再也不回头看他们。当工作人员问他时，他轻轻地回答："我不认识，不认识。"

本应该相拥而泣，十分感人的场景，竟然出乎意料地以这种尴尬的局面出现在周围人们的眼前。一时，场面好似凝固一样，没有一点声音。

接下来，刘星的爸爸又拿出了刘星的身份证和他们的户口本；上面清清楚楚地写着刘星一家人的姓名与身份关系。

刘星的妈妈已经是满脸泪花，爸爸的眼睛也是红红的。弟弟非常不理解地拉着哥哥刘星的胳膊。

"他在家里是不是有点叛逆，或者你们平时不太与他交流？"梁习武问刘星的爸爸。"没有。从来没有。"刘星爸爸肯定地回答。

"哥哥，哥哥，我们回家，回家好吗？"刘星的弟弟摇晃着刘星的胳膊说。"你不认识我了吗？"刘星此时，抬头看着弟弟，几分钟过去，他依然摇摇头。

梁习武走到刘星身边。"今天，你爸爸妈妈那么远来接你，你不要再多想了。你的情况其实我们早就有数了，回去吧。你这么年轻，回家好好找一份工作。"听了梁习武的话，刘星好像得到了什么肯定的回答，脸通红地站了起来。"年轻人嘛，今后的道路长远得很。"梁习武接着对刘星的爸爸说："他很聪明，在这里都很好。"正说着，管理科把刘星进站时带来的私人物品拿了过来。"他有很多日记，还有书。"管理科小张告诉刘星的爸爸。

忽然，刘星背起自己的大包袱，转身朝着二站大门口走去。

这边办完手续的刘星爸爸、妈妈和弟弟一边和救助甄别科的同事打招呼表示感谢，一边急着追了出去。

就这样，刘星头也没回地离开了救助管理站。

我们很难说，此时的刘星到底心里在想什么，遇难求助了？还是欺骗了好心人？抑或是他的算盘子散落了？他到底想要干什么？人们不得而知。

他爸爸告诉我们，他这个儿子叫——黄飞。

无独有偶，在江西赣州市救助站竟也发生过类似的事情。赣州市救助站主持工作的刘卿副站长给我讲，当年一名三十多岁的流浪受助人员，长得也就像十七八岁的样子，经常在赣州市街面上流浪乞讨。一天被公安部门送来以后，他说是河北邯郸市人，叫杨宝宝，是从邯郸市下面的一个乡镇福利院走出来的。

从业务和寻亲的角度出发，赣州市救助站不断在为他甄别。经了解，河北省邯郸市所属的那个乡镇，根本就没有这么一个儿童福利院。看着这样一名流浪受助人员，刘卿虽然感到蹊跷，但于心不忍，眼前的这个杨宝宝，毕竟还是未成年人嘛。于是，他除了联系外省市救助站，通过"跨省寻亲联动机制"帮助这位流浪受助人员外，还发挥了自身的社会关系进行寻找核实。但是，始终没得到新的收获。

无奈，杨宝宝被安排去了救助托养机构，予以临时安置。

但这件事却一直在刘卿心里。一天，他和时任赣州市救助管理站站长的张玮提及这事。张玮见其一脸的无奈，就安慰他："刘站，事情总会水落石出的，我们不妨帮杨宝宝做一次'人脸识别'试试，看有没有结果。"没几天，杨宝宝等几位的照片被采集做了"人脸识别"，但是，也没有得到应有的效果。

后来，每当刘卿副站长去托养机构，总会去看一看杨宝宝。两年后，刘卿再一次试探性地为杨宝宝做一次"人脸识别"。其实，这一次，刘卿已不抱有太大希望，只是配合性地提供了杨宝宝的照片。但是，恰恰这次的"人脸识别"，让赣州市救助管理站全站感到震惊。

识别结果告诉他们，这个杨宝宝根本就不是河北省邯郸市那个莫须有的儿童福利院出来的。他的真实身份是广东省揭阳人，时年三十岁，真名叫吕不安。此事一出，一片哗然！

人们搞不懂，杨宝宝为什么不过自由自在、独立自主、劳动所得的正常生活，相反却要冒充流浪乞讨人员而到处流浪，甚至愿意住在救助机构内？真是天下之大，无奇不有。

殊不知像刘星、杨宝宝之类的人，不仅蒙蔽了工作人员，还浪费了国家资源，更使关心帮助他们的家人和好心人无比失望。

**五、流浪的他可能是位医生？**

沮丧的王俊华被父亲和弟弟从河南省医科大学接回了河南老家。

次日就是中秋节，是一年一度团圆喜庆吃月饼的日子。

王俊华一家姊妹几个和父母都在为中秋节张罗着。尽管王俊华的父母因为王俊华的辍学，心里很憋屈，但是当着儿子的面，还是平淡微笑。他们老夫妻面对的毕竟是自己的亲生儿子。他们心痛，惋惜。然而，今天是全家团聚的日子。夫妻俩心里祈祷着，从今往后，倒霉的日子就永远一去不复返了。

晚饭后，各自散去。王俊华的姐姐回家了，兄弟们也各自忙自己的事情去了。

夜深了。王俊华的父亲竟还没有见到他回家睡觉。他父亲起身看了看儿子的床铺，空无一人。又过了半个多小时，还没见王俊华回家。老人感觉不对，他知道王俊华精神上有病，这么晚了还没有回家，他的心悬了起来，他把老伴叫醒，把情况告诉了老伴。

"俊英、俊英。"王俊华的父亲急匆匆赶到小儿子王俊英的家里。当还在睡梦中被叫醒的王俊英听说此事后，说："爹，你别慌，我们去找找。"他一面劝说着父亲，一面赶紧穿上衣服，给妻子交代了几句后，就拿起手电筒冲出家门，去寻找深夜未归的哥哥。

不成想，这一找，就找了快十五年。

浙江省衢州市医院病房里住着一名半年前进来的男性，那天9点左右，衢州市救助管理站王芸去医院就近期寻亲工作做了再次巡查。

王芸来到这名男性流浪受助人员的房间。之所以称呼他为"男性"，就因为他半年前进医院时，一言不发，闭口不言。人们还以为他是聋哑的男人。

"你好！这几天怎么样？"王芸看着这位不说话的男性问道。当王芸的问话声音刚刚停下，只听见"嗯"，一声发自这位男性的回应。王芸惊喜不已，在这之前的问候中，王芸从来就没有得到过他的任何回应。"这几天身体好吗？"王芸不失时机地又问道。对面那位男性却没有再回答，只是看着王芸。

"喝杯水吧。"王芸给他倒了一杯白开水，递了过去。

"谢谢。"声音非常轻，轻得让一般人都听不出来。王芸却听得清清楚楚。"不用客气，你坐下吧。"王芸对他说。此时，王芸想，今天他状态这么好，何不问问他还记得自己的老家吗？

王芸心里想着，便不由自主地拿出笔和纸。"我看你也不是没有文化的人，应该会写自己名字的吧？"王芸试探性问道。她把纸和笔给了那位男子。"你把你的名字写下来，我看看好吗？"那位男子拿起笔，然后若有所思地在纸上写了起来。

王俊华，河南省周口店市鹿邑县……

王芸看见王俊华一手端正的字体，姓名地址都写得清清楚楚。她兴奋无比。"太好了，太好了！这下，我们就可以找到你的老家了。"

王芸不敢在医院停留更多的时间，她简单安排好原定一天的工作，就急着返回了救助管理站。按照王俊华写的电话号码拨打过去，可是，电话听筒里传来了声音："您拨打的号码是空号。"王芸不甘心，又一个一个号码对照着拨打了一边，令她失望的是，得到的回答依然是"空号"。

心里满是希望与兴奋的王芸被这无情的"空号"回音打了回来，就好像一盆冰凉的水倾盆而下，从头浇到脚。

王芸和她的同事们看着桌上的纸，看着纸上的文字与号码。难道记错了，还是本来就是假的？

王芸冷静下来，她认为，王俊华应该不会写假号码。

她下意识感到，王俊华提供的信息可能由于离家时间太长，会不会停号或者记错了。在这之前，衢州市救助管理站曾在全国救助寻亲网和公安人脸识别等渠道都发布过寻人信息，但是都没有回音，即便人脸经过识别后，得到的吻合度也是相差不少。这次由王俊华自己凭记忆写下的信息也不一定是非常准确，再说还不知道，他以前到底什么情况。王芸想到这里，她回过神来了，她坚信，她一定会有新的进展。

几天后，王芸再次去了医院。

这次，王俊华似乎有些期待地等着王芸的到来。

一看见王芸来了，原本严肃无语的王俊华朝王芸微笑了一下。王芸见状就接着与王俊华聊了起来。虽然，王俊华还是你问十句，他回答三句，但是对王芸来说，眼前这位流浪受助人员已经有了很大的进步。

"家里还有谁？还记得他们的名字吗？"王俊华听后又沉思起来。"你如果记得，也可以写给我。还有家庭地址，都可以写给我看看。"王芸说。

王俊华拿起茶杯想喝水，一看杯子里没有水。"我还是写，好吗？"

"好的，都可以。"王芸把笔给了王俊华。

王俊华想想，写写。又一张笔迹端正的文字写下来了。

王芸接过来一看，纸上，王俊华写的内容，就好像一份王俊华的社会关系。

原来，他有三个姐姐，两个弟弟，一个妹妹，一共姊妹七人。他还写出了，他父母亲和姐弟妹妹的名字等信息。

他两年前曾经考进河南省医科大学。

王芸十分惊讶地看着王俊华写下的情况，原来王俊华还是一名大学生，出自一个农村的多人口大家庭。得到这些，王芸更加坚信，之前王俊华提供的信息一定不会是假的。王芸把按着王俊华提供的号码打的电话没接通的事情告诉了王俊华，王俊华不解地摇了摇头。他不理解，老家的号码没有错，怎么会打不通呢？

王俊华没想到，他出走离家时间太长，不光是电话号码不用了，就连他自己的户籍身份也已经被注销。

几天后，王芸找到了周口店市鹿邑县玄武镇民政助理的办公电话，情况随之有了转机，渴盼已久的消息终于得到了证实。

1月6日一早，王芸接到了来自河南的长途电话。来电人就是王俊华的亲弟弟王俊英。王芸应王俊英要求，双方加了微信。对方的王俊英在微信里看见了自己的哥哥。"王老师，谢谢你们，太感谢你们了。这是我哥哥，他离家已经十五年了！"对面话还没说完，哽咽声压过了周围的声音。

原来，王芸她们终于找到他家的这位王俊华，竟然是出走十五年之久的河南省医科大学的高材生。当年在学校因为一次人体解剖受到惊吓，精神失常，而无奈辍学回家。而今，在老家的父母亲也都已七十开外了。

"今天，找到我哥哥，我的父母也就放心了。"王俊英又接着说："我哥哥当年出走后，我们到处找了两三年。父母亲这几年经常提起我哥哥，都以为再也见不到他了。你们真是做了一件大好事。"王芸在电话里告诉对方："现在找到你哥哥了，确是一件大好事。但是，你们还是要做好你父母的思想工作，不要过分激动。我这边也会尽快把好消息告诉你哥哥。""王老师，说到这，我想起来了，我哥哥的户籍也注销了。先不要告诉他，你看好不好？"王芸知道，王俊华出走离家多年，这种情况也遇到过。"这个可以，你哥哥回家之后，你们还是要多帮助他。"

一时间，双方都非常高兴，非常激动。

但是，一个曾经给家里带来莫大希望的人，如今却是一名没有身份的流浪者。这不得不让双方为此感到遗憾。后面，需要做的事还很多，帮助王俊华重新找回希望，重塑信心，才是一家人心中的头等大事。

## 六、阿宝的海门究竟是哪个？

2017 年 6 月，春暖花开。

第二届"华东地区部分救助管理站长联席会"在上海的飞地——地处江苏省大丰四岔河的"上海市流浪乞讨受助人员安置所"召开。会议借上海农场会议厅举办。那次上海市救助管理二站又与 15 家救助管理站签订了"跨省甄别联动机制"协议，使"跨省甄别联动机制"签约单位达到 39 家。

会议期间，所有与会人员根据安排乘车前往地处大丰市四岔河北面的"上农安置所"参观。

五十多名来自各地的救助管理机构的领导和代表来到安置所后，实地察看受助人员活动和男女受助人员的居住环境以及生活场所。他们看到了流浪受助人员正在练习"扇子舞"等。

正当此时，看见之前曾因其口音和"海门"之说，被送往江苏省海门市救助管理站跨省甄别过的"阿宝"，我马上想到了来自浙江省嘉兴市救助管理站的费世伟站长，就急忙招呼他过来。我说："费站长，你帮着看看，你老乡在这里，你听听他的口音是不是靠近嘉兴？"费站长刚迈进受助人员活动的房间。听到我招呼他，三步并成两步走了过来。满头大汗的费站长弯下腰，与"阿宝"简单对起了话。周围的站长们有的围在边上，有的深入受助人员当中都用甄别的眼光察看着交流着。只见费世伟仅仅与"阿宝"说了几句话，起身说："他非常像我们那边的人。""那就对了，海门，有人说有两个吧？"我似问非问地说。

显然，在毗邻上海市南北的浙江省和江苏省都有叫作海门的地方。江苏的海门就在南通市。

之前，我们根据"阿宝"的口音几乎把精力全部投放到了江苏省的海门市。

如今，希望出现了。

一星期之后，"阿宝"有了明确的消息。他就是浙江嘉兴那边的海盐西塘桥镇人。费世伟站长给出了肯定答复。

在得知"阿宝"的确是嘉兴海盐人后，我有一种感觉涌入心头。之前，我们费了很大精力，却原来犯了一个方向性错误。"阿宝"明明是南方的海盐，但我们却以为是海门，而一味在江苏海门转个不停。假如没有站长之间的交流，没有这次"华东地区部分救助站长联席会"，"阿宝"的寻亲线索会出现吗？

毫无疑问，这正是跨省寻亲联动带来了机会，使一名离家五年多的流浪者，终于有了与家人团聚的机会。

否则，"阿宝"的寻亲可能还在向着相反方向继续不停地"努力"着。

在"第二届华东地区部分救助站长联席会"结束后的一周里，除了"阿宝"，还有海南和河北、山西、安徽、江西等多地跨省寻亲成功。据说，有六名长期找不到家的流浪生活无着人员，通过"跨省甄别联动机制"，在十天左右找到了失散已久的亲人。

记得那天我们接到嘉兴市救助管理站费站长的电话后，非常兴奋，当天下午就陪着"阿宝"乘车赶往嘉兴，了却"阿宝"一家团聚的期盼。当护送的一行人和"阿宝"刚一下车，等待已久的"阿宝"的妈妈和哥哥以及乡亲们蜂拥而来，妈妈上前就抱住"阿宝"。"阿宝，阿宝，还认识妈妈吗?"只见阿宝吃惊地看着妈妈，低头不语。在众人的前呼后拥之下，我们和阿宝家人以及嘉兴市的费站长好不容易来到村里的会议室。当地电视台新闻记者还专门采访了现场的人们，包括费世伟、当地群众及阿宝的家人。

会议室的大桌子上摆满了水果，村里的干部和阿宝哥哥向我们赠送了锦旗。阿宝的妈妈竟没顾得上和我们救助站的工作人员说话，一直就搂着她的儿子不放，生怕阿宝再从眼前走失。

回到家的阿宝，东张张西望望，高兴得合不拢嘴。他哥哥介绍说:"五年前，阿宝一早吃好饭就去上班了。可是，原来天天走的那条小路正好改造。阿宝只能绕道，这一绕，竟然让阿宝绕出了老家，流浪失踪了。"

回看着寻亲实例，自己不禁悟出一些道理。在生活中，人们经常会遇到一些方向与方法上的问题，时常还会为此纠结，甚至于错失良机。

回想起阿宝的寻亲经过，我们一开始显然犯了一个方向性错误。尽管非常着急地为其寻亲，也通过"跨省甄别联动机制"合作，送其到海门市方面继续予以甄别，并带至附近乡镇询问了解，但都无济于事。令人意外的是，竟在一次会议上峰回路转。

另外，还有一次站里救助了一个江苏太仓人，开始救助甄别科认为是上海本地青浦或松江一带的人。我正巧路过，过去一听那位求助者的话音，立即断定那人很可能是江苏太仓一带的。但是，我的判断与救助甄别科的想法不一致。为尊重救助甄别科的意见，就由救助甄别科继续在上海市松江、青浦，甚至金山区寻找那人的家庭地址。

几日后，救助甄别科报来，那人还真是江苏省太仓的。因为，有一天救助甄别科在寻亲过程中试探性地给太仓一个派出所电话核实时，一开始对方否认了站里说的情况。而恰在此时，对方隔壁办公室的一位警察听到了电话的大概内容。因为之前他听说自己的姑夫走失了。于是，他就转身问了刚才电话里的情况，并随即追问了过来。没想到，二站救助的那名流浪受助人员还真是他走失多日的姑夫。救助甄别科之前却始终在向太仓之外的方向寻找着。

所以，在方向与方法的问题上，如果方向错了，即使方法再好，也会无济于事；假如方法错了，但是方向对了，也可能事倍功半。

所以，我们不能简单地只看方向与方法哪个更重要，因为方向与方法两者缺一不可。只有方向对了，加上理想的方法，抵达目的地才会事半功倍。对待任何事物，我们不仅要认真确定和判断准确的方向，更要制定出有效而又可行的方法。只有这样，才会收到理想的效果。

# 第五章　社会重大节点，寻亲任务更加紧迫

　　寻亲，在各地适逢重大政治、经济、社会活动和社会问题时，都会成为社会关注的焦点，都会引起各地各部门的高度重视。因为，这关系着社会问题、社会安宁或者市容市貌等大环境的点点滴滴。

　　比如，逢年过节、严寒酷暑的"寒冬送温暖""夏季送清凉"，再比如，上海世博会、中国国际进口博览会、20国首脑峰会、南亚博览会、花博会以及创建国家文明城市等世界级、国家级以及地区级重大社会、政治、经济、科技等活动。

　　救助管理的地位与作用，显而易见，必不可少。因此，寻亲就成了一件紧迫却又非常棘手而不可或缺的工作。

　　为了加强冬春两季的社会救助。2020年1月12日，云南省政府召开流浪乞讨人员救助管理工作省级联席会议，副省长和良辉出席。会议强调了各级政府要"做好源头预防和回归稳固工作：加强救助管理机构基础设施建设和队伍建设"。

　　每当社会重大节点期间，寻亲都会备受社会各界关注。因为这涉及人的工作，每一个流浪生活无着人员的背后都可能有着不寻常的社会问

题和矛盾。而这些社会问题和矛盾，也许就会与各级政府工作密切相关。

## 一、疫情突如其来，救助无小事

2020 年 1 月，一年一度的春节就在眼前。

人们永远不会忘记那场由新型冠状病毒感染肺炎所带来的全国性重大疾病防疫。

元旦前后，武汉爆发新型冠状病毒感染肺炎。

不成想，随之而来的是其传播蔓延滋长程度令人瞠目结舌。

然而，就在此时，人们还沉浸在迎接新年、办理年货、相约聚会、见望父母、拟定回家过年行程之中。

但是，疫情报告却迅疾报到国务院。

大街上人来人往，各地火车站飞机场熙熙攘攘，喜庆的气氛和到处的张灯结彩，显示出人们似乎还没太在意这个立马就要出现的全国大防疫。

2020 年 1 月 23 日，农历腊月二十九，距离大年初一还不到两天。当晚，电视报道了一则让所有观众十分惊讶的重大新闻："武汉全市公交、地铁、轮渡、长途客运暂停营运，机场、火车站离汉通道暂时关闭，坚决防止疫情向其他地区扩散。"

封城，武汉封城！

一场全国性的重大新冠病毒防疫战，在中共中央和国务院的统一领导下打响了！

随即，湖南、浙江、上海、北京等全国大多省市陆续开始发出"重大突发公共卫生事件一级响应"的通告。

满怀期待与欢乐的人们就此不得不重新酝酿起了过年计划，在准备喜迎春节之时，期待变成了观望，犹豫变成了焦虑。但是，人们头脑都十分清楚，特别是经历了 SARS 和禽流感等多次疫情的人们更加明白。大家毫无疑问地积极响应，共同为渡过难关而行动起来。

印象中的全国实施病情防疫这不是第一次。但这次绝对是有史以来最果断、最及时、最全面的一次统一行动。

适逢大年，全国旅游部门统一发出指令，停止跨省旅游。

大年初一，1 月 25 日，习近平总书记主持召开中央政治局常委会，全面研究部署疫情防控工作，并成立最高级别的应对新型冠状病毒感染肺炎疫情工作领导小组，由国务院总理李克强担任组长。

全国在"疫情就是生命，防控就是责任，生命重于泰山"的口号下行动起来了！

1 月 24 日，大年三十。全国驰援武汉市的医疗救助队当晚从各地紧急赶往武汉，并及时集结完毕，后分散到武汉相关医疗机构。

春节期间，党中央和国务院又多次连续召开会议研究加强这次新冠病毒感染肺炎疫情防疫，强调在原来基础上切实做好各项防疫工作。

国务院要求各地除城市运转需要外，推迟节后上班时间。

各地又纷纷提出，除特殊需要外，企业一律不得在 2 月 9 日之前复工。

在重大防疫"戴口罩、勤洗手、少出门、不聚集"的要求下，人们都始终"宅"在家过年，只有电话成了拜年的有效工具。

　　大年初六，国家民政部又对全国救助管理站提出了严格执行"六不要"的措施，严防疫情传播。对暂时找到家的受助人员暂停接返，待卫生部门解除疫情警报后再送返，并做好相关工作。

　　这就是救助管理寻亲甄别在特殊时期的特殊规定，看似不近人情，而实际却是在坚守防疫措施，避免传播，确保每一位寻亲者安全，维护求助者和寻亲成功者的生命安危。

　　2020年2月1日，大年初八。中国中央电视台"新闻走基层"节目播出了介绍浙江省杭州市救助管理站的专题寻亲节目"六年寻亲，终于回家"。

　　节目介绍了杭州市救助管理站通过多年寻找，终于在新年到来之际帮助迷失六年且自身无能为力的小霞，找到了自己的家。在全国统一防疫之前，小霞回到了妈妈身边。

　　作为该站寻亲能手，即将退休的李耀进和他的伙伴们，却没有因重大防疫工作放下手中的寻亲甄别。同样，作为杭州市救助管理站长的魏廉，依然不顾刚动完手术身体欠佳的状况，与其他站领导坚持在救助管理的第一线，确保每一天都是安全的。

　　河北省张家口新闻报道，宣化区救助管理站凭着职业敏感，就疫情防控进行了站内宣传，针对流浪乞讨生活无着人员相对密集、流动性大等特点，根据上级防控要求提出了在站内实施封闭式管理。切断外来传染源，开辟临时隔离室。好心人和护送单位护送时发现的流浪乞讨人员中如有发热、干咳、乏力等疑似症状的人员，必须先经"120"送至医院体测无碍，并开具无传染状况证明后，才可办理进站手续，从而确保站内所有人员卫生安全。

山东省滨州市救助管理站以本市民政局的"八项硬核措施"结合实际带动站里的"守好街，守好车，守好站，守好人"四守救助保障网。详细询问求助和送来的流浪乞讨人员的流浪经历，并进行严格体温监测。

辽宁省大连市救助管理站大年三十晚在给不愿进站的流浪乞讨人员送饺子的同时，主动送给每一名流浪人员一个口罩、一瓶消毒液。

春节刚过，山东省泰安市救助管理站来了一名求助人员，进站检查时发现有高烧，当时负责接待的工作人员迅即按规定对其进行隔离，并立即报告120急救中心。约十分钟左右，站长盛强和另外两名同志赶到站里。经泰安市民政局领导协调，卫健委立即派车前往救助站把人接到医院诊断。直至排除疑似情况，泰安市救助管理站对防控工作及时果断的处置得到求助人员的肯定。

湖南省长沙市救助管理站在民政局党委书记、局长陈昌佳带领下，上街巡查，关注流浪乞讨人员的冷暖和行踪。市救助管理站实行站内甄别前移、排查有无武汉暴露史、安排"特护期值班员"等"五项值班制度"。

内蒙古巴彦淖尔市救助管理站站长苏波与同事们根据局长暗访组电话，在大街上救助了一名自称叫"王玉梅"的老太太，并及时寻亲成功。

王玉梅二十年前从甘肃天水流浪而来到内蒙古。后来跟一位当地人同居，又因那位老人去世而再度踏上流浪之路。时逢过年，又值重大疫情防控，苏波和同事们急救助所急，急防控所防。当天毫不犹豫地帮助王玉梅寻找那个家。

一路遇到封村封路，苏波一路解释，直至找到老太太说的那个村。

但是一见到村里领导，才发现情况极其特殊，不适合让老太太住下。苏波果断决定先行将王玉梅安排在站里救助。虽然防疫任务非常严重，但巴彦淖尔市救助管理站寻亲工作脚踏实地，一切从实际出发。

福建省泉州市，2月初救助了一名湖北籍的83岁流浪汉。一直将流浪救助与社工紧密相连发挥作用的救助管理站站长蓝志坚要求，时值全国防疫期间，老汉被救助后先行关爱性隔离14天，救助站每日为其测量体温、体检。就在老汉隔离的那段时间里，救助站不忘为其寻亲甄别。一番了解排查，经核实之后，得知老汉孤身一人，是湖北天门人。无直系亲属，长期在外流浪，仅有一堂侄是他的唯一联系人。鉴于此情，蓝志坚与站办公室主任林巧真商量，待疫情过后再护送老人回家。紧急关头首先考虑流浪人员安危，精心照顾好年迈的老人。

## 二、G20峰会前救助"老革命"

2016年9月，世界20国集团领导人将在杭州召开G20峰会，浙江省杭州市为此做了大量的准备工作。

浙江省全省齐动员，确保G20峰会在杭州顺利召开。美丽的西湖更添一抹秀俊迷人的风光，就像展开翅膀迎接来自世界各国的首脑和五湖四海的朋友。

然而就在这档口，已是子夜时分，杭州市救助管理站迎来了一位迷路的老大爷。

找上门来的求助者自称已经离家三天，老家在浙江余姚小曹娥镇，姓劳，今年88岁了。

·

消息很快报到分管业务的副站长俞珍那里，她对业务部门说："抓紧一切时间，尽快弄清情况。"随后，俞珍又及时报告了站长魏廉，魏站长非常同意她的做法，并且说："越在当下峰会期间，越要抓好流浪生活无着人员的寻亲工作，绝不能马虎。"

救助管理站工作人员经过细心沟通，得知三天前，老人与家人发生了一点不愉快，独自一人赌气带上一点随身行李就出了家门。

没有想到的是，原以为出门散散心就回家的老人，却迷失了回家的路。不知不觉到了距离余姚老家一百多公里外的省会城市——杭州。情急之下的劳大爷向路人问路，路人也都听不太懂他带有北方口音的浙江话，而不得不做罢。劳大爷漫无目的地走在杭州的街道上，似乎领略着周边的风景，似乎又有点魂不守舍。几天下来，身上所带的零花钱也所剩无几了。正在走投无路时，有人给他出主意，于是，劳大爷在热心人的帮助下，这才被送到了杭州市救助管理站。此时，人们看到的老人已是精疲力竭。

令人着急的是，当老人离家出走之后的几天里，家人也如坐针毡。第一天晚上，他们立即向公安机关报了案。同时，兵分三路出去寻找。家人们去了浴室、菜场、车站等。他们担心的是劳大爷年纪已大，多有不便。但是无论家里人怎么寻找，直至快黎明，依然没有看见老人的踪影。大家不知道劳大爷去了哪里。

子女们一天天的找，一天天的失望。

两天下来，女儿急得身体都要垮了。就在家人心急如焚，百般无助时，突然接到了来自杭州市救助管理站的电话。

"你说什么？我爸爸在杭州啊？"与劳大爷一起居住的女儿惊讶地问

道。原来杭州市救助管理站经过一番甄别核实，得到了劳大爷家里的联系方式。就这样，出走多日的劳大爷终于有了可靠的消息，他的家人这才松了一口气。杭州市救助管理站经过家人介绍才知道，他们救助寻亲成功的这位老大爷，原来还是一位抗日战争时期参加革命，历经渡江战役、解放上海等战斗，多次立功，身经百战的老革命。在老人家所在的社区还有其革命事迹的陈列展览。

劳大爷的家人和杭州市救助管理站都庆幸，他幸亏被救助了，否则，一位对国家有着重大贡献的革命者，差一点成了流浪者。

在这偌大繁华的杭州城，那边，在紧锣密鼓地张罗准备难得的大事——G20 峰会；这边却一丝不苟地耐心接待求助老人，帮他寻找家庭地址的线索。

### 三、创建文明城市之时，丽江发出寻人启事

丽江，一座美丽的旅游之城；属于云南省地级市，位于云南省西北部，连接滇藏川。是古时的"茶马古道"和"南方丝绸之路"的重要通道。那里的丽江古城闻名天下。

正当整个丽江市在为创建全国文明城市大张旗鼓，忙得不亦乐乎时，丽江市救助管理站救助了一名长期在机场附近流浪，依靠捡拾废旧破烂生活的人员。当时群众反映，这样有碍于丽江市创建全国文明城市活动。

流浪者被接到救助站以后，得知他叫"杜山"。丽江市救助管理站站长和有义发现，这名被救助的流浪受助人员精神或智力方面大概有问

题。于是，他们一方面帮这名叫杜山的流浪受助人员洗澡理发，洗漱干净；另一方面给他进行必要的检视和拍照，上传救助信息。

因为创建全国文明城市是当地政府的一件大事，丽江市救助管理站当时救助任务繁忙。一切办妥之后，救助站给杜山做了"人脸识别"，但是，却没能得到任何相似的验证，"人脸识别"无法提供出杜山的身份证明。站长和有义认为，现在是丽江创建全国文明城市的重要时期，要把控好流浪生活无着人员的救助，不能拖后腿，尽快帮助杜山找到家。

丽江市救助管理站详细整理了杜山的寻亲信息，随即发至"全国救助寻亲网"。

几天后，有消息传来，认为"寻亲网"上的杜山可能是毕节一家失联多年的亲人。于是，丽江市救助管理站翟刚刚准备马上和毕节市救助站进行沟通。

没想到毕节市救助站却先给丽江市救助管理站打来了电话，消息很快传到了丽江市救助管理站站长和有义的耳朵里。原来，贵州省毕节市救助站诸葛明打来电话是想告诉丽江市救助管理站翟刚刚，杜山很可能是毕节市赫章县财神镇人。

慎重起见，丽江市救助管理站又请毕节市救助管理站协助对杜山的身份做进一步核实。毕节市救助站诸葛明说："放心吧，我们准备再去村里调查一下。天下救助是一家嘛。"

后来毕节救助站深入郎下村与当地村民了解该村是否有像杜山这种情况。也许杜山离家时间太久远，有的说是，有的说不认识。那天诸葛明在村里遇到一个人，竟然是杜山的亲戚，他看了照片说："非常像，还是让他家里人看看吧。"诸葛和随行的小段认为，这非常有必要，因为他们最后肯定身份一定要找杜山家人确认这一情况。诸葛明找到杜山的家人，谁想到其父亲十分肯定地说："他，就是我的大儿子，不过，不叫杜山，叫段三。"诸葛明看着段三父亲肯定的语气，心里笃定，他想，叫"杜山"和"段三"都不要紧，因为工作人员听错或杜山本人说错的可能性都有，只要人能对上就好。他回到站里将核实的情况马上报告给了站领导。毕节市救助管理站站长让诸葛明赶快告知丽江市救助管理站。翟刚刚又让杜山在视频里辨认对方视频传过来的图像。杜山毫无思想准备地朝视频转过去，仔细一看，顿时一惊。这不是他的父亲吗？杜山看见父亲的图像时，激动得快要叫喊出来。

次日，丽江市救助管理站再一次与贵州省毕节市救助管理站沟通以后，丽江市救助管理站和有义站长说："看来，杜山就是段三了，是毕节人已经证据很充足了。"随即他派出工作人员带上段三马不停蹄地赶往远在贵州赫章县他的老家，让这一家人尽早见面。

段三的老父亲说："为这一见面，我梦里不知道有过多少次，今天总算是真的了。"

## 四、"亚信"会议期间，大事面前不含糊

往往，在配合一个大型政治经济活动时，救助管理机构会毫无疑问担当着一个不起眼，但却不能被忽视的重要角色。这种情况在局部是这样，在全国也是这样。

2014 年 5 月，第四次亚信峰会在上海召开，中华人民共和国主席

习近平到会，并主持会议。

峰会上，中方正式接任亚信主席国，这也是中国首次担任亚信主席国，时间是 2014 年至 2016 年三年。

年初，为迎接在上海召开的亚信峰会，时任上海市民政局副局长周静波，恰逢分管上海市流浪乞讨生活无着人员的救助管理工作。他在上海市府村路 500 号，即上海市救助管理二站内召开专题会议，以加强和促进救助管理落实到位，重点部署"亚信"会议期间的救助管理。全市各区县的民政局分管局长和救助管理站站长出席了专题会。

作为承担上海市流浪乞讨生活无着人员暂时无家可归救助任务的上海市救助管理二站，接受了更加艰巨的任务。除了正常接待求助人员和其他救助管理站转送的流浪乞讨人员，还要协助接待来自全国的信访办的领导与工作人员。

为此，市政府要求将二站 3 号院的一栋五层大楼腾出，专门借给市信访办，用于"亚信"会期间的工作所需。

一般情况下，二站的食堂每天要供应 300 多人用餐。

但是在峰会前后，一个不到 20 名工作人员的食堂，却经常要满足 500 多人一天的用餐。

求助人员来站救助往往是没有规律和时间约定的。任何时候进站都会有需要吃喝的问题，食堂随时满足求助人员的需要。食堂管理员早起晚走，时不时睡在单位，以保证重大任务不受影响。

会议期间，领导到二站检查慰问，我在介绍工作人员和食堂情况时，不经意间碰到了食堂管理员卢智辉的后背，身穿西装工作服的他，后背已经全部湿透。其他工作人员也是边擦汗边忙着手里的工作。

当时，时任上海市民政局局长施小琳动情地说："你们的辛苦换来的是'亚信'峰会的顺利召开，是我们市民政局和救助站的光荣。"

有时，凌晨二站也会接到送来或自己进站的求助和流浪人员。救助站从来不打折扣，确保重大经济政治活动不受影响。在那次"亚信"会议期间，二站寻亲不断传来好消息，流浪受助人员接二连三找到家。跨省甄别就是在那时候走出来的一条新路。

## 五、在外多年流浪汉，竟是全国通缉在逃犯

在地处西南地区的云南省楚雄市，就有这样一件曾让当地老百姓惊心动魄的故事。

2018 年 3 月，云南省楚雄市救助管理站突然收到一封江西省南昌市救助管理站的协查函。

细心的楚雄市救助管理站李育光站长认真看完南昌市救助管理站的协查函，心里寻思了起来。

信里提到的是一位自称"杨兴中"的贵州人。2013 年因在南昌闹市区打架斗殴，被南昌市公安机关抓住，后发现其言语混乱，没有固定住址，属于流浪生活无着人员，故送到南昌市救助管理站救助甄别。

进站后的"杨兴中"，经过初步检视甄别后，疑似有精神问题，于是南昌市救助站又将其转送到当地精神卫生中心治疗。

后来，"杨兴中"在精神卫生中心有了女友。据他女友反映，"杨兴中"不是贵州人，而是云南省楚雄市人，老家住在楚雄市牟定县安乐乡。

李育光想，来函提到的县和乡等地址信息都有，仅仅按此回复，会

不会没这么简单。但是，事情又会怎么复杂呢？

于是，身为站长的李育光叫来有关人员一起商量这封来函和内容。"我们要负责任地回复南昌市救助管理站，提供更加翔实的资料，我想你们这几天应下去仔细调查核实一下"。

次日，楚雄市救助管理站的同志赶往牟定县救助站，并拿出南昌市救助管理站提供的照片，一起深入来函所提到的村庄进行核查了解。

在村里的村民中，大多是没有外出打工的留守老人和妇女儿童，许多人看了照片以后都摇摇头，说不认识。很快时间过去了一个多小时。"这个人啊？"一名妇女在看过照片以后，似乎感觉到了什么，脱口说出这么一句。前行的救助站的工作人员，迅即抓住这一不经意间的话。"你想起什么来了？他是这个村里的人吗？"楚雄市救助管理站的华科长敏感地问她。"麻烦大家再仔细想想，仔细看看。"华科长跟围观的群众说。"是，好像是他。"周围群众你一句，我一句，照片上的人有了进一步的确认："他好像是外跑出去的黑应昌。"华科长他们继续追问："你们认识就给我们说说，如果不是也没有关系。"就因为华科长等同事们的追问，结果答案却让在场的工作人员傻了眼。原来，村民们认识的照片上这个人，很像十几年前发生在村里的杀人后逃跑的黑应昌！

听到这，华科长和救助站的其他同事，都感到很惊讶。这样的事可不能随意定性。两个救助站的同行商量之后，一致认为，要慎重，必须真正确定照片上人的身份，不能单方面根据村民们的说法就敲定事实。

于是，他们急忙赶回楚雄市公安机关说明情况，要求人脸比对。公安机关很重视，第二天结果出来了，确定此人就是十二年前公安部门发出全国追逃通缉令的黑应昌。但是，为了避免打草惊蛇，公安部门提出请救助站尽快配合联系江西南昌市救助管理站，暂时不要惊动其他方面，并严密控制住当事人黑应昌。

事情回到 2006 年 10 月的一天傍晚。

忙了一天的黑应昌一家人，正在一起吃晚饭。黑应昌的母亲还特地弄了些下酒菜，黑应昌就与父亲喝了起来。

正吃着，本家黑山来了，黑应昌的母亲一看，正是饭点。就热情地叫进门的黑山一起坐下喝点。黑山也没有推脱，就坐下一起喝起来了。

酒过三巡，原先大家还很客气的几个人，却为了砌猪圈的几块砖石竟发生了口角，没几句后就大打出手。

一旁的黑应昌实在气不过，仗着年少气盛，酒气突然促使他冲动起来，他拿起一把刀就朝黑山砍了过去。被砍的黑山顿时倒地不能动弹。黑应昌正在气头上，接着又拿起锄头朝黑山猛砸。黑山挡不住这突如其来、接二连三的猛击，躺在血泊里一动不动了。

黑应昌的家人被这场景吓丢了魂。

黑应昌父亲的酒，此时全都惊醒了。母亲惊叫道："坏了，出人命了！"

刚刚还满脸通红斗气勇猛的黑应昌站在黑山的尸体旁愣住了。心里在想，怎么办？这怎么办？叫医生！不行，他担心医生来了也不一定能救黑山。他突然感到事情严重了，肯定严重了。他没看见躺在地下的黑山再爬起来动一动，只有满地的血流淌不止。

"闯祸了！"母亲喊了一句，这一喊惊醒了呆若木鸡的黑应昌。只见，他转身就往外跑了。很快，黑应昌就消失在了夜幕之中，直到十二年后的今天，才又有了消息。

　　俗话说：跑得了和尚，跑不了庙。黑应昌逃跑了，但是，当地公安机关随后就来到出事地点调查取证。几天后，一份追讨杀人嫌疑犯的全国通缉令向全国各省发出。

　　让人意想不到的是出逃后的黑应昌，东躲西藏，终日惶恐不安。竟然流浪到了江西南昌，与自己的家乡相隔数百公里。在一次与人打架时，竟被抓了起来。由于装疯卖傻，还被送到了救助管理站，后又转送至精神卫生中心。他做梦也没有想到，在他心中可以无话不说的女友，竟然挡不住救助管理站工作人员的询问，把他的悄悄话给泄露了出去，导致他隐藏十多年的身份终于暴露。

　　黑应昌很快就被云南公安机关押解了回去，一个让人为此天天不安的刑事案件终于有了眉目。而案件的解决，极大地安抚了被害人家属和当地的群众，维护了人民的生活安全。

　　得到消息的楚雄市救助管理站站长李育光事后认为，救助站无时无刻不面临各种情况，风险也会随时相伴而来。所以，凡事都要认真细心，多想到一些问题，这样就会规避一些风险。

　　救助寻亲就是这样，无论在何时何地，都会发挥着缓解社会矛盾的作用；为配合重大节点，维护一方平安默默承担着鲜为人知的各种压力。

# 第六章　寻亲方式"各显神通"

在全国许多救助管理站，大家在寻亲甄别的实践中摸索出了各自的方法和技巧。

江苏省南京市救助管理站率先设计安装了流浪生活无着人员在站寻亲查询系统。

上海市救助管理二站在全国首创"跨省寻亲联动机制"。

山东省烟台市救助管理站开发编制寻亲风险规避制度。

上海市救助管理站总结制定了"寻亲十二法"。

浙江省杭州市救助管理站有独具见解的寻亲甄别"窗口期"。

安徽省马鞍山市救助站推出"互联网＋救助寻亲"。

蚌埠市救助管理站以天文著名方向之星"北斗星"命名成立的"北斗星寻亲工作室"。

有的救助管理站还总结出了寻亲甄别的"三大纪律、八项注意"，形成一套易记易懂的指导方法。

国家民政部在 2016 年 1 月 1 日，推出线上"全国救助管理寻亲"网站，为帮助长期滞留的流浪生活无着受助人员寻亲和主动求助者进站登记查询搭建了平台。一周后,辽宁省大连市救助站通过该网站成功为一名离家走失三年的李大娘找了亲人,系全国首次。

"全国救助寻亲网"的上线进一步促进了全国寻亲工作。

之后,民政部又与"今日头条"等联手,打造"头条寻人""抖音寻人"。为此,马鞍山、赣州、台州等全国多地救助管理站长曾应邀出席"今日头条"的寻人新闻发布会。

同时,民政部协调支持创建全国救助管理站长微信群,使这一微信群在各地救助管理机构中一再扩大,入群人员一时扩展到站长之外,人员后来已经达到 500 人,影响面甚广,成了全国救助管理系统包括寻亲在内的业务交流平台。

另外,全国民政部门与公安部门合作,联合使用"DNA 血样比对"和"人脸识别"等科学技术,都给寻亲甄别带来了很大突破。

2016 年 5 月国家公安部建立儿童失踪信息紧急发布平台。在"互联网+打拐"时代背景下,与有关方面合作开发上线"团圆"网,以求快速救援被拐儿童。据报道,截至 2019 年 6 月的三年里寻找被拐儿童成功率达到 97% 以上。

上述"今日头条"和"团圆"网等线上寻亲技术,都有一个共同的特点,就是要"快",当事者家人越早报案,寻亲效果就越好。成功找到的案例大多为短期里面发生的事情。

而长期滞留在各地救助管理机构的流浪受助人员的寻亲,工作人员几乎是在大海捞针,即在没有影子的情况下收集、捕捉、选择、推理、分析、判断,才有可能获得难得的线索。其难度之大,可想而知。

总之,在实践中各有各的特点,各有各的长处。

上海市救助管理站就曾多次发挥"今日头条"寻人优势，在将寻人照片和信息发出后，很快收到回应。

上海市救助管理站站长刘晨，自打从局机关调到救助站以后，深入了解并掌握了上海市救助管理工作的特点，他和同事们就多年的寻亲甄别，重新调整了思路，开发寻亲识别软件，发挥"今日头条"等科技寻亲手段优势，大幅提升了流浪者甄别的效率。

2019年，救助站有一位流浪受助人员的信息被上传至"今日头条"。很快"今日头条"来电称，在大数据系统内匹配到一条"寻人启事"与上海市救助管理站推送的信息很接近，他们将很快通知寻人方与救助站联系。

约一小时左右，一位自称为陆姓的女士来电，说："在手机的视频上辨认后，确定贵站发布的寻亲者照片上的人，正是我寻找多日的丈夫。"

就这样，陆女士和家人从长沙来到上海，见到了走失十几天的丈夫刘强。为了寻找自己患有精神疾患的丈夫，陆女士她们四处散发寻人启事。后来她在长沙火车站和上海火车站监控中看到丈夫乘火车来到上海，但是，离开火车站的丈夫究竟去了哪里，却再也没有了消息。没成想，刘强在上海被救助管理站采用的"头条寻人"匹配成功，最终回到了家人的怀抱。

各地，特别是国内各城市的社会发展，无一离得开救助管理工作，更离不开寻亲服务。虽然经常看似只关涉一个人或一件事，但往往是找到一个人，救活一家亲。

2014年，上海市救助管理二站率先在国内采取"血样DNA比对"，为 3％的受助人员寻亲甄别成功。

　　一名在上海浦东与家人失散十一年的贵州籍聋哑女孩阿西，在血样 DNA 比对中获得成功。在她与家人离散的十年里，她父亲四处打听，公安机关报案，粘贴"寻人启事"等等，一切可以使用的方法都采用了，但依然见不到女儿的影子。

　　两年后，失去女儿的父母再无心留在上海，打道回府。然而回到贵州的父亲徐成业非但安心不下，反而思念女儿的心事愈加强烈，甚至变得焦虑起来。

　　于是，徐成业又重新燃烧起寻女行动的火焰。为了找到女儿，他只要打听到哪里有捡来或丢失小孩子的事情，他们就把打工的地方转移到哪里，想在那里遇见自己的女儿。他们曾经去过江西、河南、安徽、湖南等等地方。直到听说有了血样比对的事情，作为父亲的徐成业还在疑虑重重："我们不知道能不能试试，到哪里采集？"

　　结果一系列的问号出来，持怀疑而又不知道去哪里采集血样的徐成业一直也没有弄明白这一听来的事情。直到 2015 年年底再次打电话到上海市浦东新区周浦镇，向当年报案的派出所询问情况时，才得知采集的要求与办法。徐成业寻女心切，果断地做了血样采集留样。

　　令他意外和高兴的是，才过去三个月，浦东新区公安局周浦镇派出所就打来电话，通知到上海确认一聋哑女孩的身份，看是不是他走失的女儿。而实际上，上海市救助管理二站早在一年前就已经为滞留在站的流浪受助人员做了相应的血样留样。

　　此时，远在广东的徐成业将信将疑。人往往就是这样，女儿走丢了，就天天盼着能尽快找到，而一旦真的有了女儿的消息，又怀疑消息的真实性。他想，都十年了一点消息也没有，这一转眼，突然就可能找到了？会不会是巧合？他谁也没有告诉，就又等了两天，电话又打来催他了。这下，徐成业下定决心，并让两个外甥和老婆一起开车从广东来到上海市救助管理二站。

当徐成业二十岁左右的聋哑女儿走进办公室时，她妈妈一眼就认出来了，冲上前紧紧抱住了女儿。聋哑女孩被这突如其来的举动惊呆了，忙不迭推她妈妈。妈妈此时激动得连哭的声音也发不出来了。等女孩定神过来，才发现，拥抱她的竟是自己天天梦想的亲妈妈。当年一个黄毛丫头而今已长成亭亭玉立的大姑娘。这让徐成业夫妇实在不敢相信。

随爸爸妈妈回家不到半年，聋哑女孩在贵州老家寄来了自己结婚的照片。她已经走入正常的人生旅途，踏入婚姻的殿堂。但是，她还想着在安置所的那些伙伴们和叔叔阿姨。

## 一、老妇人的名字叫作"銮"？

河南商丘市救助管理站上演了一个历时五年多的曲折的寻亲故事。

商丘，一个古代的兵家要地，交通要道。

在 2013 年 10 月底的一天，当地公安机关把一名衣衫褴褛的老妇人送到商丘市救助站。

商丘市救助站的工作人员在登记时，只问出一句话，对方回答："我叫銮。"再问她，得到的回答几乎没有新的有价值的内容。同时，在场的工作人员还发现，面前的这位大娘，精神上还有点不太正常，答非所问，神情恍惚。

商丘市救助站将"銮"安排并列入寻亲计划。时间一晃进入了2018 年 6 月。根据"銮"的情况，商丘市救助站站长崔亚南跟柳鹰副站长说："我们把最近的受助人员情况梳理一下，比如像'銮'，可以送医院进一步检查治疗一下。看看还能不能有新的进展。"副站长柳鹰明白崔站长的意图，随后就按要求对站内和安置在站外的受助人员逐一进行了详细的梳理，然后又召集站里业务部门对梳理上来的情况一个一个开展分析。

几天之后，"銮"随同其他被救助而暂时没找到家的受助人员转到了阳光心理医院进行心理治疗。

在阳光心理医院，"銮"得到了精心护理治疗，每天护理员在喂她吃饭时，总不时会问问她一些其他情况。"今天饭好吃吗？能习惯吗？"护理员小关问道。"銮"点点头，她自从进入阳光心理医院后，不太讲话，总是默默地看着别人。"你在老家时经常吃什么？"小关又问。"銮"还是不吱声。

没成想，一天中午，"銮"竟然不经意地回答了护理员小关的一句问话"大米饭""前站"等。就凭这些支离破碎的语言，细心的小关及时向领导和商丘市救助站报告了。

得知这些信息，商丘市救助站的工作人员意见不尽相同。"这些也看不出什么来。"有人说。"我们先把这些话记下来，如果'銮'重复多了，说不定还是会有价值的。"胡海却认为。崔亚南和站里的班子成员也陷入了思考之中。"经过在医院的一段时间，'銮'的话好像多了起来，让护理员要重视收集'銮'平时说的内容，积累以后，我们再分析分析。站里要保持与医院的联系。"崔亚南说。

　　阳光心理医院也有一批寻亲志愿者，他们热情地关注着像"銮"一样在医院治疗者的情况。他们根据"銮"平时说的地名，在网上搜索到了有一个叫"前张村"的地方，那边是"江苏省徐州市睢宁县古邳镇前张村"。但是，经过当地救助管理机构核查，得到的结果是"查无此人"。

　　寻亲不着，此事始终牵动着商丘市救助站工作人员的心。崔亚南站长一上班就问："'銮'现在情况怎么样?"负责甄别的工作人员胡海回答："站长，最近又有了一些新的地名、人名。应该比以前更有价值。"他边回答，边打开抽屉，拿出几张纸来，上边还有些记号一样的记录。"崔站，您看。这是'銮'后来提到过的'新龙''发展''张永军''八路''汽车'等"。几天来，崔亚南一直在想，我们能不能也陪着受助人员按照分析下来的疑似地址，开展一次跨省寻亲呢?

　　"这样，我们马上组织人员，带上'銮'一起，开车去江苏徐州一带，跨省寻亲，减少守株待兔的情况。"崔亚南果断地说到。

　　商丘市，六月的天气虽异常闷热，但是却阻挡不住帮助老人寻找家的步伐。大家的心情是急切的。他们按计划陪着"銮"，一起上了救助车开出医院，去跨省实地寻亲。

　　汽车一路前行，载着商丘市救助站工作人员和志愿者们向着江苏省徐州市睢宁县古邳镇方向驶去。

　　当乘有流浪受助人员"銮"的汽车刚刚进入徐州市睢宁县境地时，天空乌云密布，暴雨似乎顷刻就要浇下来。"这天怎么不理解我们呢?"车内有人说到。"这是在考验我们。"带队的说。话音刚落，暴雨伴着闪电雷鸣，下了起来。视线一下子显得模糊不清。汽车勉强在通往前张村的小路上开了一段，实在不敢往前行驶。于是，工作人员决定暂时躲躲暴雨。

正巧，司机看见前面有一个大院，车停了进去。

无巧不成书。让商丘市救助站和阳光心理医院志愿者们没想到的是，车辆恰恰停进了所要找的目的地——前张村村委会。

在村委会的人员得知来客的目的之后，谨慎的村长首先出来察看。然而，众说纷纭。有的说是，有的说这老人根本就不是"銮"。村委会主任仔细观察之后，给商丘市救助站的同志说："既然来了，我们就得认真了解一下。你们先坐着，休息一会儿。我让他们去叫老人的家人来看看再说。"村委会主任说完，就安排人去村里叫人。

一杯茶不到的工夫，雨中三位骑着自行车的人匆忙跑了进来。他们是村委会主任安排叫来的"銮"老人的近亲。"銮"无精打采，却又期盼着什么，安静地坐在村委会的屋子里。进来的三人也是说法不一，不敢肯定眼前的这位老太太到底是不是失踪多年的"銮"。就在大家有些不安的时候，突然，"銮"对面刚才进来的三位中的一位年纪大点的老张，站了起来，语气肯定地说道："是，就是她，她就是'銮'，我叫她姑。"接着，他对旁边的一男一女年轻人说："走吧，她就是当年走失不见的俺姑。主任，俺要赶快回去说一声。"寻亲小组带队的老姜为了慎重行事，决定带着老人，跟着老张继续前去一探究竟，确定"銮"的真实身份。

一行人出了行政村村委会院子，转过泥泞的小路，穿过小村庄，终于来到老张带领到的一处房屋前。此时，大雨停了，似乎在等待奇迹的出现。

屋大门前，已经挤满了来看热闹的人们。

众人中一位七十多岁左右的老大爷凝视着前面愣愣的"銮"。还没等大家静下来，眼前的一切，已经让他老泪纵横，嘴角抽动着。"是她，是她。她这是从哪里回来了？"这位老大爷不是别人，正是"銮"的丈夫，叫"张登代"。

看在眼里的商丘市救助站的老姜和工作人员完全明白了，走失老人"銮"的家找到了！

"进屋吧，快进屋吧。"张登代拉着"銮"的手，走进了自家的院子。

原来，"銮"已经出走 28 个春秋了，她和张登代有四个子女。28 年前的一天，"銮"不见了身影，家里人到处寻找。前前后后找了十年。后来邻居们说，都十年过去了，是不是还活着都不好说了，别再找了。他们劝张登代："你们一家人还是好好照顾好自己的日子吧！"时至当时，全家人都失去了寻找的信心，因为时间太久远了。

而今，她的两个儿子已经成家，两个女儿也已出嫁，都有了各自的生活。

张登代在与商丘市救助站老姜办理转交手续时，才知道"銮"的真名叫"张銮金"。

寻亲小组踏上了返程的路。雨又开始了，但已经不再是刚才那样猛烈磅礴，似乎在庆祝寻亲小组跨省寻亲的成功。

车里的人们还沉浸"銮"找到家的喜悦之中。正在出村时，迎面来了一位打着雨伞的老年妇女拦住了他们的汽车。"是你们送张銮金回家的吗？"她驼着腰，问车里的人。当得知肯定的回答以后，她有点激动地说："你们真是好人，你们做了一件好事，多少人想念张銮金啊！今天真的回来了，我们连想也不敢想。"

## 二、抽丝剥茧，多难的他到底经历了什么？

上海市救助管理二站与山东、安徽、江西、江苏等七家刚刚签订"跨省甄别联动机制"后的一个多月，时逢 2016 年元旦之前。江西省宜春市救助管理站送来一名经过他们多次甄别后疑似上海市或上海市附近的流浪受助人员。

接到宜春站电话后，二站梁习武等人驱车到上海南站接宜春来的同行。

天色将黑，宜春市救助管理站刘副站长和他的一位同事陪同转送至上海来的流浪受助人员宫远里出了火车站。梁习武看到那位流浪受助人员，心里就有了七八分底。这位高高个子，不太言语的对象很可能精神上有点问题。

不到半小时，救助专用车就回到了二站。

在办理转接手续时，交接单上清晰的写道：宫远里，男，35 岁，患有精神障碍，2013 年救助。

接收宫远里之后，二站先后对其进行了新的甄别。在上海的报纸上刊登了寻亲启事等进行一系列信息公开，同时进行个别谈话询问了解等例行甄别。但是，都没有获得所要的信息。不过，在寻亲甄别工作会议上，大家都较为集中地提出了一个问题。就是此人不像是上海附近的人。他们告诉我："不管一天中何时问他，他对上海附近的地名或饮食习惯都表示出毫不知晓，甚至无动于衷。有时候突然问他一句，他还是不知道。"我问："老梁，他现在身体状况怎么样，还稳定吧？"梁习武回答："这个他倒可以，很稳定。就是不太说话。他说的话，我们也听不太懂。"

我感觉，当一个人情绪稳定时，也是他相对清醒明白的时候，而此时的回答一般都能准确地回答你所要的问题。除非他有意隐瞒。"看来，要想有突破，难度会很大。但是你们还是要继续加大甄别力度，不要让宜春方面失望，也不能让宫远里失望。"我说。

一晃两个月过去了。那天，梁习武打电话给我，不太有底气地告诉我："我们科里分析了一下，现在看来，他肯定不是上海或附近的人。""那会是哪里？"我问。"倒是有可能是湖南一带的。""啊？湖南？"我有点诧异地问到。"上海距离湖南省那么远，之前怎么会怀疑是上海的呢？那赶快与湖南永州市蒋站长联系，会不会有线索。"我立即安排到。"我就是这个意思，那我就马上和永州联系看看。"梁习武回答。

湖南省永州市，地处我国南方，是湖南省南部的一个地级城市。永州市救助管理站是我们较早签约"跨省甄别联动机制"的合作单位。

站长蒋纯剑得知消息以后，随即与副站长和业务科等商量安排，策划前期甄别与接待。几天后，梁习武接到永州电话，他问："这是村委会主任还是村书记的电话号码？"永州市救助管理站副站长陈勇明告诉梁习武："这是村支书的电话，他对村里情况非常熟悉，你先试试，直接把情况和他说一下。然后，我们再联系好吗？梁科。"梁习武谢过陈副站长之后，立即就打通了湖南省下面一个叫宏大村的村支书家电话。"我是，村支部书记黄安顺。你好！"当梁习武把情况告诉他之后，他回答："有，不过好像不是你说的那样。我们这里的才走失几个月。"梁习武一想，这种情况以前也遇到过，但是，不知道那边的宏大村到底有多大？村支书能否记得清楚。就又说："黄书记，我们现在救助的这位个子蛮高的，家里还有姐姐和妈妈，住在村东面。"间隔一会，黄安顺说："梁科长啊，你说的那个情况肯定搞错了，我们村里没有你说的情况。"梁习武还想说什么，然而对方却有点不耐烦："梁科长，我很忙的，你再问问别的地方好不好？"说好，他就把电话给挂断了。

看着挂断了的电话，梁习武摇了摇头，无可奈何地说了一句："一会儿说有，一会儿说没有。我倒不相信了。"他似乎坚信，那里很有可能就是宫远里的家。

当我下午得知与湖南电话的内容与经过后，说："我们再搞一次跨省甄别，为这位流浪者找家！哪怕没有找到，也不枉费我们一片心思。""太好了！"梁习武听了我有此打算后，立即拍手赞同。"这次，我和你们一起去，会会那位村书记。"我极其坚决地告诉梁习武。"那你身体吃得消么？"梁习武不放心地问，因为我当时因脑血管病愈出院才半年时间。"放心，没有问题。"我回答。

第二天，我和书记都在青浦参加局里的务虚会，下午就要结束了。中午吃饭时，梁习武打来电话告诉我，下午5点在上海南站乘车南下湖南永州。"好，我会及时赶到，南站见！"

火车准时发车了，一起同行的还有张维里和裴季广。沿途大家轮流执勤，看护宫远里。宫远里的情况非常符合跨省寻亲的条件。此次南下也许能找到宫远里的家，也许空跑一趟。但是，不跑，不实地寻找，你就永远心里没底。面对这样一个行走不便，且已经稳定精神疾患的生活无着的流浪者，你忍心让他永远与家人分离吗？我看见，宫远里在不停地看着列车的窗外，他知道，今天我们是去为他找家，也许他在回忆离家时的无奈与在家时的美好。思绪，随着飞速的火车疾驶。

十几个小时以后，南下的火车抵达湖南永州车站。

刚出永州火车站，就看见永州市救助管理站的业务科长已经等在那里，我们上车后就跟着他来到了永州市救助管理站。

永州市救助管理站站长蒋纯剑在站大门口迎接了我们，简单交流情况后，就安排我们去了站里的小食堂用早餐。那天早上的早餐让我记忆犹新，一种具有湖南特色很带有救助站特点的米粉。我吃了两小碗。

早餐后，蒋纯剑安排了副站长陈勇明陪我们一同前往永州市以东四十多公里的常宁市。我们要寻找的地方很可能就是那里。

一路上，张维里不顾一晚上的颠簸，睁着略显浮肿的眼睛在车上准备着摄像机，一会又拿起照相机纪录下沿途的街道和建筑。"小张，这次就看你的了。我们来到湖南，也是在湖南跨省甄别的第一次。"我给张维里说。永州市救助管理站副站长陈勇明也说："今天我们去的地方属于衡阳，我们暂时就不找他们了，先去看看再说。你们放心，来到永州，你们就好像在自己家里一样，天下救助是一家嘛。"他的话刚说完，一车子的人都笑了起来。

车子奔驰在乡村与小镇的道路上，那是一条铺满石子的马路，没有沥青，不是水泥。只要遇到来往车辆，一定是尘土飞扬，相互看不清对方。很快，我们的车上飞盖满了一层灰尘。

大约半个多小时后，我们先抵达常宁市。当我们停下车后，坐在后排的梁习武就乘势下车拿出香烟，还好，同去的永州市的两位中，副站长不吸烟，还有一位是女办公室主任，女同胞也不吸烟。梁习武在让过之后，自己吸了一支。我知道，他也很累了，关键在火车上的一晚上，是不可能睡好的，因为大家都要看护宫远里。虽然我们都知道梁习武有着倒头睡的习惯，但是，有任务在身，情况还是不一样的。

大家正等着，常宁市救助管理站站长驱车赶到。于是，我们原来挤在一起的人，分开乘坐两辆车，显得宽松了许多。

常宁市救助管理站的刘站长告诉我："等一下，我们到的那个村叫宏大村，大约有500多户人家，有很多人外出打工了，经济条件还好，在我们这里只能算一般。"

又开了15分钟左右，两辆车从大路开进了一条双向支路，两边农作物已经映入眼帘。几分钟后，常宁市救助站管理站长的车转入一条乡村小路，我们也就跟着他的车一起转进去，随后，在一个村庄的十字路口停了下来。

"你们有村支书的电话吗？他知道你们今天来吗？"刘站长话音刚落，梁习武马上接过话，说："我有，但是他应该不清楚。""我给他打过了，你要不，再联系一下，看看是不是他，我看你的电话号码和给我的不一样。"常宁市刘站长说。"那好的，我现在就打。"梁习武回答。此时，一旁看护宫远里的裘季广说："梁科，你东西给我拿着吧。"说完，他接过了梁习武手里的包。梁习武拿出包里的电话号码本，拨通了村支书的电话。"喂，黄书记，你好！我是上海市救助管理二站的，哎，对对。"电话通了，对方传来了黄安顺的声音："你们弄清楚了吗？我们村里好像没有你说的那个人哎。""哦。黄书记，我们这个人他姓宫，男的。"梁习武说。"那好像不是哎，你们还是看看，他会不会是其他地方的?""哦，黄书记，我们已经要到你们村子了。麻烦你帮我们看看好吗?"常宁市救助管理站刘站长和永州市救助管理站陈勇明几乎同时说"我们都到村子里面了"。裘季广和张维里互相看了看。"他这是没想到，我们都来了。"裘季广说。我站在边上示意大家不要急，听常宁市刘站长怎么讲。电话那边黄安顺可能听到了什么。"老梁啊，你这样，你们已经到了村子里了? 哦，旁边有一个小超市? 好好，你们等一下，我马上过来。"说完，黄安顺就挂了电话。

我们几个就在车辆旁边的一家村民开的小超市门口等待黄安顺书记到来。梁习武拿出香烟，分给常宁市市救助管理站站长，我们几个顺便聊了聊这里的风土人情。正说着，只见一个50多岁的人骑着摩托车从一所楼房后面驶出来，在我们面前停了下来。他边停车，边和常宁市救助管理站站长打招呼。"都来了? 先去村里坐一会吧?"毫无疑问，来者就是村文书黄安顺。"不了，时间不早了，我们还是先办事吧。"陈勇明说到。我心想，陈勇明很明白，坐不坐无所谓，关键是尽快确认来人呀。"黄书记，我来介绍一下，他们是上海市救助管理二站的。这是马站长。"我连忙摆摆手以示回应。"这位是这个村里的书记，叫黄安顺。"常宁市救助管理站站长介绍说。"好，书记辛苦了。今天我们要给你添麻烦了。"此时，梁习武让裘季广把宫远里扶下车。黄安顺一看，眉头就皱了起来，然而，嘴里却还是说道："他自己说他是这个村的?"梁习武说："是，他说他姓宫。"这时，黄安顺走过去。"你叫宫远里?"宫远里点了点头。"哦——我想起来了，他应该是村东头的，家里还有一个老妈妈，快九十岁了，还是八十九了?"他这样一说，我马上建议永州市救助管理站陈永明："陈站，我们一起去他家看看，你看好不好?"陈永明立即表示同意。于是，我们一行人跟着黄安顺书记去宫远里的家。"黄书记。你摩托车怎么办？不骑着吗？"张维里好心提醒黄安顺书记。"不，不了，我带大家一起走过去。"黄安顺回答。

宫远里在裘季广的搀扶下，一路上慢慢地朝村东走。让人不解的是，眼看就要回到家的宫远里丝毫没有找到家的兴奋与喜悦。我内心掠过一丝怀疑，难道这里不是他的家？难道真是黄安顺说的，我们搞错了？我转身走到宫远里身边问道"你认识他吗？"我指着走在前面的黄安顺。宫远里没有反应。"那我们现在的这个地方，是哪里？你知道吗？"没想到，宫远里还是没回答。这下，我心里更不踏实了。"那你看看街上周围有你认识的人吗？"我又加了一句问。宫远里看了看四周，点点头。"你认识？"他又摇了摇头。看来，我们还得要有两手准备。裘季广说："站长，如果真的不是，我们大不了再带回去。可是，刚才书记怎么会说，他家在东头，而且还说他家还有一个老妈妈呢？""是呀，我们到了，再仔细看看，估计不会有太大问题。"说着，黄安顺带着我们转入一个小巷子，那里都是像街上人家一样，都盖上了一座座小楼。就在我们走到第三排时，我看见了路边一处破旧的老房子。而就在这时，宫远里睁大了双眼。一会儿，里面走出来一名弯着腰的老年妇女。她出来看见了黄安顺书记笑了。"她就是宫远里的妈妈。"黄安顺似乎很熟悉地给我们介绍说。"你过来，你还认识你妈妈不？"他把宫远里拉到他妈妈面前问。"这是我的儿子。"宫远里的妈妈一说这句话，现场所有人都像我一样，一块石头落地了。

宫远里终于和妈妈见面了。母子相见却没有人们相像中的相拥而泣，难舍难分。这时候，宫远里的老母亲眼睛几乎不离地看着儿子，面带微笑。宫远里从路边走进老屋里，她的眼神就随着延伸进去，给人有看不够的感觉。而宫远里却头也没有回，只身慢慢地走进老屋，穿过屋子的前后，走到后门外。

梁习武丝毫没有怠慢的意思，迅即走到黄安顺书记和宫远里老母亲身边："黄书记，你看看是否在这里签个字，老妈妈如果不会写字就您代替了。"黄安顺书记看了看梁习武递过来的交接单，就签下了自己的大名。我和陈勇明副站长也走进老屋查看了一圈。走到后屋时，宫远里的老母亲招呼我们坐一下，我环顾四周，说实话，除了一条长凳，还有两张小板凳之外，就没有可以坐下来的地方了。此时，永州市救助管理站办公室的吴主任建议大家与宫远里母子一起照张相，以作纪念。就这样，常宁市救助管理站站长在我旁边只能表示一下坐的意思，以满足和大家一起拍一个照片的需要。

右三为宫远里和其身边八十多岁的母亲，左一为常宁市救助管理站站长

我看见宫远里家徒四壁的老屋，心里泛起了心思，眉头不禁皱了起来。永州市救助管理站副站长陈勇明也感觉到了什么。这时，我们听见宫远里老母亲说："前两天我大儿子因病刚刚死了，女儿现在全部出嫁了，老头子也在去年走了。哎！我命苦啊！"弯着有 50 度腰的老母亲说着，脸上却没有那种过于伤感的表情。也许，长年累月已经习惯了这种家境；也许，今天儿子回来了，心里高兴；也可能当着那么多外人，不好多说，以免过于影响别人的情绪。

我看着一瘸一拐的宫远里和直不起腰的他妈妈，接着又在宫远里老屋前前后后看了一下。只见周围老百姓的房子大都已经翻盖一新，都盖上了两三层的小楼房。唯独宫远里的家，还是陈旧的老房子。宫远里的老屋似乎被包围在当中，显得尤其低矮，反差很大。

看着这样的境况，我突然想起几年前，时任上海市民政局党组书记、局长马伊里提到过的"因病致贫和因病返贫"的情况。而今我们为寻亲而来，但宫远里的哥哥刚刚因病离世，因病致贫在这家再现。我们究竟是为宫远里家办了一件好事，还是办了一件不妥当的事呢？我陷入了深深的思考。假如，村子里一切都按照政策办理，那么，解决生活困难就应该不成大问题。

很明显，宫远里的妈妈年迈体弱，已经不可能依靠她支撑这个家庭，而宫远里身患疾病，无论重轻，一瘸一拐的也是不方便做大体力劳动。就这样的情况，黄安顺书记当时也还没有一个说法。

终于，我忍不住内心的想法："黄书记，看来他们家也算是贫困户了吧？""是的，以前还好。现在不好说了。"黄安顺回答。"你看，黄书记，站长。"我对着黄安顺书记和常宁市救助管理站站长说："现在，我们是否应该商量一下他们家的救济问题。现在全党都在开展党的群众路线教育实践活动，我们都是为老百姓服务的。你们看看，现在人回来了。但是，就现在来说，他家也就老母亲和这个身体不怎么样的儿子了。今后到底是谁照顾谁都不好说，而这样的家庭，村里看看是否能安排政策上的照顾，解决这一家人的生活问题呢？"陈勇明也对黄安顺和常宁市救助管理站站长说着，我虽然没太听懂他们说的话，但看得出来，他在帮助他们俩出主意，商量办法。最后，听到常宁市救助管理站刘站长说："黄书记，你们先按照他们家里的情况，对照救济政策办理低保，至于宫远里就先在家里生活。如果不行，就来找我，我在救助站再想办法安排。"他信心十足地告诉黄安顺，也让我们都听见了他的决定。"放心，既然回来了，我村子里一定会安排好。放心！"黄安顺肯定地说。

听了黄安顺书记和刘站长的话，我不安的心似乎放了下来，我们一行慢慢走出了宫家老屋。

母子俩送我们走出老屋，老妈妈看上去流露出了高兴的表情。刚才，常宁市救助管理站站长特地当着老人家的面让黄安顺书记说出了对她家办理低保的事情。看得出，老人家年轻时一定也是一位"强"者。送我们出来的宫远里，看见他妈妈示意，他向我们挥手表示再见。

### 三、小时候的记忆让他泪如雨下

龙小宝，一个曾身患小儿麻痹症的青年。那年，他约三十岁。

2013年，龙小宝转来上海市救助管理二站。一直以来，龙小宝逢人就提出要回家。而他所叙述的老家地址却是无法找到并核实的地方。我专门与龙小宝交谈过，尽管他说话听着有些困难，但是他所表达的内容，在场的同事都能听懂。

从他的话语里，我们发现有两个不同的地方。一个在贵州，另一个却在福建。据他自己说："我小时候被卖到福建泉州，后来那边的父母经常打我。""那么你在贵州什么地方呢？"管理科的副科长陈夏耕问他。"不知道。"龙小宝回答。

"我们拿一些贵州那边的照片给他看，有那边的房屋，老百姓穿着当地服饰的照片。他一会说见过，一会又说没有见过。"陈夏耕说。"我们还是要经常不断地启发询问，哪怕是一点一滴都要记住。"我嘱咐道。

后来，站里专门安排一些在站里的流浪受助人员观看电影《失孤》，一部以寻找失踪子女的电影故事片。当时，我在站党支部组织党员观看这部刚出来的电影后，感慨万分。次日上班后，专门找到负责社工工作的部门领导，要求特地组织一些少年、儿童观看，也许能唤起他们的回忆，刺激他们记忆中的零星信息。

那天，看完电影，我专门询问了情况。得到的回答既让我高兴，又让我失望。"许多人都哭了，他们说电影很好看。""有没有提到什么信息，如他们老家的信息和亲人的线索？""这倒没有。"

不行，像龙小宝这样的情况，应该会有动静。当天傍晚，我担任总值班。巡视间，我去了救助甄别科。

"马叔叔，你来。"这是龙小宝听到我声音后的喊声。我应声走了过去。在观看"新闻联播"的龙小宝看见我就说："马叔叔，今天我们看了一个电影，好像就是讲的我。"他接着讲："我小时候，一天晚上，村里有我，还有两三个小孩，一起被接走了。"

　　啊？我顿时有点兴奋和紧张。"你说，你接着说。"龙小宝接着说："那天我妈妈哭了，看见我被一个人领走。我问妈妈：'妈妈你怎么不去？'妈妈说：'我不能去，车子坐不下。'我问：'我明天能回来吗？'还没有等我妈妈回答，她就被别人拉走了，那人说：'都不要说话。'就这样我和其他小孩子乘车走了好长好长时间的路。""那你仔细想想，还记得老家的其他情况吗？包括你妈妈爸爸都叫什么名字，家里弟兄几个？""我爸爸叫龙门贵。"龙小宝抬头望着房顶，他记不清了。其实，龙门贵也是无法核实的名字。"我是老二，我有一个哥哥，还有一个弟弟。"龙小宝再继续说下去，也没有更可取的线索了。但是，看得出来，《失孤》电影里的情节对他触动很大。

　　又过了几个月，救助甄别科依然没有更多的进展，然而，我们却更加坚定了为龙小宝寻亲的决心。一天，我和吕梅英书记谈起我的想法，计划带上龙小宝也搞一次跨省寻亲，坚决不轻易放弃帮助他找家的机会，通过实地甄别，看看是否有新的突破。

　　很快，跨省寻亲方案形成了。三天后，一支由四人组成的跨省寻亲甄别行动小组就要出发了。我来到救助楼4号楼，想去送送行动小组成员。龙小宝高兴地正随行动小组的工作人员从宿舍出来，看见我后说："马叔叔，昨天晚上，我梦见那个人了！"我问："谁，你梦见谁了？""就是那个骗我出来的大骗子，是他把我们村四个小孩子拐走的。我恨死他了，我恨不得咬死他！"龙小宝咬牙切齿地说。我问："你还记得那个人的样子吗？""我一辈子都记得，我被他害苦了。"我想，跨省寻亲甄别还是非常有必要啊！这对于龙小宝来说，无疑是一次人生的机会。

无论成功与否，至少我们问心无愧了。"龙小宝，我们这次去找家，你也要两手准备。如果能找到，那当然很好。假如没有找到，你也要想得开。我们还是在一起。好吗？""不会，不会找不到的。"龙小宝坚定地回答我。他对这次跨省实地找家信心百倍。

此时的我内心泛起一股说不出的味道。我知道，跨省寻亲不是一件容易的事，其中的艰辛可想而知。但对于流浪受助人员来说，却是一件喜从天降的极其难得的大事。

我送行动小组到了上海南站，下午 5 点左右，开往贵州省贵阳的火车将要启动了。我再三交代同行的同事："一路上注意安全，照顾好龙小宝，等待你们的好消息。"

2015 年 5 月 6 日，跨省甄别行动小组携龙小宝踏上了南下的寻亲之路

在上海还是春意盎然之时，对于贵州，却已是绽露初夏之日。前去甄别寻亲的人们，天天满头大汗，衣衫湿透。每天晚上，行动小组及时

沟通情况，分析问题，确定次日寻找方向。就在那次，行动小组还无意遇见当地的"宝贝回家"公益志愿者，他们双管齐下。一面是"宝贝回家"的配合，把龙小宝的信息整理发布，发动当地志愿者协助寻找；另一面是行动小组带着龙小宝深入农村实地查寻，一个村一个村地跑着询问。

有一天，寻亲甄别小组刚到村口，龙小宝就显得有点兴奋。带队的梁习武注意到了这一细节，紧跟其后，想从中找出蛛丝马迹。"这个房子和我家里的很像，你看，梁科长，这条大路前面有一座大桥。"所有人跟着龙小宝的手指方向看过去，还真是有一条大河和一座桥。这下可能有戏！梁习武和其他工作人员会心地笑了笑。他们几个人很快就到了大桥边。

"龙小宝，你再看看，这里还有你认识的地方吗？家在哪边？"龙小宝左看右看，神色却严肃起来，没有再提出其他说法。他的表情不禁让梁习武们有点紧张。"不要急，仔细想想。"旁边的祎珉安慰他。他们向村里其他人四处打听，是不是在以前听说过拐卖儿童的事。没有想到的是，周围年纪大点的老人说，以前，我们这里很穷，有过拐卖儿童的事情发生，现在没有听说过。问了好多人，都没有行动小组想要的消息和龙小宝相似的情况。

几天过去，龙小宝的寻亲甄别还是没有更多进展。

此行，虽然经过行动小组的艰苦努力，最后依然没有找到龙小宝的家，他年迈的父母和兄弟依然与他无缘相见。龙小宝和行动小组的同事们回到了上海。返程的火车上，司春涓经常安慰他，然而他失望且无奈地说："我命该如此啊！"

## 四、难道她不是中国人？

2012 年春节前，一名二十岁开外的妇女转到上海市救助管理二站救助。

工作人员在接待登记时，发现她似乎听不懂普通话。

"你叫什么名字？"

对方看看工作人员，不说话。"你是哪里人？"又问。对方依旧看看工作人员，并摇摇头。

"哎？雯雯，她会不会是聋哑人？"负责登记的许静轻轻地问一旁的何雯雯。何雯雯也正琢磨着这位妇女到底怎么一回事。

这边，救助管理站的工作人员正丈二和尚摸不着头脑，对面的妇女却显得焦虑起来。只见她双手不停地朝许静和何雯雯摆弄，嘴里还不停地嘟哝着。

接待登记不得不暂停下来。

这时总值班闻讯赶到，了解了情况以后，也试图想和那位妇女交流一下。但是，还是一无所获。无奈，总值班与管理科领导商量后，暂时先办理进站救助，并做好相应编号登记。慢慢再看情况，调整登记记录。

于是，这位无法与其沟通的女性流浪受助人员被安排进入女性受助人员管理科。

那么，这位妇女到底是怎么回事？管理科的工作人员后来才发现，她会讲话，只是，她所讲的，我们听不懂。我们讲的，她也听不懂。

之前，在救助接待中，也遇到过听不懂普通话的求助者。那么能不能让她写写呢？

"你能不能写一下你的家在哪里？"井科长和王晴清把她接到办公室询问。她像是要回答，但是，嘴巴轻轻地咕咕了几句听不懂的话，就低下了头。井科长取出笔和纸给这位妇女递了过去。这时，井科长和王晴清看见这位妇女拿起笔在纸上，用较为流利的书写速度，写下了一串字。

然而，让井科长和王晴清意外的是，这位妇女在纸上写的是什么，她们俩面面相觑，更有点哭笑不得。

因为，在展现在她们俩面前的，这位妇女写的文字，她们一个都不认识。而且奇怪的是这些文字，让这位妇女用整整齐齐排列在了纸上，一排一排地重复写着。

迫不及待的王晴清问道："你写的是什么意思？你写一下你家在哪里？"但是，面前这名妇女好像没有听到一样，把写满"字"的纸推给了王晴清。王清清接过纸张，看了看说："你还别说，她写比我写得还好，非常整齐。"井科长："你不要急，慢慢写，你再仔细想想。"她耐心地提醒这位只写字、不说话的受助人员。然而，结局可想而知，依然是一无所获。

我把管理科井科长叫到办公室，特地了解了这个受助人员的情况。"她几天来不太肯吃饭，容易急躁，不说话。"还将这位受助人员所写的字也给我看了。我看着这些类似法文和英文字母一样的文字。忽然问道："她会不会不是中国人？""马站，你太有想象力了。"井科长不禁因我的提问与假设笑了起来。"走，我们一起去科里看看。"随后，井科长随我一起到了五楼管理科，专门找到这名流浪受助人员。

果然，她正在生气地拨弄自己的头发，显得很焦躁不安。

我再次仔细看了她之前留下的写有字的纸张。心里在想，这个字倒是有点像越南等东南亚一带的文字。我把这个想法告诉了管理科，我们又做了简短的交流。

根据我过去的积累，越南曾经是法国殖民地，后来美国又多年侵占越南。无论在文化和政治上都留下很多烙印，影响了越南几代人。而且在"文化大革命"时我还见过越南画报，印象中的越南文字好像就是这样。

有了这个想法之后，我马上向市民政局求援，"请市出入境管理局协助甄别"。正在站里挂职副站长的局福利处王伟民科长，非常赞同我的想法，他毫不犹豫地答应了。

几天后，出入境管理局一处长带领翻译等一行四人来到二站。

这位女性流浪受助人员和其他几位疑似国外东南亚的受助人员一同被接下楼来。

出入境管理局的同志分别拿出越南、缅甸的钱币、国旗等让他们一个一个进间间辨认。很快轮到这名流浪受助人员进房间开始辨认。当她看见越南钱币时，脸上露出了笑容。翻译紧接着与她用越南语和她交谈，没想到，她竟然对答如流。几句话下来，翻译就断定："她是越南人。"

经上海出入境管理局与越南有关方面核查，这名流浪受助人员叫黄氏翠，家住越南北宁省嘉亮县富和乡，家里还有父母亲、弟弟等亲人。2011年她随越南前藏旅游中心来到中国后，与众人失散，不久被我们救助。

一个曾让上海市救助管理二站甄别寻亲为难的涉外救助案例，在出入境管理部门的帮助下就这样有了完美的结局。

2012年6月11日晚9点45分，黄氏翠在上海市救助管理二站度过数月的救助生活之后，终于在上海浦东机场搭乘飞机由上海市出入境管理局护送返回久别的越南老家。就在机场入口处，她转身向护送她去机场的二站管理员不停地挥手致谢。

## 五、他有一本特殊的"词典"

在上海市救助管理站有一位大家都非常熟悉的老同志，他叫唐怀斌。

唐怀斌在上海市救助管理站社会工作科工作，他对疑似找不到家的流浪生活无着人员的甄别，在站里有口皆碑。

年初的一天，上海市浦东新区救助管理站转送来一位可能叫"撒一鸣"的街头流浪生活无着人员。

据浦东新区救助管理站的同行留下的资料记录显示："他经常流浪在浦东东方路和龙阳路一带，有严重的脑梗塞后遗症，无法与工作人员正常交流，无法正常判别事物。被救助时身无分文，无随身携带行李，无身份证，无法说明其家庭地址。"

"撒一鸣"的材料交到了唐怀斌的手里。

唐怀斌来到"撒一鸣"住的宿舍，看见"撒一鸣"。"你怎么出来的？"对方呆滞地看着唐怀斌。接下来的询问，唐怀斌并没有获得新的内容。如何进一步甄别？这是下一步寻亲过程中经常遇到的难点。

浦东新区救助管理站除了留下了流浪者大概的姓名，其他别无所获。

按新的寻亲惯例，唐怀斌的同行们把"撒一鸣"的基本情况梳理成寻人启事，分别通过"全国救助管理信息查询系统"和"今日头条"以及"人脸识别"等互联网技术手段发布了出去。但是，几天过后，还是杳无音讯。

不能就此做罢。

唐怀斌再一次与"撒一鸣"接触。他尝试着用中国人使用的属相看看是否了解到他的年龄。然而，当他说出"马""虎""牛"等动物属相名称时，对方的反应似乎感觉莫名其妙，没有一点理解的意思。

相反，对方多次摇手，表示唐怀斌说的不对。被救助者自己却使劲发出了"啥、啥"的声音。

不解的唐怀斌正沉思着，脑海里不断翻腾着自己的"词典"。突然，他心里掠过一丝明亮。对方会不会是发出的"撒"的音，一个回族使用频率很高的声音。于是，他再让对方说一下。"撒"，对方又一次发了让唐怀斌验证的声音。听到这一短促的声音，唐怀斌认定，这是"撒"不是"啥"，对方很可能是回族人。接着唐怀斌与对方继续多次有目的的闲聊，唐怀斌又听出了"南市""旧街"等词语。

回到办公室的唐怀斌把得到的零碎不堪词语进行了拼凑，结果一个相对完整的地址出现在他的面前。这位流浪受助人员很可能居住在原来上海南市区的旧仓街！

但是，令人为难的是，这一带早在几年前就动迁了，而他理解的信息是否正确，只有得到核实，才能算数。"撒一鸣"的亲人又在哪里？这些都还需作进一步深挖甄别。况且南市区旧仓街现在已经合并给了黄浦区，南市区区划已在好几年前撤并了。

工作人员依据唐怀斌提供的"线索"，终于在茫茫资料里找到方向。不久，上海市救助管理站与"撒一鸣"的哥哥联系上了。

找到弟弟的消息让撒一鸣的亲人十分意外。他哥哥见到几年没见的弟弟时，有点激动地告诉唐怀斌："弟弟叫'撒一鸣'，六年前，老家那边住着很多回族同胞。后来动迁之后不久，弟弟就失踪了，家里人找了很久也没有找到。而今，眼看就是中秋节了，见到了多年不见的弟弟，真是说不出的高兴。"

撒一鸣在救助站的帮助和努力下，与离别多年的亲人见面了。

## 六、是"刘家玲"还是"柳家玲"？

2017 年元旦刚过，川东安置所负责人副所长严江谷接到了公司常务副总徐建平的电话："江谷，上次你提到的那位贵州的女受助人员给二站报告了吗？"严江谷回答："徐总，联系过了。明天就安排送上海。""好！尽快安排好，注意安全。"徐建平嘱咐道。

次日一早，严江谷就安排人带前期甄别出来疑是贵州省的女性受助人员刘家玲乘安置所的汽车去了上海市救助管理二站。

下午，救助甄别科接收了刘家玲。当时，在办理转接手续时，救助甄别科只有之前川东安置所提供的刘家玲的信息：贵州省，女，35 岁。再没有其他内容。

当天，刘家玲被安排到救助甄别科居住，以继续甄别。

刚被接到上海的刘家玲对上海市救助管理二站感到很新奇，这里与地处苏北地区的川东安置所完全不一样。这里住的是高楼，每天都到楼外的草地上活动。但是周围的人却是比较陌生。可是她们大多数却很愉快，天天有澡洗。"天天洗，烦人。我身上皮都快洗掉了。"身后一位与她年龄差不多的女人给旁边的人说，完了就是一阵爽朗的笑声，她笑得肆无忌惮。一时间她周围的几个女流浪受助人员也被她引得笑了。"有澡洗还不好吗？"刘家玲心想。"你还嫌多，看你天天跑的身上出的那身大汗，不洗能行吗？"另一个女人说。"我就喜欢天天洗，那香皂还有澡堂子里的洗发液吧？香得好闻死了。"她又接着说。

一会儿，所有女性流浪受助人员都集中在了大操场上面。接下来，有的跳绳，有的踢毽子，有的干脆躺在操场上晒起了太阳。

刘家玲在二站慢慢熟悉起来，逐渐与大家认识了，开始有了新朋友。"刘家玲，你家在哪？怎么没见她们找你聊聊？"一名叫阿米的在站里生活了三年的流浪受助人员问。刘家玲回答："找过我，我记不起老家的地址在哪里了。"阿米又问"你记得是哪里？"刘家玲回答："贵州，我很小就出来了。到现在，我是怎么出来的，也记不清了。"说完，她长叹了一口气。"你呢？"刘家玲问阿米。"别提了，我做梦都想家，可是，她们帮我查了，就没有叫阿米的。"阿米回答。"那你姓什么？不会就姓阿吧？"刘家玲说。"不是，我记得我姓米，不是姓阿。""那怎么办？"，刘家玲又问。"谁知道呢？我这样的还不少。我看有几个哑巴，那才叫麻烦，说不会说，听不会听。搞得几个管理员头疼死了。"阿米说。"哎，对了，你是为什么来的？"阿米问刘家玲。"她们帮我找家。"

刘家玲回答。"你不是说，你记不清家在哪里吗？就一个贵州，哪怎么找？"阿米不理解地问刘家玲。"听人说，这里找家的很厉害，有很多办法。"刘家玲随便应付道。

她们俩正闲聊着。只听见耳边传来——"刘家玲，过来。"刘家玲回头一看，叫她的人正是前一段日子接待她的蔡蔡。刘家玲迅速从草地上爬了起来。"来，刘家玲。"蔡蔡向她招招手。

刘家玲跟着蔡蔡进了一间房间，这是救助甄别科经常用来询问甄别用的办公室。刘家玲走进房间一看，今天怎么这么多人？她心里想，不禁琢磨起来。"请坐，刘家玲坐吧。"蔡蔡客气地让刘家玲坐在一张椅子上。

这时，蔡蔡说："刘家玲，今天我们科长还有我们几个，想和你再聊聊你老家的情况。以前，我们没有你很多的线索，就知道你老家在贵州。""对的，刘家玲，你不用紧张，你来这里也有一段时间了，有新朋友了吧？"坐在刘家玲对面的梁习武说道。刘家玲这时的心放松了许多。"我很小就跟着别人出来了，那天很冷，估计就是冬天的样子。爸爸妈妈都不知道我跟着别人出来，那个人说带我们去城里玩，后来坐了很长时间的车，也不知道到了哪里，就跟着那人下来了。""后来呢？"蔡蔡问。"没想到，下了火车，我就找不到那个人了。有人告诉我，那个人是个骗子。我也不记得那人像不像骗子。"蔡蔡给她递过来一杯水。"我一下子，没有人管了。我就哭了，后来一个女人给了些吃的东西。再后来……就记不清了。"刘家玲陈述道。"我们看，你到川东安置所有好几年了？"梁习武问。"是的，有七八年了吧？我记得我和李梅香差不多时间去的。"刘家玲回忆道。"那你想想，你们老家都喜欢吃什么，穿什么？还有在老家时，你爸爸妈妈都喜欢叫你什么？"梁习武又问。蔡蔡插话说："你是住在村子里还是城市？都可以给我们讲，你回忆和讲得越多，就越有可能找到线索。"

房间里一时间变得安静起来。"她们好像叫过我家玲。"刘家玲似乎想起来她小时候的名字。"叫家玲，你现在叫刘家玲，那不是正好吗？"蔡蔡说。"不是，我不姓刘。"刘家玲回答。"我姓柳。"刘家玲又说。"不是刘，是柳?"梁习武问。"对，姓柳，不姓刘。""弄错了?"蔡蔡问。"那你贵州老家的其他地名还有印象吗？"梁习武接着问。"还有……记得有一个什么'里'，叫什么'里'。"刘家玲说到。"什么'里'?"办公室内四个人根据刘家玲的说法，脑海里在飞速寻找带'里'的地名。"要么是'凯里'?"敏锐的祁巍然脱口而出。"哦，对，对。"刘家玲一下子记忆被唤醒。"叫凯里。"大家一下子像发现新大陆一样。"贵州凯里。"梁习武写下了这一新的突破点。"下午，我们再进一步核实，贵州凯里，柳家玲。好吧，老陈我们上午就先到这里。"梁习武给大家说，老陈在一边也说道："刘家玲也要开饭了。"在救助甄别科了解了一些情况以后，刘家玲回到了管理科。

梁习武手里拿着一卷记有刘家玲线索的纸边走嘴里边嘀咕，好像新线索对他来说非常重要。

在寻亲甄别中，任何一个细小的线索其实对梁习武来讲都是至关重要的。因为，这些线索很有可能就是寻亲走向成功的开始。

几天后，救助甄别科通过核实，凯里是有一个叫"刘家玲"的人，没有"柳家玲"，但是，此人户籍早在前几年已经注销。

听到这一消息，整个科里的人都为此不解，难道又搞错了？照常规，人们不会记错自己姓什么，叫什么。"再找刘家玲深入了解。"梁习武给祁巍然说。

"梁科，贵州凯里属于西南地区，那边少数民族很多，刘家玲会不会也是少数民族？"老陈提醒他的领导。"这很难说，我们曾经都遇到过。你讲的也有可能，可以试试。"梁习武回答。

夏去秋来，救助甄别科在众多的材料中不断排查。2018年元旦前，蔡蔡一上班激动地告诉梁习武："梁科，刘家玲估计是苗族人。""是吗？你怎么知道的？"梁习武问道。

原来，有一天，蔡蔡在找刘家玲了解情况，也许是女性的特有感觉，她看见刘家玲的两个耳垂特别大，还有两个大大的耳洞，就好奇地问："刘家玲，你这耳朵是佩戴耳环带的吗？"蔡蔡话语刚说完，只见刘家玲眼睛一亮，立即回答："是的，我以前很小的时候，我妈妈就给我戴了，很好看的。在我们那里女孩子都要佩戴的。"刘家玲如数家珍地说着。"后来，离开家以后就被那个人摘走了。"刘家玲十分惋惜地说。"那这样，巍然你和蔡蔡抓紧收集一下贵州那边苗族人的服饰，再进一步确认一下。"梁习武马上布置下去任务。

没过几天，刘家玲再次被转至救助甄别科生活，这样就更加方便及时了解线索等情况。

从当时的情况分析，刘家玲是贵州凯里的可能性已经非常大了。梁习武再次与刘家玲正面接触，他与其他同伴都发现了刘家玲原来佩戴耳环的耳洞远比内地汉族女孩子的大得多。祁巍然这时又拿着几张百度上收集来的画有苗族同胞衣服、头饰的纸进来。刘家玲看见递给她的几张纸时，马上就指着上面的衣服和头饰挂件说："就和这上面的一样，我们就穿这样的衣服。还有这样的东西。"她指着上面的饰品高兴的给在场的人说。"我们查过了，凯里有一个叫'刘家玲'的人，还真没有你说的'柳家玲'。你是不是记错了？"梁习武问刘家玲。"我记得我就是姓柳呀？"刘家玲费解地回忆。"这样，今天我们帮你照个相，发过去让那边认一认，你看好不好？"梁习武建议。"好，照吧。"说完，刘家玲很有感觉地坐好，等着照相。"你就坐在那里好了。"祁巍然给刘家玲说。说着拿起相机，随着快门按下，刘家玲的人像就拍好了。就在上次与贵州方面核实时，除了有一个刘家玲外，刘家玲说的有一个哥哥和弟弟的情况也对上了。梁习武心想，这次再与贵州凯里联系一下，把刘家玲的照片发过去，让刘家玲的家人看看，这样就有很大的可能性了。

这时救助甄别科副科长祁巍然迅速把刘家玲的几张照片按上次的地址传了过去，同时联系了贵州凯里方面刘家玲的哥哥。她哥哥不知是因为什么原因，看了照片后，他说似乎不像。祁巍然告诉她哥哥，"你再仔细看看，你妹妹长得一些特点。也许你们分开很长时间，记不准了。但是脸上的特点还是应该有印象的。"刘家玲哥哥说："要不这样，我让我弟弟再看一下。"

这边，刘家玲又忽然想起一地名。"梁科长，我记得我们家那边有一个地方叫'黄毛'"。在场的人一听，都忍不住笑了。祁巍然问："这是什么线索？黄毛是人名还是地名？"梁习武打断说："不管他，记下来再说。"

很快，不到下午的1点，祁巍然就收到自称是刘家玲弟弟的刘家水打来的电话。这时祁巍然才知道，原来刘家玲弟弟刘家水正在浙江打工。"祁科长，我哥哥给我的照片，我看不清楚，你能再发一张给我看看吗?"祁巍然又把刘家玲的照片发了过去。对方看了看,还是说:"不太像,她出去太久了,大概有二十年左右了。""这么长时间,你那时候多大,有几岁啊?"祁巍然问。"哦,不过我已经记事了。"刘家水说。后来,刘家水得知刘家玲说的一些情况与自己家里的情况基本相似,就说:"我现在离不开,要不等过年时,我再来上海看看?"祁巍然想,现在对刘家水提出硬性的要求也不妥当,一是对方没有完全确定刘家玲就是他姐;二是刘家水还在上班。虽然在浙江,但要到上海来,也确实不方便。"那好吧,不过,你还是要与你哥哥抓紧确认,这样对刘家玲也好有一个说法。你们要想想,假如真是你姐姐,你们忍心让她一个人在外面吗?"祁巍然说道。刘家水在电话那边又说:"我姐姐听说嫁到江苏去的,怎么会到上海了呢?"祁巍然一听,原来刘家水他们还是有疑问。祁巍然就又把刘家玲所说的情况给刘家水重复说了一遍。"她丈夫不要她了,是被她丈夫打出来的。""哦,好吧。那过几天我和我哥哥商量一下。"刘家水电话挂了。

次日,祁巍然将与刘家玲的弟弟通话的情况向梁习武做了简要汇报。梁习武感到,没几天春运就要开始了,交通方面会非常紧张,而要等刘家玲弟弟过来上海,还可能等到猴年马月,不知道何时才来。祁巍然说:"问题是现在还不能完全确定刘家玲就一定是那里的人。""但是,现在线索比较明确了,有着极大的可能性。"梁习武说。"你说的也是,在那偏远的地方,离家这么长时间,也有可能认不准了。刘家玲变化太大,也有可能那边人不重视出嫁的女人。"祁巍然接着说出了自己的想法。"要不我们搞一次跨省甄别?"祁巍然问。"我看有必要。"梁习武赞成道。"明天我请示一下站长。"

周末前一天的下午，我外出开会刚刚回到办公室。梁习武敲门进来。我听了梁习武说的情况和打算之后，说："完全应该通过跨省甄别跑一趟，眼看快到春节了，要抓紧，早去早回。如果能成功，刘家玲就可以在春节前回到自己的老家，与家人一起过年了。这个机会很好，你马上准备一下。""她可能还是少数民族。"梁习武又补充说。"那就更应该为她寻找亲人了。到那里以后要注意民族政策。"我说。梁习武得到我的认同以后，转身将要出办公室时，忽然想起并说："她上次在我们办公室还想起来，她记得小时候，那边有一个什么'黄毛'。"我听后，叫住梁习武。"梁科，那你们可以再核实一下，不管'黄毛'还是'红毛'，也许就是我们甄别的关键线索。"

春运前的一周，上海各大交通枢纽已经出现大客流的现象。跨省甄别行动小组就这样为贵州的少数民族同胞回家，开始了一场年前跨省寻亲。这对梁习武来讲，已经不是什么新鲜事了。但是，在他内心压力却依然不小。因为再有不到两个月的时间，他就要光荣退休了。对他来说无疑想有一个圆满的收官。

但是，此行究竟如何，会不会有一个理想的句号，他心里还真的没底。而他想得最多的还是怎么找到刘家玲的家人，并且让他们接受她。

火车按着路轨疾驶，梁习武一路在车厢里继续和刘家玲攀谈，与行动小组的伙伴们交流。行驶千里之后的当天晚上，高铁直接抵达贵州省凯里市，天色已晚。行动小组决定在凯里住下。

次日一早，一行人匆匆吃过早点，随即赶往凯里开往台江县的汽车站。这时，行动小组接到了电话。

刘家玲仿佛已经感觉到了临近家乡的味道，她跟身边的绮绮说：

"好亲切！"绮绮见她如此开心，就问道："你还记得这里吗？""记得，就是不太一样了"。刘家玲回答。

大巴行驶了个把小时后到了台江县城。在这里他们要等刘家玲的弟弟前来接应。"刚才，就是刘家玲的弟弟说要到县里看看再说。那我们等一会儿吧。"梁习武给大家说。

不一会儿，一辆汽车驶进车站绿化带旁边，下来一位小伙子朝他们走来。原来他就是之前电话联系过的刘家水，昨天刚从浙江回到凯里老家准备过年。梁习武见了说："你就是在浙江工作的刘家水？"刘家水点点头笑笑。"我叫梁习武，我们之前和你联系过的。假如我们不来，你不打算去接刘家玲了？"梁习武有点不高兴地问。刘家水有点尴尬地回答："也不是，因为分开时间太长了，我真的记不起来了。"这时，在一边不吱声的刘家玲走了过来。"家水，我就是家玲。你真的一点也不认识了吗？"刘家玲突然说出此话，周围在场的人们都为此一愣。"你小时候，我经常带你下山，我们两个一起到镇上耍。"刘家玲说着，好像又想起什么来，情绪有点激动。

刘家玲所说的老家还在方昭镇。双方见面之后，刘家水招呼大家上了他的车。因为去镇上还有一段路程。在车上，梁习武问刘家玲："刘家玲，上次你说过一个'黄毛'，你还有印象吗？"刘家玲若有所思的回答"就在镇上吧？是一个地名。对了，我想起来了，那是一所学校。""哦，是学校？"梁习武问。开车的刘家水听到说："哦，我哥哥就在那所学校。"同行的老富笑着说："难道，叫黄毛学校啊？""对的"刘家玲也笑着回答。陈哲桓笑着说："老富同志，我们国家很大，我们没听说过的多了。"梁习武见此，似乎胸有成竹，这次又要成功了！

又是一小时。陈哲桓问身边的富强："老富，几点了?"老富看了一下手表。"快十一点了。"

转眼，一行人和刘家玲到了小镇上。梁习武与刘家玲说的哥哥打了电话。对方听说，上海市救助管理二站的人已经来到镇上。"啊? 你们到了? 可是我现在还在山上上班，你们……"没等他说完，梁习武说："我们约一个地方见面吧，你看看你什么时候方便?""要不我给你一个电话，你先去他那里好不好? 他在我们村委会。"对方告诉梁习武。于是梁习武就又准备跟他推荐的人联系一下。正想拨号，电话打来了。几分钟后，一个干部模样的人走了过来。原来他是村里的书记。见到梁习武他们都穿着一身深蓝工作服，胸口还有明显的圆形标志，就热情地与梁习武握手问候。"刚才是刘家山给我电话，叫我来看看。听说他还没有和你们确认，你们就来了。他现在在学校上班，没有时间。我姓朱，你们就叫我老朱好了。"老朱看上去很开朗。"老朱，你看，今天我们来就是为她找家来当面确认一下。因为她离开家时间很久远了。"梁习武说着，就让绮绮和陈哲桓把刘家玲领到老朱面前。刘家玲看看老朱没有任何反应，老朱看了看刘家玲，就问："你叫啥子?""刘家玲。"刘家玲说完有点腼腆的低下了头。"刘家玲? 我怎么就没有听说过。"老朱说。"要不这样，我再跟刘家山联系一下，我们还是让他们自己见面看看，否则，我也搞不清楚。""刚才，她弟弟刘家水已经基本确认了。我们不急。"老朱说："那好的，不过我们还是要上山的。家水呢? 让他带你们上去。"这时，跑到超市去买东西的刘家水正跑回来。听说后就接着说："走吧，我们跟着书记走。"于是，大家又准备继续上车。

富强不解地问："还要坐车吗?""对，我们上山。"老朱语气十分肯定地告诉富强他们几个。绮绮看着其他人表示出惊讶的神态，张了张嘴。

上山的汽车开始爬山。一个回转，接着一个回转。开了约半个小时，终于在一处老百姓的房子较多的地方停了下来。"到了，再过去一点就是刘家的老房子了。我们先在村委会等等，一会儿，刘家山就会从上面下来。"老朱把梁习武一行让到村委会。梁习武一听，啊？他们现在才到了大山的一半，刘家山还再上面？那他的学校建在大山顶上吗？他这样想，其他人也在这样想。绮绮问："老朱，这个山有多高？怎么学校在上面山顶上？"老朱笑笑。"不高，在我们这里不算高。学校在前面。"

一旁的家水从口袋里拿出一包烟，先后递给老朱和周围的人。不知道何因，此时刘家玲倒是看着那位家水，她嘴唇动了一下，想要说什么，却欲言又止。

正在这时，刘家玲的哥哥从山上下来了。进了房间正看见刘家玲和刘家水在说着什么。他悄悄地向朱书记摆手示意不要惊动他们，他在一旁仔细观察了几分钟，终于低下头，点了点。"是她，是我妹妹。"刘家山终于认出了他亲妹妹的样子，激动地走过去，站在刘家玲面前。"家玲，你回来了。"刘家玲见到了离开二十多年的哥哥，一下子热泪盈眶。"哥哥，我好想你们哪！"一时间，村委会的房间里都是他们兄妹们的抽泣声。

刘家山冷静地劝大家："我们还是到我家里去吧，朱书记一起去，你是我们的大当家。"说着，一群人跟着刘家山离开村委会往东向着刘家玲父母的老家走去。

走了一段路以后，陈哲桓就叫道："看看，梁科，那个小学叫'黄毛小学'。"人们都顺着陈哲桓所指的方向看去。"还真是。"老富又笑了起来。

找到家的刘家玲这时候才知道，就在她生活在江苏的那几年，自己的父母相继去世，她妈妈离世时天天念叨："家玲苦啊，什么时候我们再能见上面？"谁知，而今唯一的女儿家玲今天回家了，却永远不能与妈妈在人间见面了！

刘家老三忙着把大家请到老屋里面。梁习武他们这才清楚地看到，这是一处典型的贵州老屋。屋顶还是用石板盖顶，周围都是土坯和木柱子。

不一会儿工夫，梁习武与刘家山也办妥交接手续，刘家水拿出当地人招待客人的米酒和果子。就在这时，屋里屋外已经是挤满了来看刘家玲的老百姓。她们有的拉着刘家玲问这问那，有得帮助倒茶倒酒。梁习武说道："朱书记，我们有纪律，不能吃老百姓的东西。帮助刘家玲寻亲是我们的任务。""在我们这里，今天是喜庆的日子，你们一定要喝这个酒，你们不吃，他们家人会不高兴，感觉没有面子。"朱书记提醒并介绍给梁习武他们听。说着，就看见刘家山端起梁习武面前的酒杯，梁习武不知可否地接过来。刘家玲似乎缓过精神，也拿起一杯递给一路照顾陪同她的绮绮和陈哲桓、富强。

屋里，大家说笑着，刘家玲看见周围熟悉的老屋非常高兴，但是心里难免还是有些遗憾。她上下左右地看着老屋。梁习武这次显得老练了许多，他提醒刘家山和朱书记："刘家玲的户籍可能也注销了，你们还是要尽快帮助她把这些办好，解除她的后顾之忧。"朱书记马上接过话：

跨省寻亲行动小组与刘家玲家人及村干部合影留念

"放心吧，村里会马上帮助她办理相关手续。习近平总书记说过，2020年，要在全国消灭贫困。我们不会让刘家玲再走贫困的路。家山，你明天就去帮你妹妹办理户籍恢复手续，就去派出所。"刘家山不停地点头。行动小组看着这一家苗族兄妹重新团聚，喜上眉梢，心里十分高兴。

纵览寻亲甄别，随着科技的发展，寻亲出现的成功率有了很大提高。科学技术带给人们快捷与便利。科学技术的发展带来的科技手段，使寻亲效率得到前所未有的改善。

但是，事物都有一定的局限性。任何一项科学技术的成果体现，都离不开人的智慧与使用科学技术的责任心。脱离了人的智慧和责任，再先进的科学技术都将一事无成。

科技寻亲的应用，实际上，这并不能说明寻亲机会完全就因此而丧失。

现实中就曾经遇到过流浪受助人员经前期的"比对"与"识别"后，该人身份依然没有被甄别出来，就此不再甄别的情况。而且，类似情况在各地也时有发生。

其实，再先进的技术都难免会有遗漏。比如，"血样比对"就需要当事双方都采集血样，才有"比对"的可能；又比如，"人脸识别"，识别者要从众多的被识别者里面去筛选，才能找出想要找的人，这需要很大的工作量。而且比对人之前要在公安留有照片，否则，也无法比对。

说到上述两种情况，随之而来的问题是，假如只有一方采集留样，而另一方没有留样，那寻亲甄别就永远不会有比对的结果；同样，"人脸识别"也是如此，如果识别者轻描淡写，或者责任心不够，技术不行，或者被识别者整容以后，那成功率也是非常渺茫。

除此以外，还有许多不确定的因素影响这两种科技手段的甄别效果。

在这里我想表达的不是不需要提倡高速发展的科学技术，更不是无视科学技术的存在与用途；而是想强调人在科学技术与人类历史的现实中的地位与作用。大家知道，无论到哪里，人才是最重要的力量。没有高素质的人去使用科学技术，再好的科学技术都不会发挥其应有的作用。

众所周知的澳洲大火，从 2019 年起燃烧至 2020 年 1 月时，长达数月未灭，使 590 万顷森林燃烧，2 500 个家庭遭遇灾难，19 人死亡，2 600 只考拉烧死，5 亿多只动物没了生命。

有人说，澳洲拥有世界上先进的灭火技术，可事实却让人心寒。所以，有人就说，说灭火，有时候靠的不仅仅是技术，还要靠人的精神。

因此，在寻亲方面，我们不仅要学会使用和依靠科学技术，更要有高度的责任心，集中精神，才能促使寻亲效率得到提高。只有凭借极其专注的精神，才能达到和实现寻亲甄别的真正目的。

在这一点上，我始终坚持，工作中要善于依靠科技，但不能过度依赖科技。一字之差，却客观道出了对科学技术的不同态度。

在寻亲甄别上，一定要坚定不移地主张两条腿走路，即线上线下相结合，传统方法与科技方法并举，才会有效地激发寻亲的真正动力。

无论到哪里，或干什么，关键都要充分发挥人的主观能动性。凡事都不应绝对或片面对待。

寻亲，有时就是这样。无论成功与否，无论把事情考虑得多么周全，都不能排除实际情况的复杂性。我们不能为此而止步不前，相反，我们更要加紧寻亲的步伐，抓住每一次，每一个机会。因为对流浪受助人员来说，这是他们的希望，一次可能带来重生的希望！

# 第七章　离别与团圆

有时，在紧张的寻亲比对过程中，流浪受助人员会随着工作人员的提问而跟着回答问题。其实，他的回答可能是没有任何参考价值的。也有的会与其他流浪受助人员一起顺着答下来，使原来已经积累了点滴有用信息的答案，变得没有方向或者与正确之路背道而驰。

## 一、还是在马鞍山

那年，安徽省马鞍山市救助机构就曾有一名疑似同省内蚌埠市的流浪受助人员被十分迫切地送到疑似地予以寻亲。

马鞍山救助管理站一心为流浪受助人员着想，急流浪受助人员之所急。经过与蚌埠市救助管理站沟通，两个救助管理机构领导约定，马鞍山方面护送这位流浪受助人员抵达蚌埠市。

赶到蚌埠市的当天，蚌埠市救助管理站站长李华明立刻安排工作人员与马鞍山救助管理站的同事下乡去找。

他们按照与那名流浪受助人员所说地址相近的村庄乡镇，一个一个地找过去，老乡们基本不是摇头，就是摇手。一天下来依然无果。

然而根据当事人提供的线索，她非常肯定地说自己就是蚌埠附近的。

后来，按照"跨省寻亲联动机制"精神，受助人员留在了蚌埠救助管理机构，马鞍山救助管理机构的工作人员回自己单位。

虽然回到站里，但时任马鞍山救助站站长申贵琼依旧放不下心来。他平时几乎每天住在站里，时刻想着那些进站求助和暂时找不到家的流浪乞讨生活无着人员的找家问题。

"李站，那位受助人员情况怎么样，有进展吗？"申贵琼在给蚌埠市李华明站长的电话里问道。那边，李华明站长回答："老兄，你不能太急，一有消息，我就告诉你。不过从现在的情况看，弄不好，她不是蚌埠的。"

"要不我明天再去蚌埠，我们再进一步商量一下？""不用，你那边党政工作很忙，只要我这边一有新动向，我马上联系你好吗？"李华明很理解申贵琼的心情。

电话挂了，心却没有放下，申贵琼依然忧心着那位流浪受助人员找家的事。

不久，马鞍山救助管理站接到了蚌埠市救助管理站的电话。蚌埠市救助管理站经过反复核查，发现这名由马鞍山护送而来的流浪受助人员竟然真的就是马鞍山当地的人。

"太好了！"申贵琼得到消息后拍着桌子站了起来。

次日一早，李华明乘着自己站里的救助车，从蚌埠市出发。他与申贵琼约好，当天要把这位流浪受助人员送回家。

匆匆赶来的李华明还没顾上喝一口茶，就被申贵琼拉着继续乘车赶去马鞍山下面的那名流浪受助人员的老家。他们心里着急的是流浪受助人员已经在外漂泊好多年了。

寻亲甄别就是这样。流浪受助人员自我表述的"回家"方向和地点似乎与工作人员的判断很接近，但是，事实却是离家越来越远。

## 二、晋城的雪天

2018 年的冬天，寒风凛冽，几天来天上都好像积着厚厚的雪，随时要下来的样子。

山西晋城，一个地处山西省南边临近河南的一个地级城市。

下午时分，当地公安机关送来一名中年男性流浪生活无着人员。

在办理相关救助手续之后，工作人员发现他精神上疑似有些问题，随即通知医生前来看看。医生给这位流浪受助人员检查过后，告诉工作人员：问题不大，也不需要住医院。

这样，这名流浪受助人员就住进了晋城市救助管理站。然而，刚进站的流浪受助人员嘴里不停地要求回家，但是却又说不清，也说不准自己的家在哪里。只能听见他说姓"皮"。

一旁的工作人员老王插话道："他经常在古矿和北石店地区流浪捡拾东西。""那他睡哪儿？"救助科长问道。"经常有人看到他晚上睡在人家饭店门口，有时还会睡在公共厕所里面。"老王回答。

第二天，晋城市救助管理站站长陈建保闻讯来到流浪受助人员的房间了解情况。"你还记得自己家在哪里吗？"老皮回答："在川东，东西。"陈站长很有耐心地说:"你别急,慢慢讲。"老皮依旧重复着刚才给陈建保说的话,说着说着,还哭了起来,嘴里不停地说着:"要回家,我要回家"。

双眉紧皱的陈建保向左边的救助科科长华建国摆摆手。"走,我们去我办公室。"

在陈建保的办公室,华建国又把这名流浪受助人员昨天进站时的情况说了一遍。陈建保倒了两杯茶,给救助科科长华建国一杯。然后说:"这件事你们打算怎么办?"救助科科长回答:"今天上午准备将写好的寻亲公告马上送媒体,同时在全国救助寻亲网上推送。"陈建保听了以后说:"好,同时,从今天开始,你们要注意观察,在他室外活动时经常和他聊聊,看看能不能发现一些细节,都记下来,不要粗心。"他简单而有重点地做了安排。

就这样,那位自称老皮的流浪受助人员天天在救助管理站等待着回家的消息。

救助管理站发出去的消息始终没有回音,这让救助管理站和老皮都很着急。华建国看见,室外活动的老皮在操场上来回徘徊,一会儿仰头看着蓝天,一会儿低头看着地面。他走了过去叫住老皮。"今天太阳不错,这两天吃的还好吗?"老皮看见已经熟悉的救助科科长,笑了笑回答:"还好。"接下来说的什么,救助科科长华建国却怎么也听不懂。

流浪者与救助者之间的语言障碍,经常遇上。一个认真地询问;另一个则在真实地回答。但谁都无法听懂和理解对方说的是什么意思。

由于流浪者来自哪里不得而知。如遇到地域跨度大,就会造成双方语言障碍,给平常看似简单的询问带来麻烦。这也是寻亲过程中经常发生的问题与困难。有不少人既没有文化，也听不懂普通话。

此时，救助站领导的要求和职责所在，在华建国心里掠过。几次交往，华建国发现了老皮每次都提到一个"东"的发音，难道他家与这个"东"字有关?

华建国没有放弃这个看似还很渺茫的信息。他和科里其他同事把各自得到的信息汇拢在了一起，一致认为，此人显然不像当地人，而可能是四川、重庆一带的人。他把想法告诉了站长。陈建保听后说道："我们马上开一个会，研究一下。"

会议室里，大家你一言，我一语，讨论得非常热烈。

"我仔细看了，刚才也听了你们的分析。我感觉这位流浪受助人员老家是四川或者重庆人，已经无可置疑了。"陈建保站长接着又说："我们下一步就把寻亲范围缩至四川与重庆之间，围绕'东'字，再好好排查。我就不信，找不出名堂来。"

一晃，又是三个月过去，天气开始转热。但是，帮助流浪受助人员寻亲的热度始终在晋城市救助管理站没有热起来，冷静的思考观察查寻每天坚持着。急躁却在流浪受助人员的面孔上经常体现出来。他只要一看见救助科华建国科长，就哭喊着要回家。

"哎! 科长，我们在地名志上再对照着查查看，好不好?"救助科里的小刘好像想起什么地喊道。"对!"科长一拍大腿，同意小刘的建议。于是，找来地名志，把所有四川和重庆的地址中带有"东"字的地名都单列在一张纸上。他们不厌其烦地分析，与他们感觉疑似的对方电话联系，但得到的回复，几乎都是"没有"或"查无此人"。

时间转眼又过去三个多月，天气逐渐转凉。

黄河流域的季节性气候，已经开始在晋城显现。

晋城市救助管理站站长陈建保手里拿着当日的报纸，心里却想着那名带有四川口音的流浪受助人员的寻亲事。

"陈站，陈站。"华建国气喘吁吁边喊着站长，边跑进了陈建保的办公室。"陈站，找到了。"华建国有点激动地向陈建保站长报告："那位老皮的老家找到了。""他是哪里的？四川还是重庆？"陈建保也有些兴奋地问道。都几个月过去了，现在有了消息，的确是一件让人激动的事。"他是重庆人。"华建国科长满脸带笑地回答站长的提问。"好，很好。你们马上把这个消息告诉老皮。立即安排护送回家。"

天气进入深秋，空气也随着冷了许多，但是，流浪受助人员老皮找到家的消息传来，却让晋城市救助站热了起来。

经历了几个月的艰苦查询，多方面的调查甄别。这位姓名叫"黄朝喜"的流浪受助人员今年五十七岁。当年出门打工不着而无奈流浪街头，成了一名生活无着的流浪者。

由于他老家已无亲人，因此在长达两年的时间里，他居无定所，食不果腹，又因语言不通，回家竟成了他的奢望。

但是，老家的影子却时常在"老皮"心里盘旋，流浪在街头的他每当看见有卖重庆的小吃时，都会在店门口停留好长一会儿，那是他熟悉的味道。

中国有句老话叫：叶落归根。

在晋城市救助管理站的帮助下，"老皮"，而今的黄朝喜又见到了重庆市北碚区东阳街道先锋村老家的邻居们。左邻右舍都出来迎接好久不见的老黄。大家乐呵呵地向他表示问候，他高兴地不停点头表示感谢。

"没想到，没想到啊！"正说着，飘来一股麻辣烫的香味儿。黄朝喜说，到哪里都不会忘记家乡的味道。

环顾四周，黄朝喜非常激动。"老家真好！"年近花甲的黄朝喜给身边的工作人员说。

## 三、"大户"的眼泪

2011 年 3 月 23 日，星期三。

今天，我和救助管理二科的黄洛源副科长等，一大早赶到站里，去送上周甄别出的家住安徽省广德县的流浪受助人员庄伟贤。他是 2010 年 11 月进我站的。被救助后在医院抢救治疗了两个多月。疾病让他几乎丧失了语言表达能力。

所以进站后，一直没有查出庄伟贤的老家，直到春节后，在工作人员的帮助启发下，他用颤抖的左手写下了几个潦草不堪的小字，管理科经过仔细拼凑分析，核实后，才有了今天的故事。

6 点 40 分我们乘站里的面包车往沪太路长途汽车站搭乘开往安徽宣城的长途汽车去广德县。站里特地给庄伟贤换上崭新的棉外套和新内衣。看得出，庄伟贤很开心，在路上，我们还感觉有点冷，然而他却把棉外衣解开，回家的事让高兴不已的他有点儿热。

庄伟贤由于脑中风引起半身不遂，走路一瘸一拐，右手蜷弯不能伸直。黄洛源欲上前扶他，却被他很倔强地推开了。

中午 10 点 45 分，大巴途径广德服务区。我一直也没有搞懂，那天我们不是在广德县车站下的车，而竟是在广德县高速公路服务区。在那里，我们带着庄伟贤穿过高速公路隔离带，再转乘一辆私人"黑车"从服务区抵达广德县民政局。

出租车一开进广德县城，庄伟贤就流下了激动的眼泪。他看着窗外熟悉的商店、马路。当我们在广德县民政局大门口搀扶庄伟贤进门时，庄伟贤的女儿匆匆跑过来接过我的手，扶着她父亲上了几个台阶，在大厅坐下。庄伟贤看见这一切，彻底控制不住自己了，他老泪纵横，抽咽起来，略显苍老和瘦瘦的脸，红红的。

据庄伟贤的女儿讲，5个月前，庄伟贤因突发脑溢血抢救稳定后，转至上海继续诊治。脾气刚毅暴躁的庄伟贤不知道为什么和家人闹起了情绪。加上亲戚和家人照看不严，自己一个人硬撑着走出了医院大门。从此，庄伟贤就再没有回到病房。

庄伟贤的走失，让他的家人惊慌失措，到处寻找。几天卜来毫无音讯。他们跑派出所，去救助站，都没有找到庄伟贤。

庄伟贤的女儿说："我们还以为找不到他了呢。"已经是三个多月过去了，今天，她女儿的话不多，除了说谢谢以外，我们问什么，她就回答什么。

也许激动，也许不知如何表达，只见她不停地帮她父亲擦眼泪、鼻涕。庄伟贤看见自己的亲人后，不停地拉住女儿，示意她拿水让我们喝，让座给我们。

在办理好交接手续后，民政局接待我们的救济救灾股的小张，给我们介绍了庄伟贤以前的情况和家庭状况。

原来，庄伟贤家住广德县城乡接合部，随着县城的发展扩大，庄家正好属于城建征地范围。由于庄家在广德城东有很多房屋和占地，是一家大户，于是得到了很大一笔动迁款。

庄伟贤是一个精明能干的人，他把一部分动迁款用于生意，不到几年，庄伟贤已然是广德县一位很有钱的富翁了。

但是，腰粗后的庄伟贤，也摆脱不了暴富带来的生活变化对人生的影响。于是，一些娱乐和高消费场所以及乌烟瘴气的地方经常出现他的身影。后来由于体力不支，加上生意上的操劳，突然得了脑溢血半身不遂，至此，神气摆阔的庄伟贤一蹶不振，完全没了以往的风光。

后来，家人送他去了上海治病，没想到在上海又走失，险些与家人永远失去团聚的机会。

下午，我们从广德返回上海。在路上，一种对人生的认识再一次在我脑海里翻滚。古人曰：贫贱不能移，富贵不能淫。我不知道庄伟贤如今如何看待他的过去，也不知道他如何期待自己的今后。但有一条，我想庄伟贤一定会非常重视自己的健康！

## 四、失忆的上海人

一个秋天的下午，当地公安民警把一名年近六十的男性送到上海市救助管理二站。

此男性看上去丝毫没有在外流浪的衣衫不整，头发凌乱的感觉，而是衣着整齐，面容自然。

救助甄别科的同事在初步检视后，进行了体检和登记。问及他的情况时，得到的回答却让工作人员感到不可思议。

"你家在哪里？"蔡蔡问道。

"上海。"他回答。

"上海？上海什么地方，哪个区？"蔡蔡又问道。

"普陀区吧？"他好像答非所问，又好像若有所思。

"你叫什么？"

"我叫吴文斌。"他果断地回答道。

"你到救助站来做什么？需要啥帮助？"蔡蔡问道。

"我也不知道。"他马上回答道。

"不知道啊？"蔡蔡好奇地问道。"你不是说，你是上海普陀区的吗？""是的。"他又毫不迟疑地回答蔡蔡。"那你不回家干嘛？"蔡蔡不解地问他。

"我也不知道，我不记得我家住在什么地址了。警察带我到这里来的。"他也不解地回答着。

"那你说的名字对吗？"

"应该对的，不过这是我现在的名字。以前不叫这个。"

"那你身份证有吗？给我看看。"

"身份证不在身上，在家里。"他说。"你们能让我回去吗？"他有点着急地说道。"完全没有问题，我们还可以送你回去。可是你要提供家里的地址呀。"蔡蔡回答。那人听了无可奈何地摇摇头："我实在弄不懂，我怎么想不起来家在哪里了。"

救助甄别科的蔡蔡一边做着登记询问，一边准备将此人的情况上传全国寻亲网。

晚饭开始了。自称"吴文斌"的人被暂时列为了受助人员。工作人员给他领了碗筷等饮食用具。"吴文斌"摇摇手，表示不饿，不想吃。

当晚当班的程辉接到了蔡蔡转交的"吴文斌"的情况以后，随即到里面查看了一下。两人核对了住在科里的人员人数和具体需要交代的情况。"回去吧，我会找机会再和他聊聊。"程辉给蔡蔡说。"好的，你辛苦了。我回家了。明天见。"蔡蔡回到办公室换好了下班回家的衣服。

程辉帮助弄好晚饭后，组织在科里的流浪受助人员开始看电视新闻，一切都是那样按部就班。

夜深了，熄灯睡觉的时间到了。

程辉特地来到"吴文斌"的床铺边上。"要眠觉了，等一会儿我就要关灯了。你能习惯吗？"程辉问"吴文斌"。

"侬关灯吧，我等一会儿再眠。现在眠不着。""吴文斌"回答。

"要不我陪你讲讲话？好吗？"程辉说。

"不要了。你们上班辛苦了。我再想想就眠。""吴文斌"回答。

"侬家里还有啥人？侬做啥工作的？"程辉启发"吴文斌"，想让他回想起一些事情。

只见"吴文斌"还是摇了摇头，自言自语道："我也搞不清楚了。"停顿一会儿，他又低头说道："我回上海已经半个多月了。"程辉一听，立马接着问道："侬从啥地方回来半个多月了？"

"吴文斌"挪了挪身体，坐好。

"南非。对，是南非。""吴文斌"脸朝窗外带着思考回忆的感觉回答。

"侬回来，是回家吗？还是出公差？"程辉不失时机地继续问道。

"吴文斌"又是摇了摇头。"回来看姆妈"。他声音很轻地说道。"戈侬姆妈家里，侬不记得了？"程辉问。"吴文斌"又摇摇头。"想不起来了。"他长长地叹了一声气。再后来,"吴文斌"和程辉两人再也没有更多的谈话内容,看着时间不早了,程辉退出了房间。

次日,阳光明媚。站内笔直的大路两旁,茂密的樟树就像高大的凉亭,遮住了太阳的直射。水泥路成了一条林荫大道。

上班以后的甄别科同事们,都拿着手里的材料忙碌着。"吴文斌"的事情又过了一晚上,依然没有新情况,甄别在等待时机。

一天时间很快。

下班的时间到了。管理科的元士戎想找梁习武在下班时帮助自己理个发,就下楼来到了救助甄别科。看见蔡蔡他们还在忙,就说了一句:"都下班了,还在忙?""是的,昨天来了一位莫名其妙的求助人员。"梁习武说道。元士戎应了一声:"老梁,今朝帮我剃剃头好吗?"梁习武答:"没有问题,你等一下。"元士戎说:"要下班了,还要忙啥啦。""手头的事马上就好,你急了?哈哈,除非你知道他是哪里的。"梁习武带有玩笑的对元士戎说。言者无意,元士戎闻听真地转身看了看老梁说的是怎么样一个人。

当他转过身,与那个坐着的男人一照脸,轻轻地嘀咕道:"这个人不是我哥哥的同学吗?""啊?你说什么?"梁习武和蔡蔡以及其他人都好奇的看着元士戎。

"你们不要响,再让我仔细看看。"元士戎摆摆手,让旁边的人都不要发声。他走过去又仔细的查看了一遍。

"是,就是他。他说他姓什么了吗?"他问蔡蔡。蔡蔡看看元士戎,笑笑说"你不要搞错了?"

元士戎似乎提醒了他,于是,他起身走到"吴文斌"身边,隔开一米多，趁"吴文斌"没有注意，又仔细观察了一下。蔡蔡问："看清楚了吗?"只见元士戎转过身，非常肯定地说："肯定是，他就是我哥哥的同学，家住朝阳三村。"望见元士戎十分肯定的言辞，一直在旁边的梁习武说："好，我们相信士戎说的。麻烦你把你哥哥的联系方式告诉我。"梁习武像发现新大陆一样兴奋，又好像让人感觉碰巧发生奇迹一样。"快快，士戎。问清楚之后。我就帮你理发。"他催着元士戎快一点与他哥哥联系，他不敢失去从昨天一直到现在才出现的唯一线索。

很快，元士戎哥哥的电话接通了。"吴文斌"被请进了办公室，元士戎把接通的手机交给了"吴文斌"。一个出乎意料的"奇迹"就要在几秒钟以后得到验证了！

所有在甄别科办公室的人们都把视线集中到了"吴文斌"接过去的手机上，屏住呼吸竖起了耳朵想听清对面的对话。

"喂?""吴文斌"在电话这头问。

"侬好！我是元士军。"元士戎的哥哥在那边说道。

"侬是啥人?"这边的"吴文斌"问。

"我是元士军，是侬老同学呀。"元士军在电话里说。

"我不认识你。"吴文斌"回答。

对方声音好像大了一点。"我是侬老同学，侬叫'吴阿三'对哦?"元士军大声又问道。然而这边的回答还是："我不认识你，你可能搞错了。"

所有人被这眼前的电话弄蒙了。

所有人都对电话中的对话内容失望了。眼看"吴文斌"就要找到家了，结果他却不认识对方的老同学。

"没关系！"梁习武反倒没有如其他人那样就此失去信心，相反，他说："大家不要失望，'吴文斌'现在还处在忘记过去的时间段，他说不认识士戎的哥哥，也不奇怪。我们可以让士戎哥哥帮忙，问一下'吴文斌'家里，是不是他们家里走失了一个人。"他这边刚说完，立即赢得所有人的赞同。

就在此时，"吴文斌"好像想起了什么。"元士军，这不是我老同学吗？老熟悉这个名字啊！""你再想想，不要急。"一旁有人劝他。

一小时以后，"吴文斌"的家人接到元士军的电话后，急匆匆来到二站。

亲人相见，分外亲切。"吴文斌"年迈的老母亲不顾一晚上没合眼的疲劳，亲自过来确认自己的儿子。"吴文斌"见到自己的家人后，记忆完全恢复。"我怎么就会到这里来的？这是救助管理站的工作人员，这是我弟弟、姐姐。还有我姆妈。"

原来，"吴文斌"家人说："他名字以前就叫吴阿三，出国以后改为吴闻彬。"吴闻彬被公安机关送来站里之前，他在车站等车，忽然感觉头晕，就倒坐在了车站的简易座位上了。旁边的候车市民看到吴闻彬侧依着座位上，眼睛紧闭。就有好心人拨打了"110"电话。

而当民警赶到车站时，吴闻彬已经"苏醒"过来。可是，任凭民警怎么问他，他都回答"不知道"或"想不起来了"。

接下来，就有了前面的一幕。

就这样，原本一小时前老同学通过电话的寻亲见证，却由于吴闻彬的失忆，迟到了一个小时。"梁科，我头发还没有理呢。"看见吴闻彬一家办好手续离站时，元士戎拉住梁习武说道。

## 五、威海的缅甸打工者

威海，山东省东北部的一处美丽的沿海城市。曾被评为"全国卫生城市"，街面整齐洁净，空气常年清新无比。浩瀚的大海一望无际。鲜美的海鲜给威海人民带去丰富的营养和美味。

救助管理站的宋江红看似一名娇弱淑贤的女性，然而在业务工作上却是果断且机智过人，是一位"远超当年穆桂英"的专业站长。

这不，她刚刚进入站里上班不久就接到业务科任子行报告。"宋站，刚才接到一市民来电话，说是在长途公交车站有几个人拿着纸条，好像在求助什么，不停地向围观的人合十点头。""那快去看看再说。"宋江红闻讯没有一点迟疑地回答。任子行得到站长的允许，转身就和其他同事开车前往。宋江红此时从办公室出来，探着身子向任子行提醒道："你到哪里看看，如果是有求助的，就直接接回来。"

不到一小时，任子行一行返回救助站。回来的车上多了四位。

除了威海市救助管理站的工作人员，还多了两男两女。他们看上去非常疲倦，脸上也有点脏兮兮的。下车以后，他们神色慌张地东张西望。任子行安排同事先把这几位安排进房间休息，他转身跑向二楼站长办公室。"宋站，我们刚要去接，那位好心人又来了电话说，他已经和公交车司机说好了，让司机送一下他们，后来，我们就在车站等到了他们。"

紧接着，宋江红和任子行一起下楼，来到那四位休息的房间，了解情况。

那几位一看有人来，都站了起来。"你们刚才在车站是怎么回事？有什么需要吗？"宋江红问其中一位看似年龄大些的男人。那男人嘴里乌里乌里说了几句。宋江红和任子行都没听懂。任子行说："宋站，刚才也是。他们说的话听不懂。我回来的路上，在车里我琢磨着他们说的也不是韩语，英语也不像。""外国话？"宋江红自言自语道。"那赶快让他们写下来究竟遇到什么问题，有什么需求？"宋江红果断的交待给任子行。"好，我立马办。"任子行答应到。

一会儿，宋江红得到可靠消息，刚才接来的四位不会说英语。但是，却有一张写有英文的纸条。说着，站里的刘佳佳把那张写有英语的纸条递给了宋江红："站长，在这里。"一旁的任子行忽然想起什么。"对了，宋站。刚才打电话来的人说过，他们拿的那张纸条上写的意思，可能是说身上没有钱了。"这时，宋江红凝视着纸条上歪歪扭扭的字母。"好像是回家的意思。这样，你们抓紧确定，他们到底有什么困难，想回家，回哪里去？"任子行与刘佳佳俩人走出站长办公室，回到自己的科里。

那边房间里的人着急不堪；这边科室里的人也在翻译平时很少使用的英语，而且是写得很不规范的英语。

"很显然，小刘，他们就是想回家，但是身上又没有钱，没办法买车票。""是，关键他们都不会说中国话，即便有钱买车票，也不知道怎么回。"小刘回答道。

任子行和刘佳佳他们把翻译结果与推断告诉宋江红，她稍加思索后说："你们现在确定他们是哪里人，想回哪里去吗？""问题是除了那张纸条，其他什么也没有。也就是说，现在只知道他们要回家。回哪里，这些他们都不会说。"任子行感觉有点棘手。"你们看这样行不行，听说最近有一些越南和缅甸人到我们沿海附近打工。如果我们现在假设他们也是东南亚一带的，你们看了吗？他们长得就像那边的人。我马上和云南方面联系，让他们在电话里说说话怎么样？试试看"。

电话很快挂通了。宋江红接通了云南省翻译协会的马会长。马会长非常爽快地答应了。接着威海市救助管理站业务科任子行迅速把那四个人的护照等拍照传了过去。马会长在电话里说："让他们来一个人，我和他们对一下话。"刘佳佳很快把房间里的年纪大一点的那位叫到办公室与远在云南的马会长通话。

事情在他们通话之后，宋江红他们得知了详情。原来，这四个人是盲目听信别人的话，从缅甸到腾冲之后，再由腾冲辗转来到威海打工。前几天，一同来的伙伴生病撇下他们回去了。结果，他们现在几乎身无分文，不知道该什么办了。当然，他们首先想到的就是回缅甸，但是，语言不通使他们寸步难行。

情况非常明了了。"立即设法送他们回家！"宋江红弄明白情况之后，随即表示了态度。

两天后，一列开往济南的高速列车飞驰在铁路上。威海市救助管理站的同事陪同来自缅甸的四位打工者乘上了开往山东省济南的高速列车。至此，宋江红站长安排的一次特殊的出行，则由站里的涉外寻亲甄别成功而开启了南下护送的旅途。

车上，已经知道踏上返回家乡的四位缅甸人，显得非常兴奋。他们互相交谈着，不时指着窗外的建筑议论不停。那位看似年龄较大的男性，用手时不时竖起大拇指，对威海市救助管理站表示赞扬和感谢。

不知道是什么关系，抑或人们本能的反应。同行的威海市救助管理站的工作人员竟能看懂和明白对方点头的意思。双方经常为了一个点头微笑，就会会心地表示不用客气。

每当吃饭的时间，站长宋江红都会和局办公室孙月正以及站里史楠与刘佳佳三人，特地前去关照一下。

他们在济南住了一晚，次日上午，一行人再次在济南市救助管理站同事的帮助下转乘济南市直达云南昆明站的火车。

一个从祖国的华东沿海穿越到西南，途经五六个省市，几千公里，旅途颠簸长达40多个小时的寻亲护送小组，在威海市救助管理站的站长宋江红的带领下疾驰在漫长的铁路上。

车上，威海市救助管理站的刘佳佳他们还帮助四名找到家的缅甸人泡好泡面，剥好煮熟的鸡蛋。四位缅甸人中，年龄最小的女孩用刚刚学会的中国话激动地说："谢谢，谢谢！"除了会说谢谢，其他的就不会说了。刘佳佳忍俊不禁。"你还会说其他的吗？"小刘问道。小姑娘看看小刘不知道自己是否说错了什么。旁边的孙月正和史楠也笑了起来。孙月正摇摇手。"她说你还会其他的吗？"小女孩还是不理解地看看小刘。宋江红看见了说："你们别说了，她刚学会'谢谢'，她还没明白你们的意思呢。"于是，几个人都会心笑了起来。

火车不停地在往前行驶，天慢慢黑了下来。

大家都开始准备就寝了，但是，那个小女孩却精神十足，他们为眼看就要回到了家而兴奋不已。宋江红听说，四位缅甸人中有两位还是夫妻俩。火车进入湖南，不停地穿越大山隧道。宋江红不放心，她说："不知道，他们还需要什么？"孙月正表示去看看，"我会多过去看看的"。两人不放心地说着。

　　经过两天一夜的行驶。3 月 25 日凌晨 5 点，列车抵达云南昆明火车站。

　　然而，满怀回家喜悦的小女孩，睁开没有睡醒的眼睛，看着四周，嘴里几里哇啦说了几句。很明显，那意思可能是在问，"这是到哪里了？"刘佳佳看见后，看看身边的站长宋江红，过去，拍了拍小女孩的肩膀，指了指站台上的牌子。"现在，我们到昆明了。"小女孩似乎明白了她的意思，会意地使劲点头。"谢谢！"小刘回头看看宋站长也笑了起来。"她知道了，到昆明再去腾冲就不远了。""估计还要十几个小时。"宋江红说道。

　　正当大家出站想着如何去长途汽车站时，缅甸小女孩突然捂着肚子，蹲在地上直哼哼。显然这是肚子疼啊。这一举动急坏了包括三名缅甸同乡的所有人，就见他们四人嘀咕了几句，转过身给刘佳佳比划着手势。宋江红见状，过去看了看，然后说："估计是在车上受凉了，小刘去看看哪里能买点药。"她的话音刚落，就见另外两位转身去买药了。不顾一路疲惫的宋江红又让人给小女孩端来热粥，看着小女孩喝下去。"一会就会好了，估计问题不大。假如一会吃了药还不好，咱们就去医院。"宋江红说。

　　果然，女孩服用了买来的药，肚子就不再难受了，精神随即见好，又见她活蹦乱跳起来。

　　宋江红站长没有去打扰昆明市救助管理站的同行，几个人等到早上 7 点多，开往腾冲的长途汽车发动了。

　　护送小组依次乘上汽车，坐在了各自的座位。上了汽车的四名缅甸人，好像感觉缅甸就在眼前。回家的心情已经让他们全然没有了长途跋涉的疲劳。但是，担任护送的威海市救助站的工作人员却一丝都不敢怠慢。车外，风景秀丽如画；车内，宋江红却无心欣赏。她明白，此行任务还未完成。

长途汽车开了整整十五个小时。

当晚，载着一车人的长途汽车到了云南边陲城市腾冲。

腾冲市救助管理站前来接待的李站长为下一步关卡过境，已经作好了充分准备。

四名缅甸打工者再次向威海市救助管理站工作人员合十表示感谢。因为他们就要到家了，是中国救助管理站帮助他们回到了梦寐以求的家。

### 六、儿子就在养老院

浙江省台州市，地处我国东海之滨，盛产橘子。是中国改革开放后著名的制造之城。北面是宁波市，南面则是温州市。

在台州市东面的东矶列岛中，闻名于世的一江山岛就在这里。1955年，中国人民解放军第一次采用陆、海、空军联合登陆作战，一举消灭国民党盘踞在岛上的部队，取得突破性胜利。战斗震惊了台湾岛上的国民党，也震惊了美国政府，迫使国民党撤出其他附近沿海列岛。后来为了纪念一江山解放战役，将一江山岛改名为——英雄岛。直至1984年，又改回称一江山岛。

而今，台州市发展迅速。在这样一座经济繁荣，人民生活幸福惬意的南方城市，当地的救助管理站静静地发挥着兜底救助寻亲的作用。

那天，救助管理站刚上班不久。当地公安机关送来了一位患有小儿麻痹症的流浪者，看似有十五六岁的男孩子。

那天正好是 2015 年 6 月 23 日，端午节刚过完第三天，外面正下着毛毛细雨。救助站工作人员接收了送来的流浪乞讨生活无着的人员后发现，人们不管怎么问他，他始终没有应该有的反应。不说话，也不摇头，只是有点惊恐地时不时看看工作人员，身体蜷缩在长椅子的一角。

业务科负责接待的小于给他拍了照片，写下有关记录资料，按部就班地上传"全国救助管理登记系统"。下午，小于在网上看见了已经发布的上午接收的那位大男孩的救助信息。同时，小于将这个人的情况向站长李朝阳作了报告。听了小于的情况报告以后，正在写工作总结的李朝阳的手离开电脑键盘，抬头问道："那他叫什么知道了吗？""问不出来，我们现在暂时给他一个编号：086。"小于回答。"那好，尽快列入站里的寻亲甄别。如果精神或身体有问题就送医院治疗。"李朝阳又说。"说到这，李站，他好像是有点问题。"小于紧接着说。"那就先送医院检查一下。"平时看上去不太言语的李朝阳，这时显得丝毫不拖泥带水，非常干脆。也许这与他平时好思考，善于研究政策有关系。

浙江省儿童福利救助协会的专业委员会里面就写有介绍：救助甄别寻亲委员会主任李朝阳。

话从两边说，这边救助管理站接收了求助的"086"，并送其到定点医院检查，同时列入了甄别计划。那边一位愁眉苦脸十分焦急的妇女正四处打听是否见着一个小男孩。她几乎是在小跑着到处找人，满脸通红，急得眼泪一回又一回地掉下来。她边擦边一路小跑地寻找。她就是上午才被救助进站的小男孩的妈妈。因为有人告诉她，中山路那边一个流浪的残疾男孩很像他们家失踪多日的儿子。

"李站，我们已经将'086'号送到医院检查，除了小儿麻痹症后遗症以外，还有疑似自闭症，无其他问题。"小于告诉李朝阳。"嗯，下一步你们怎么打算？"李朝阳问道。"过一段时间，准备送他到与我们合作的养老公寓托养。"李朝阳点了点头。

就在"086"送去养老公寓托养期间，他的家人依然没有放弃对他的寻找。"086"的家里是做蔬菜生意的。爸爸主要每天从蔬菜市场批发，分送各个主要菜场。妈妈则去菜场零售，还每天给附近单位食堂配送预定的蔬菜。

一天，他妈妈骑着电动车把养老公寓一天的蔬菜送来了。"江师傅，今天刚上市的茭白我给你们带来一点，你们先吃吃看。如果好的话，明天或者后天我再给你们带来。"说完，她动作麻利地把茭白和其他蔬菜搬下了车。"好的，付阿姨，谢谢你。"食堂的江师傅回答道。"付阿姨，你把菜就先放在那里，等一会我来拿。"江师傅说。"送货单你也放在那里好了。"江师傅又说。两个人说着，只见付阿姨骑上电动车又转身离开了。

一晃，两年过去了。

周一，李朝阳来到救助站，顺便到业务科转了转。"最近，我要去省里开会。你们把站里流浪受助人员的情况再梳理一下，各个房间的安全要加强，不能放松。"他对小于说着，就坐下了。小于和科里其他同事一看，站长可能还有话要嘱咐，就都跟着坐在了各自的位置上。"我们在托养机构的人，你们要多去看看。最好搞一个甄别制度，要有记录。听说，上海那边搞得不错，有机会都去看看，现在杭州市救助站里还有一个甄别能手，还是我本家，叫李耀进。"李朝阳顿了顿又接着说："这一块工作蛮烦的，不认真对待，那是绝对不行。哦，那位编号'086'的现在有没有新情况？"他想起了那个大男孩。"之前，我们先后在网上和其他途径都做过了，但是，都没有回音。这次，我们准备等你回来，想通过刚刚确定的'人脸比对'方式去试试。"

"付阿姨，来了？"负责养老公寓伙食的江师傅说。"来了，江师傅。你们最近要忙了？再过半个月就是元旦了。你们要我这边准备点什么菜，我好早一点准备起来。"付阿姨说着。"哎，付阿姨，你送来的菜都很好。这里的老年人都很喜欢。就是卷心菜也和老早的不一样，人家的脆，你送来的糯、软，加上那个豆制品烧在一起，很好吃的。"江师傅很实在地赞扬付阿姨。"就连我们这里几个流浪人员也说好吃。对了，有一个男孩子一看到卷心菜烧油豆腐就老高兴。""你们这里还有流浪人员的？"付阿姨问道。"是的，他们在楼上。"江师傅回答。接着江师傅把第二天要付阿姨送的菜单交给了她。付阿姨好像还想问什么，但此时口袋里的手机铃声响了。她一手接过江师傅递过来的单子，另一手就急忙打开了手机，还没说上两句，就急匆匆地给江师傅打了一个招呼，开着电动车就走了。

晚上，付阿姨在吃好晚饭时，轻轻地给家里人说："今天我去给养老公寓送菜，听说他们那里也有救助站托养的流浪人员，我本来想上去看看的。"她还没有说完，丈夫就打断她的话说："又想去看看有没有儿子？人家会让你上去看？都两年多了。"说到这里，付阿姨的丈夫叹了一口气。端起酒杯一仰脖子把杯子里的酒全喝光了。"那我还是想去看看，两年前，我们去救助站找，没有找到，到派出所报案到现在也没有声音。你说孩子又有残疾，他怎么生活？唉！"付阿姨说着，饭桌边上的家人没有一个敢发出其他响声。

没想到这一想法，让付阿姨一晚上没有睡着，念儿心切的她到了下半夜浑身感觉难受，翻来覆去。

天还没有亮，丈夫起来了，他要去蔬菜批发市场。"老公啊！我好像不对，不知道会不会有热度？"躺在床上的付阿姨有气无力地说道。"那你量一量。"丈夫说好，就要去找温度计。"你去吧，等一会儿我自己找。"付阿姨说。"那也好，今天有大批大白菜进来。那你不要忘记，一定要量一量，实在不行就叫上女儿去医院看看。"说完，丈夫就出了家门。

天快亮了，付阿姨感觉越来越难受。她想今天还有菜要送，就坚持起来了。"妈妈，我刚才好像听你讲人不舒服。要不你休息，我去送菜吧。""你还要读书去呢。""不用，今天礼拜六呀。"女儿回答。"哎！妈妈糊涂了，今天是礼拜六了。"付阿姨有气无力地答道。

但是，本想坚持一下的付阿姨，等女儿帮她送菜回到家时，她已经筋疲力尽，实在撑不下去了，母女俩就去了医院。经过一番检查，医生告诉她："你得了肺炎，需要住院。"天哪！平时不来医院的付阿姨一听到自己得了肺炎，顿时着急起来。医生说："不用急，住几天就好了。"付阿姨问"医生，我能不能回家休息。我家里还有很多事要我做的"。医生想了想，说"我给你配点药，你回家以后不要累着，一定要好好休息，按时吃药。否则，会很麻烦的"。付阿姨听了忙不迭地答应着，女儿劝她也没有用。

可怜的付阿姨回到了家，浑身无力，几乎瘫在了床上。

几天后，病愈的付阿姨又准备去养老公寓送菜。忽然在外忙碌的丈夫打来电话。"喂？"付阿姨刚接通还没有说话，就听见她丈夫在电话里急乎乎地说："你赶快，赶快去一趟养老公寓。""我正准备去呢。""现在就去，越快越好。"付阿姨突然笑了起来。"你这是怎么了？养老公寓又不是第一次去，怎么了？你想进养老公寓啊？"付阿姨听了丈夫电话里莫名其妙的话，似乎不太理解地开了一句玩笑。"你不要开玩笑呀，儿子儿子。"一提到儿子两字，付阿姨立即严肃起来。"儿子怎么了？有消息了？""儿子就在养老公寓！""啊！"付阿姨没听完丈夫的电话，就匆匆挂了，慌慌张张骑上电动车就往养老公寓驶去。

付阿姨万万没有想到，日思夜想的儿子竟然就在养老公寓，距离自己的家才几百米，天天吃着自己送的蔬菜，可是几年里自己竟一次都没有见到过儿子。想到这里，付阿姨已经赶到了养老公寓。她急急忙忙停好电动车，就急着朝养老公寓的大楼跑去。

大楼门口，台州市救助管理站的小于几位都等在那里了。

"你好，您是付阿姨吗？"小于问到。

"是的，你们等一会儿好吗？我要上去找我儿子。"付阿姨边向前走，边抱歉的说道。

救助站的工作人员会心地笑了。"我们就是为了您儿子来的。""啥？你们是？"付阿姨冷不丁听到对方说是为了儿子来的，就停下了急急走着的步伐。

"您儿子叫蒋涛红吗？您是他姆妈吗？您还记得蒋涛红是什么时候走失的？"小于问付阿姨。

当双方对接上以后，她们准备一起上楼。此时大门口传来了一个声音："姆妈——"正欲上楼的小于她们回头看去，付阿姨说道："是我大儿子。"付阿姨的大儿子跑到她妈妈的眼前。"姆妈。刚刚我接到阿爸电话就过来了。"

蒋涛红在护理员的搀扶下出来了。见到自己的亲儿子出来了，付阿姨已经按捺不住自己，冲上前去紧紧抱住了小儿子蒋涛红，哥哥也围了上去，一家三口拥抱在一起。

片刻，蒋涛红吃惊的面孔缓和了些，然而，眼泪却流了下来。他认出了妈妈，他带着微笑和眼泪的脸被姆妈抱得紧紧的，移动不得。

"姆妈不好，是我不好。我天天到这里送菜，竟然都不知道你也在这里。"付阿姨说道。小于说："阿姨，现在好了，总算找到了。他以前在外面也流浪了一段时间呢。"

"原来是这样？"付阿姨明白了救助管理站工作人员说的意思了。其实，蒋红涛被救助之前，已经在外流浪了大半年。如果不是救助管理站及时救助寻亲，他可能还在流浪，捡拾地上别人丢弃的食物。

以前，曾经流浪的蒋涛红在街上，在养老公寓与家人都有过无数次擦肩而过，却都无数次的阴差阳错。

而今，在台州市救助管理的努力下，一个走失近三年的受助人员，通过"人脸识别"终于找到了自己的家，见到了姆妈。

令人深感遗憾的是，他离家才三百多米的路程，但家人竟然找了三十六个月。

# 第八章　回家之后

不少流浪者通过寻亲回家之后，过上了不同的生活。也许，有一部分人的生活在常人看来，并不怎么尽如人意，甚至还有些不可思议。但是，对于长期或偶然失去家庭而回归家庭的人来说，那却超越了一般意义上有一个家的概念。

人，一辈子所追求的，通常是两个方面：一个是尊严；另一个则是自由。

我们的救助管理机构，为了流浪者的寻亲而废寝忘食，就是为了帮助他们寻找人的尊严与自由。

那些曾经的流浪受助人员回家后的生活，让我们看到了他们对生活的渴求与自由带来的快乐。回家让他们改变了人生。

## 一、黄果树瀑布的母子

"我凭什么养你？你知道你老了？就回来了？"一名三十岁开外的男人一连几个问号，朝面前一位妇女吼道。"她是你妈妈，是你母亲。"一旁的村委会主任说。那位六十多的妇女呆呆地看着朝她怒吼的儿子一声不吭。看见这一场景，周围的人颇感惊讶，甚至不解。

人们不仅要问，这是多大的仇，多大的恨？就连自己的妈妈都不愿抚养了吗？殊不知，南京市救助管理站为了帮助这位妇女找到家可是费了九牛二虎之力。

南京，简称"宁"，古称金陵、建康，是江苏省省会。地处长江下游沿岸，有"六朝古都"之称。据说，古代有一半以上的状元出自南京的江南贡院。后来的太平天国、中华民国都建都于此。1949年4月23日，南京在中国人民解放军的渡江战役胜利中解放，时乃直辖市。1953年1月，江苏省人民政府成立，南京市为省会。南京市是长三角重要经济城市，全国科研教育基地和交通枢纽。

2018年7月的一天，高温让人难耐。树上的知了，似乎在叫"受不了了，太热了！"就在这天，南京市救助管理站接收了一名破衣烂衫、满面污垢、情绪激动、瘦瘦的、眼睛深凹的中老年妇女。

被救助的妇女就是此节开头提到的那件事里的妇女。工作人员获悉她叫鹿爱林，老家贵州。接下来就无法再听清楚她的详细地址了。"你再想想，老家附近有啥乡镇，或者你印象比较深的地名？"工作人员曹丽萍说。"我说什么，你们都听不懂？"鹿爱林停了片刻，平复了一下自己的情绪。"那边，有一个很大很大的瀑布，有很多人。"鹿爱林回忆。曹丽萍认真地记着。

除此，救助三科还先后找到并分析出一些其他相关信息。

一个月过后，科里向站领导进行了报告。"现在我们怀疑鹿爱林是贵州黄果树那边，安顺人。我们将鹿爱林的视频发给了安顺市救助站，他们认为是所属关岭县的。但是，关岭县救助管理站查了半天，也没有查到鹿爱林的痕迹。不过，他们十分肯定，她的口音就是关岭地区的。"站长戴阿根仔细听了三科同事的报告后说："现在只有采取跨省甄别，才可能获得进展。但是，现在正值夏天，高温很厉害。如果要去，就要做好相应防护，特别是对于那位流浪受助人员的安全，我们一定要尽可能想的周密些。"他非常谨慎地说。他明白，就手里掌握的甄别材料看，只有带上鹿爱林到当地寻找，才会有可能找到家。"对的站长，我们就是想试试看看。"三科关科长说。"好，那就这样定了。"戴阿根看看旁边其他站领导，大家都点头赞成。

8 月 29 日，顶着高温乘火车赶到贵州省安顺市的南京市救助管理站一行人，在安顺救助管理站的协助下，驱车两个多小时来到关岭县布依族苗族自治县民政局。救助管理科的同志热情接待了他们，并与鹿爱林简单进行了对话。他也判定，鹿爱林是当地人。问题是她不知道自己以前住的乡镇。大家根据鹿爱林的口音在琢磨。"像是新龙潭镇的。"一位戴眼镜的小伙子说。"也可能不是，倒是有点像茅山镇的，以前听说过那边有女的被拐了。"又有人说。南京市救助站的老关说："这样吧，还是麻烦你们带我们一起去看看，实地甄别一下。"于是，一行人带着鹿爱林又驱车来到新龙潭镇。没想到，新龙潭镇的民政助理几经了解，说："关科长，刚才我打电话了解到，这个人很可能是我们旁边断桥镇的。"他跟南京关宁伟说。"她不是这里人吗？"关宁伟问。"不是，我陪你们去断桥镇跑一趟。"说着，站起来与大家一起开了个把小时的路程来到断桥镇。断桥镇民政干部闻讯，马上给各个村里打电话了解，还到隔壁办公室查资料核对有关信息。转过身，他跑进自己的办公室，面带喜悦地说:"好好,这下好了,终于查出来了。她是断桥村的人。"

镇民政助理带着一起来的若干人来到断桥镇断桥村。听村委会主任一介绍,鹿爱林频繁点头。

原来,出生于1953年的她,当年从外乡嫁到这里。婚后的鹿爱林人生可谓异常坎坷。她嫁到断桥村侯家,生下一个儿子、俩女儿。满怀信心,认为结婚以后可以过上自己的幸福生活。她想,有一处院子,可以养鸡养鸭,然后和丈夫忙着地里的庄稼,天天看着自己的孩子。一家人乐乐呵呵,蒸蒸日上。然而,严峻的现实却令鹿爱林美梦落空。婆家所在的村落本来就贫困落后,加上婆家因各方面原因,更加贫穷,经常为吃饭而发愁。

人们说期望越高,失望就越大。夫妻俩经常为一些生活琐事发生争吵。时间一长,丈夫变得垂头丧气。鹿爱林就越发气不打一处来,慢慢地怨气就在要强的鹿爱林心里日积月累,夫妻关系开始紧张起来。

多年后,三个孩子已经长大,最小的儿子也已经八岁。鹿爱林见村里有不少男人外出打工,她想自己的丈夫不肯出去,那她何不跟着外出打工去呢?一来可以躲开讨厌的家,二来可以挣些钱回来,给孩子们读书学习。

80年代中期,一个春节过后,她随村里打工者一起离开了断桥村,离开了自己都还未成年的孩子。儿子拉住妈妈。"妈妈,不去。妈妈不去。"两个女儿含着眼泪站在一边不敢吭声,小女儿嘴巴一咧一咧时不时轻轻地说:"妈妈我们会想你。"然而,他们弟妹三人还是没能拉住他们的妈妈。"老侯家的,快走了。你走不走?"带队的工头朝着鹿爱林喊。最后,鹿爱林掰开儿子的手说:"妈妈过几天就回来。"三个孩子眼睁睁看着妈妈跟着打工的男人们走了。在当时，很少有女人外出打工，除非跟着自己的丈夫。从此以后，就连鹿爱林自己都不知道，这一走竟然是几十年的光景。后来的打工别说给家里钱，就连自己的生活都难以为继。甚至，回老家的路费都没有着落，慢慢的，精神受到很大刺激。

她不在家的时间里，丈夫和唯一的儿子因触犯法律被关进了监狱。幼小的女儿因病救治无效死亡。数年后，刑满释放的丈夫没多久就离世而去，撇下大女儿和儿子。在乡亲们的帮助下，大女儿嫁到了几十里以外的人家。儿子精神失常。村里为了照顾他，就在村外山上搭建了两件简易房子，给儿子住。

好不容易找到家回来的鹿爱林听说这些，她悲伤后悔，泣不成声，使劲拍打自己。村干部见寻亲小组和乡干部都在场，就说："不要悲伤了，我们去山上看看你儿子去吧。"接着，在村委会主任的带领下，一行人步行了快半小时，来到一处用空心砖搭建的房子前。听见村委会主任的喊声，从里面出来一男子。鹿爱林一看，这不就是自己的儿子吗？眼泪顿时又流了出来。"侯小娃，你认识她吗？"村委会主任问，那位叫侯小娃的男子端详了几眼后，冷冷地回答："认识，这是我妈。"他没有一点久违的喜悦，也没有让人感动的举动。人们有点意外。母子久久未见，今天见面了怎么会是这样呢？乡干部正想批评侯小娃，不想，就发生了刚才开头的那一幕。

人们还是劝导侯小娃："你妈妈当年也是没有办法，现在回家了，一切都过去了。你和妈妈还是要好好过日子。"话音还没落，侯小娃就急叫道："她回来干嘛？我小时候，天天盼妈妈。饿了，我想妈妈在，我就不会饿。但是，妈妈不知道在哪里。现在，我自己还吃不饱，她来干什么?"侯小娃态度非常坚决,甚至怒气冲冲。现场气氛极其紧张。关宁伟和同事们不知说什么是好。

突然,扑通一声,只见鹿爱林朝儿子跪了下来。"小娃,都是妈妈的错,妈妈不好。"她伤心得号啕大哭,硬拉住小娃的衣服。"小娃,儿子,儿子,是妈妈不好"。这一切丝毫没有让儿子回心转意,侯小娃使劲掰开妈妈的手。"我没有办法养你!"说完转身进了小屋。鹿爱林大哭着,凄惨声令人难受。

村干部见状把鹿爱林拉了起来,此情让所有人无言以对。

事后,村里考虑鹿爱林母子俩的情况,暂时将她安排在了养老院。

## 二、来自渔娘滩的女人

2015年夏,回家以后的李香莲去了广东韶关市下属一个叫着"乐昌"的地方。

已过中年的李香莲在上海市救助管理二站跨省甄别行动小组的帮助下,终于,回到了离别多年的娘家——坪石镇的渔娘滩。

李香莲由于与家人失散多年,回到娘家时,久久思念她的母亲已经在期盼中离世。李香莲为此伤心之至。她知道,是妈妈挽救了她的生命,从病魔手里夺回了她。如今,自己连尽孝的机会都没来得及,妈妈就离她而去了。

她的三个女儿在她们的伯父的照顾下都学业有成,参加了工作。她们非常想念自己的妈妈,大女儿多次表示等找到妈妈才结婚。

回到家的李香莲见证了女儿的婚姻,一家人再次团聚。但是不久,住在哥哥家的她由于各种原因，再次出走。原来与哥哥已经建立起来的联系又中断了。

　　带着回访任务的二站救助甄别科副科长梁习武 2015 年夏，又深入年前已经找到家的流浪受助人员家里寻访。得知李香莲的情况后，随即向我报告了。当时，我给梁习武说："这次回访任务至关重要，何时见到人，何时回来。我们一定要知道这些人员回家以后到底生活得怎样。"这是一句非常普通的话语，但是，前去参加回访的同事们已经出去几天了，他们不尽理解。有人想，我们是救助站，帮助寻亲找家也就罢了，难道还要帮助她们继续生活好吗？那天晚上，我并没有给梁习武说更多。他和同去的同事们转达以后，也是费神思量了一番。眼看快到中秋节和国庆节了，大家克服了困难。第二天再次找到当地派出所进行查找，费尽心思，几经周折，冒着炎热的天气，终于在中秋节前又找到住在田野里一处土地庙里的李香莲。见梁习武他们来了，李香莲很高兴地邀请到家进屋。她已经和心仪的男人生活在了一起。李香莲见到梁习武他们，高兴地指着几片菜地，介绍给前来的几位看。"这是我的，那里也是我的。"原来那是李香莲与那男人共同开垦的几片菜地，蔬菜在她的呵护下，长势良好，绿油油一片。但她住的地方凌乱不堪。前屋供有财神爷的塑像，东倒西歪的香炉。后屋是堆满的杂物，旁边是一处小的庙宇。但是，李香莲却透露出一脸的得意与满足。

　　梁习武关心地问道："现在你女儿来看你吗？"说到这里，李香莲似乎想起了什么。"梁科长，我把女儿的电话号码弄丢了。"于是，梁习武急忙又联系上李香莲失联多日在广州工作的女儿，母女俩终又恢复了中断了的通讯联系。电话接通了，这不是简单的连接，这是亲情与感情的连接。"阿梅，妈妈好想你呀！"李香莲右手拿着手机给她远在广州国旅工作的女儿说。"妈妈，我也想您！"远在广州的女儿传来了激动而充满期待的声音。

## 三、多次被拐卖的龙家慧

2018 年 8 月 10 日，"长三角暨部分城市救助管理机构第一次联席会"正式在上海召开。长三角地区的上海市、浙江省、江苏省和安徽省民政部门的厅局长和相关处室领导出席会议，全国一百多位救助管理站站长参加。

这是继前两次"华东部分地区救助站长联席会"之后，以中央关于推进长三角地区建设和首届"上海博览会"为背景，由上海市民政局领导提出将原先"联席会"调整为更高层次的会议。这次会议经过各方积极筹备，如期举办。

会议主题强调加强和推动救助管理跨省寻亲联动机制，得到了全国民政部门的大力支持。

会后不久，一些流浪受助人员先后经初步甄别被送往疑似地。

龙家慧，就是在那一次从上海被云南省临沧市救助管理站接回。

龙家慧的经历充满了磨难，命运坎坷。她在 20 世纪 90 年代被拐卖，二十年之前她频遭换手，数次被卖。她忍受不了非人的折磨，不久，她患上了间隙性精神分裂症，病魔开始经常纠缠她。最后一家的丈夫，看她神魂颠倒，疯疯傻傻，就不再管她。

那天，阴云密布，乌云压顶，让人窒息。龙家慧离开了所谓的家。

从此她的"丈夫"再也没有去找她。

直到 2014 年，流浪的龙家慧才被救助。救助之后的龙家慧病情较重被送往医院，后来在治疗和照顾下，她有了明显好转。但是，沉默寡言依旧不见好转，人们无法知道她的家到底在哪里。

2018 年一次偶然的机会，上海市救助管理二站得知龙家慧好像是云南人。当时负责救助甄别科工作的副科长祁巍然立即跟进，但是，面对祁巍然的询问，龙家慧只是用眼光瞟了一下，再无回应。然而从掌握的材料来看，龙家慧是云南临沧的可能性非常大。于是，他联系上了云南临沧市救助管理站。

临沧市救助管理站得知后马上赶到上海。临沧市救助管理站领导胡太铭在上海市救助管理二站和龙家慧沟通交流后，他们也初步认为她是临沧人，但是具体地址龙家慧也不清楚，隐约提及一个"江滨大队"时还犹豫不决。尽管现在村一级已经不再叫"大队"，但临沧救助管理站依然就此为线索进行了后续分析。那天，为了方便途中照看，上海市救助管理二站指派了从部队退役回来的文娇陪同一起护送龙家慧回云南。当龙家慧跟着来到火车站时，很紧张地放慢了脚步，四处打量着。文娇见状告诉她："我们现在送你回家，临沧的老家。"龙家慧将信将疑地看看文娇和一起返回的胡太铭他们。也许，这种场景或列车让龙家慧触景生情想到很多。家，对她来说，实在是太遥远了。

回到云南临沧市，救助站马上与当地派出所联合针对龙家慧的情况进行了大筛查。他们发现，当年叫"江滨大队"的江滨村，竟然有两个人与龙家慧的身世很相似。于是，马上通知这两个人的家属前来辨认。没成想，离家二十多年，青年人也变成了老年人。前来认亲的两家人都说龙家慧是自己家的人。

龙家慧对来辨认的人没有丝毫感觉。而前来辨认的人里面，有姓龙的，也有姓刘的。双方由激动到冷静，由冷静到失望，都太想念自己的亲人了。

前来辨认的双方各抒己见，然而其中认为是龙家亲人的占 90％，认为是刘家亲人的只占 10％。龙家慧自己还不敢认定前来的人是否就是自己的家人。无奈，救助站当即决定做 DNA 血样比对。

比对的结果出来了，龙家慧的身份明了了。她就是当年被拐出走，离家二十多年，家住临响区漫畔街道的当地人。而那只有 10％的认亲人是对的。

回家了，回家后的龙家慧见到了自己日思夜想的三个孩子。她做梦都没有想到，这次真的回到了家乡，见到了亲人。刚被送到老家时，本来不肯说话的她，眼望着呈现一新的房子和激动的家人，还是木木的面无一点表情。她无法验证，这到底是在梦里还是在现实。她坐在孩子给她搬过来的板凳上，右手悄悄地掐了一下小腿，又过了好一阵子，她才慢慢缓过神。

而今，老家发生了翻天覆地的变化，三个孩子都已经成家立业。一家人久久不肯松开，她们紧紧拥抱着。龙家慧要把后来二十年没抱一抱孩子的那份亲情都想补回来。儿孙们围着她谈笑风生。

那天，龙家慧的亲戚从几十里外赶来，家人特地还杀了一头猪，为龙家慧回家表示祝贺。下午的聚餐，人们高举酒杯畅饮，高唱着抒情山歌，大家欢庆这一大喜事。龙家慧的子女热泪盈眶。

二十年的离散，人们说不完心里话，聚会一直到很晚，很晚。

当地民政局副局长说，他们将会很快帮助龙家慧恢复户籍，并抓紧为她办理最低生活保障，享受当地的社会救助。

## 四、宋贤臣跟爸爸外出打工去了

湖南省会同，地处湘西，是紧邻贵州的一个县级城市。在一处大山里有一名原先流浪在外，被救助之后，费尽千辛万苦找到才找到家的流浪受助人员宋贤臣。

那年才十四岁左右的宋贤臣，只身不远千里去沿海的浙江省杭州寻找妈妈。一路上他靠捡拾塑料瓶、纸板等积攒盘缠。有时给别人推车打零活，后又爬火车等用了好长时间，好不容易找到杭州。但是，让他万分失望的是，出现在他面前的杭州，根本不是他想象中的样子。妈妈究竟在哪里？他完全茫然了，眼泪静静地流了下来。

杭州，美丽的西子湖，柔糯的语言，优美的街景。连一点湖南大山里的感觉也没有。

在宋贤臣那个幼小的心里，只有妈妈。他来到杭州就是要找妈妈。他没有一点欣赏杭州这座城市的想法，唯一的想法就是尽快找到妈妈。他的印象里，妈妈是被爸爸酗酒后打出来的，是迫不得已放弃他和弟弟不管的。他要保护妈妈，他不知道妈妈在杭州过得怎么样。但是他接下来的寻找，简直就是极其盲目、毫无头绪。在老家，有人说，妈妈改嫁到了杭州，但现在妈妈到底在哪里，连人影也没看见。

焦躁不安的他坐在西湖边上的长椅上不知如何是好。回家，不太现实，因为他到杭州费了九牛二虎之力。时间不算，就那些路费，到哪里去弄？

不回家，接下来怎么办？讨饭？打工？他那时，年纪虽小，但是心眼不缺。聪明的小宋思前想后。打工，他没有文化，小学没毕业的他，不可能找到满意的工作。再说，他身体还有小时候撒下的小儿麻痹症，一般企业也许不会看中。打工的想法被宋贤臣否定了。讨饭，也不是宋贤臣个性所允许的。他骨子里时刻透着好强自立的意志。

在菜场睡了一晚上的他一早被买菜的人声吵醒了。从那天起，他不得已在美丽的杭州开始流浪街头。居无定所的生活使他颠沛流离，但未成年的宋贤臣的内心依然朝思暮想着见到自己的妈妈，他坚守着离开湖南会同的初心。

其间，人世间的酸甜苦辣更加成就了宋贤臣的坚强。他可以累，可以苦，甚至和正常人一样拼命干活，几天没有饭吃。但他绝不偷偷摸摸，违法乱纪。

命运经常让人捉摸不透，坚强不屈的宋贤臣最后流浪到上海而被救助。这时，他已经离开老家七八年了。最令人吃惊和不解的是，长期的流浪中没有人呼唤他的名字，而他自己都几乎也忘却了自己的姓名。可见，人名就是一个常常被人称呼的代号，长久没人叫了，也就淡化了。

患有小儿麻痹症的他，平时操着一口让人难以听懂的湖南话，但他在救助站也不忘回到自己的老家。然而，就连自己名字都已记不清的他，老家在哪？

除了湖南、怀化、会同以外，再无线索。

2014 年，上海市救助管理二站通过跨省甄别帮助他找到了久违的那个处在大山里的老家。

找到的老家是一间空空如也的旧木板房子，里面布满了灰尘与蜘蛛网，四面透风。就是面对这样的住房，宋贤臣毅然决然地向梁科长表示：我不回上海，不回去！我靠我自己！

一年后，梁习武一行再次来到宋贤臣的老家。

没有见到宋贤臣，他们却见到了他的大伯。据他大伯说，宋贤臣上年回到老家后第一时间办理了身份证。天天去他奶奶家帮忙，掰玉米，下地干活，很勤快。村里也经常给他一些事情做做。

回到家的宋贤臣经常给小伙伴们说起在杭州和上海看到的景色。他没有忘记流浪的生活，他告诉别人说："一个人自由地干自己想干的事是最幸福的。"

"根据他的身体状况，一个人在家我们都不放心。后来，过完年就随他爸爸去福建打工去了，据说在一家物流公司，他在哪里好像是称物品，每月有一定的收入。那次打电话回来说，他很开心，工作不累。"他大伯说。

## 五、"伟明"的苏北口音

上海市世博会召开前夕。那天下着蒙蒙细雨，上海市救助管理二站第一次独立接收新转来的流浪受助人员。一名身穿浅蓝色工作服的男青年在进站队伍里东张西望。后来我才知道，他叫马伟明。

马伟明性格开朗活泼，喜欢热闹，见到熟人就会主动叫人，工作人员都喜欢他。然而，让人遗憾的是，他却怎么也说不清自己的家在哪里。由于他说一口苏北话。所以，有时工作人员会用苏北话与他交流，试探着他会不会流露出老家地址，可是，每一次都是无功而返。

天气逐渐热了起来，上海很快进入了夏季的八月。

室外骄阳似火，室内空调吹出了合适的冷风，非常宜人。

我来到操场上查看一下管理科在上午趁天还不太热时，组织受助人员的活动情况。刚出大楼门口，就看见一名流浪受助人员靠墙站在阴凉处，我马上问管理科的沈玉副科长："那是谁？怎么身体有点这样，不是胖吧？"说这话，是因为当时站里面男男女女受助人员一共才一百多人，我都能认识，也知道大概情况。所以，面对眼前这位，我感到奇怪。"这是马伟明。"沈科长随即回答了我的问话。"怎么会肿成这样？"我边问边走了过去。"昨天已经去医院看过了。"沈玉告诉我。

当我快走到马伟明面前时，他冲我说："马叔叔好！""你好！""你怎么变成这样了？"我问。"不知道。"马伟明回答。"沈科。你们要重视起来，如果今天还不见好，马上转到其他医院。我们附近不是还有好几家大医院吗？让站里医生陪他去。"我给沈玉强调道。"马伟明你有什么感觉？"我问。"不舒服，难过。"马伟明回答。"让他上楼休息。"我又说。"他不肯一个人在房间休息，他要跟着下来。"沈玉回答。

听站内医生说，马伟明的情况她们已经注意到了。下午李钦年说，瑞金医院医生诊断结果与第九人民医院几乎一样，也没有查出原因。

李医生告诉我，马伟明进站后也曾突发皮肤过敏而全身浮肿，后经上海市第九人民医院检查，一度查不出原因，只是说，假如一直这样，会危及生命。

浮肿，它不是只肿表面，而是里外都会出现浮肿，严重了就要压迫心脏。谁都知道会危及生命。关键是怎么办？

当时，我对医院的诊断感到奇怪和不满。我们总不能眼看着流浪受助人员浮肿下去而病死吧？

那天下午，我翻阅了许多资料，上网查找原因。

结果，真是功夫不负有心人。就在一篇文章的最后一句话里，让我发现了希望。文章上写着，"长期服用精神类药物会有罕见的皮肤过敏症状，甚至浮肿"。马伟明会不会就属于"罕见的过敏浮肿。"

我果断向医生建议，马上给马伟明停止服用原来的药物，以观其效。

没想到奇迹出现了，停药的第二天，马伟明身上的浮肿就出现消退！几天以后，马伟明浮肿完全消失。马伟明那大大的眼睛又展现在灿烂的脸上。

那么，马伟明的家到底在哪里？听着他的语音应该距离上海不远的苏北地区。但是，让站里好几位祖籍苏北，且在家还经常使用苏北话的同事给他聊天，都得不到想要的线索。

江苏的高邮、扬州、泰州、盐城等，口音上极度相仿接近，但是马伟明都摇头表示不是。

甄别一直不停地进行着，管理科在安排组织流浪受助人员生活以外，甄别就是大家日常工作内容之一。

"马伟明，想不想家？"工作人员问。

"想，我晚上经常做梦也在想。"马伟明说。

"那你为什么说不出自己苏北老家的地址，还有你家里人的姓名？"工作人员启发他。

"我想妈妈，想家。"马伟明说。

就这样，马伟明还是不能准确说出老家的地址和妈妈、爸爸的名字，但是，他确实很想家。

马伟明的胃口很好，每次开饭，工作人员总是会多给他一些饭和菜。他有时也会给工作人员帮帮忙。

一晃，马伟明来到上海市救助管理二站已经七八年了。为他寻亲的事情一直牵挂着我的心。当站里救助甄别科成立之后，马伟明的寻亲甄别首先列为了重点。

2018 年春，风和日丽的上海，蓝天白云。上海市救助管理二站的寻亲甄别已经众所周知，上海各大媒体多次报道。

周一的早上，我照例在办公室做着案头工作。

桌上的电话铃突然响了。我顺手拿了起来，话筒里传来了一个熟悉的声音。原来是局机关郭处长来的电话。"马站。想麻烦看看你们站里有没有一个叫'邱家岭'的人，离开家已经好多年了，是我的一个老乡的儿子。"他说。

"郭处，您把他本人的照片发过来，我们辨认一下好吗？因为好多人的名字与真实名字不一样。"我提醒郭处长。

第二天，当我们收到照片以后，我惊住了，这不是马伟明吗？八年了！甄别寻亲到处寻觅，时时关注，却在身边出现了眉目。我们大家都为这带有奇迹般的事情高兴。

马伟明要回家了！

章志洪等陪着刚刚换了衣服的马伟明下楼来了。

那天，由二站党支部唐美萍书记带队驱车直接开往 200 多公里以外的江苏省扬州市"马伟明"的老家。

　　车厢里，人们谈论着马伟明的过去和将来。马伟明高兴的还时不时说几句让人啼笑皆非的话。一路上，车内笑话不断。唐美萍不断提醒周围的工作人员："路上要照顾好马伟明，等到了马伟明的老家时，要注意当地习惯。"随车同行的管理科陈夏耕科长说："放心，唐书记。我们和马伟明都很熟悉。"陈夏耕提醒一同前往的李晨等，多拍一些照片，积累资料。"照片拍得怎么样，直接反映寻亲工作的一个侧面。"

　　三个小时以后，早早等在家里的马伟明的妈妈和家人，听到有人喊道："车来了，车来了。"赶紧起身连跑带奔地跑到村口迎接。

　　马伟明到家了！他见到了久别的妈妈与亲人。八年没见儿子的妈妈紧紧抱住马伟明，看了又看，从头看到脚。"家岭、家岭，我的家岭。"她拉着唐书记的手，激动地说："真是太感谢你们了！今天，我大儿子回来了，我什么都好了。真的，什么心事都没有了。"说完，长叹了一声气。唐美萍微笑着。"对，回家了就好，这下你们可以天天在一起了"。

　　"马伟明"，其实这时候应该叫他邱家岭了。他的回家，使天天盼望大儿子的妈妈总算了了一桩心事。这一家从此完整了。

　　回到家里的邱家岭就像放飞的小鸟，整天喜气洋洋。弟弟把他和妈妈接到了扬州市区一起生活。妈妈天天和大儿子出去四处转转，她牵着大儿子的手，一分钟都不想松开。邱家岭说："妈妈，我们今天去中心公园玩好吗？"妈妈回答："好，早上你弟弟上班时就可以把我们带出去。"邱家岭看看弟弟："妈妈，我们不要急，弟弟每天工作忙得不得了，让他多睡一会。"妈妈听了笑了。她感觉大儿子现在真的很开心。她心里也很开心。

几个月后，邱家岭一家又被上海市救助管理二站邀请去站里参加中秋节联欢会。他妈妈和家人坐着邱家岭弟弟的汽车来到了站里，看到了邱家岭之前生活过的地方。

联欢会上，邱家人送上了表达内心愿望的锦旗，上面写着——无私奉献恩重如山，爱心救助彰显大德。

## 六、我的牛和我的婚事

董琦，一名由跨省寻亲联动机制找到亲人的流浪者。

他历经了两年时间，在上海、烟台、阜阳等城市多家救助管理站多方配合下，辗转到家，见到亲人。

夏天，一名说着北方口音的男子出现在上海市救助管理二站。救助甄别科的工作人员告诉我："今天下午刚来的，叫董琦。"

他看见我笑了笑。"你叫董琦吗？"我问他。他点点头。"是，我叫董琦。"

"老家是徐州的吗？"我根据他的口音试探性问了一句。

"不是，是山东。"董琦回答。

"山东哪里？"站在我旁边的小陈插话问道。

"记不住了。"董琦又笑了笑低头说着。

"怎么到上海来了？"小陈继续问他。

"我也不知道。你说，我也不想到上海来。在山东多好？"董琦反而问我们。他接着说："我大爷，他骗我。说好给我介绍个媳妇。我就把家里喂的牛给他了。他牵走之后，就没有声音了。我不愿意啊！我就去找他，嘿！那天他真的给我介绍了一个女的。我很高兴，俗话说：男大当婚，女大当嫁嘛。"董琦笑着说到这里时，只见他两手一拍，又说："谁知道，俺大爷给我介绍了一个哑巴。一个女的哑巴！""你说，我这以后怎么过？于是，我就让俺大爷把牛还给俺。""还给你了吗？"小陈问道。"哪有？他不肯还给我，还整天躲着我。"他好像自来熟一样滔滔不绝。

"我一生气，就跑到一辆长途汽车上，稀里糊涂坐上车，这不就到了这里了。"停顿一下，他又接着问道："这里是上海啊？""你不知道这里是上海吗？"我问。他摇摇头，表示不知道。然后，他低着头自言自语道："这里是大上海啊？没看见外滩嘛。"

几天后，已经安排在管理科与其他流浪受助人员一起生活的董琦，情绪好了许多。但是，除了说自己叫董琦和老家在山东，以及之前喂牛以外，就没有新的线索。而救助甄别科按照董琦所说的内容也分别在"全国救助管理查询系统"发布消息和其他网上查询了，都无回音。

"我们打算按'跨省甄别联动机制'协议精神，把董琦送山东烟台市救助管理站继续甄别。你看看是否可以？"梁习武说。"你抓紧与烟台联系一下，说明情况。请他们协助一起甄别一下。烟台站是难得的好朋友。"由于我事先比较了解董琦的情况，所以就同意了救助甄别科的意见。

不日，董琦乘火车被护送去山东省烟台市救助管理站。

到达烟台市救助管理站的当天，王健站长亲自接待了梁习武和一起去的几位同志。他对同事说："我们要积极配合上海的同事，想想办法，仔细查找相关线索。"他招呼大家坐下以后，又说："现在我们与上海市救助管理二站实行了'跨省甄别联动机制'，这是寻亲方面的一个突破，是一个大胆创新，过去的实践证明是有效的。救助管理工作中的寻亲就是要站与站之间相互支持，相互帮助。寻亲甄别单靠一家孤立行动存在很多局限性，很难做好。一定要发挥各地的优势，才能有效果。所以，我们要一起努力。"

到了山东烟台的董琦并没有立即获得家的消息。李沛乾科长听了董琦的话音以后，初步判断，董琦好像是苏鲁皖一带的人。

当时烟台市救助管理站的隋科长和李科长都爽快地表示，天下救助是一家，你帮我我帮他。"更何况我们还是合作单位。"隋之初笑着说。"对！梁科，你们放心，一有消息我就跟你联系。"李沛乾握着梁习武的手说。

董琦就这样留在了烟台市救助管理站，继续寻找他迷失的家。

烟台市救助管理站把董琦的事情作为"跨省甄别联动机制"的重中之重。他们制定了系列的寻亲方案，经常通过语言、生活习惯等与他沟通，聊天。

不久，烟台市救助管理站的热心取得了董琦的信任。他也非常主动地帮助站里打扫卫生等做一些简单的事情。为了寻找更多的线索，烟台市救助管理站还采用"往事回忆法"，引导董琦回忆过去，唤起他以往的美好生活记忆以及遇到过的重大情节。

上海市救助管理二站与烟台市救助管理站就董琦的寻亲始终保持着密切的联络，互相交流对董琦寻亲的看法与设想。大家通过董琦的话语和习惯都认定他是北方地区的人，没有相悖意见。二站认为，董琦会说山东话，又说老家有许多人家喂牛。那他会不会是安徽北方一带，比如蒙城的人呢？烟台救助管理站也曾把视线调整到山东鲁南一带，但结果也是让人失望。

时间就这样过去了。

按照"跨省甄别联动机制"协议精神，流浪受助人员一般在对方停留多长甄别时间，可根据对方寻亲的实际情况而定。也可以在寻亲无果的情况下，按原渠道送回。但是，消息传到烟台市救助管理站王健站长耳朵里，他回答："我们不要轻易决定退回。我们和董琦沟通起来，语言上毕竟要比上海那边方便。再说，在哪里不是救助？让董琦再过几天看看，我们把现在的所有线索理一遍。看是不是能把目标更集中一点。"

无论什么事，只要领导重视，解决起来的希望就会更大。

烟台救助管理站把董琦所有的甄别资料汇总在一起，仔细分析后，王健站长说："现在看来，董琦可能还真不是山东的，这一点上海的马站分析的有道理。我们再集中想想，哪里喂牛最多？董琦会不会是安徽阜阳、蒙城、淮南那边？"王健站长把设想给在场的同事们说。

次日，一个电话连接上了安徽淮北的丁配高站长。对方一口答应。"我们随时欢迎王站长，欢迎烟台市救助管理站。"

说实在的，绝大多数的救助管理站同行对于寻亲都给予了极大的支持和配合。

然而，事情在不断变化。烟台市因故未能确定成行之日。可董琦的找家却始终是王健站长的一桩心事。

斗转星移，入夏的气候时不时遭遇高温的天气。

王健的心就像酷热时日的高温久久不能冷静下来。一天，他与他的同伴们，陪着日夜思念老家的董琦乘上了跨省寻亲的汽车，车辆一路向西。

山东烟台距离安徽阜阳有着几百公里路程。一路上，王健站长和同事们克服了许多困难，特别是下了高速公路以后的那一段段公路，有一段颠簸得厉害。但带队的王健心里想的不是车轮下的路况，而是董琦此行寻亲会不会有突破。

黄昏时分，汽车抵达了安徽阜阳市救助管理站。

车还没有停稳，就看见阜阳市救助管理站的吴震站长和张宇主任在大门口正等着迎接风尘仆仆赶来的烟台市救助站的同行们。

当阜阳市救助管理站吴站长和张宇主任见到东张西望的董琦时，就用阜阳一带的方言聊了起来。吴震还特地向董琦了解了他的喜好，比如以前经常吃什么，有什么爱好。

"他很有可能是利辛那边的。"吴震判断说。"王站长，现在看来，他老家很有可能是我们市边上的利辛县人。你们还有什么其他线索吗？要不，让张宇跟利辛救助站联系一下试试。"吴震站长建议到，他的话一下子缩小了甄别的范围。

接到吴震站长的话，张宇主任马上拨通了利辛县救助管理站电话，并应对方要求把董琦的照片也传了过去。

接到寻亲的利辛县救助管理站，很快就又向周边乡镇民政办公安派出所取得协查联系。一时间，一张遍布利辛一带的寻亲网就这样撒开了。

傍晚，利辛县那边来了电话。

一位声音急促的男性在电话里说："刚才我们接到了镇民政办电话，我一听说，感觉有点像俺哥。你们能不能让我再看看视频，好吗？"

阜阳市救助管理站吴震站长听了张宇的传达后，与烟台王健站长商量了一下，同意了对方的意见。

很快，烟台市救助管理站的科长隋之初用手机把董琦的形象用视频传了过去。当视频中的两个男人对话还不到三句时。"是，就是，他就是俺哥。"对方迫不及待地肯定了视频中的人就是他的哥哥。

原来，急匆匆打来电话的男子是董琦的亲弟弟。得知寻找了三年多的哥哥就在不足百里的阜阳市，董琦的弟弟心急如火，激动万分，马不停蹄地驾车赶到了阜阳市。

弟兄俩相见，喜出望外。你看着我，我看着你。男人就是这样拘谨，不轻易在外人面前流露出自己内心的情怀与激动。他们手拉手，双眸凝视，饱含热泪。"哥哥，咱爸爸还在山东，还不知道你回家了，还不知道找到你了。"

原来，三年前董琦跟着父亲一直在山东打工多年。所以，年轻的他话语中会带有一些山东话。据他弟弟说，哥哥小时候精神上有点毛病，但生活上都没大问题。在和父亲一起打工时突然失踪了，搞得全家都急坏了，到处发传单，粘贴寻人启事。我们当时就报了警。可是，一直就没有回音，没想到是被救助站救助了。

见到此情此景，隋之初科长告诉董琦的弟弟："我们一直在帮你哥哥找家。几年来，我们都没停止过。你知道吗？为了找到你，我们辗转了四五个救助站。"说到这里，阜阳市救助管理站的吴震站长和同事们都笑了。烟台市救助管理站王健跟隋之初他们说："如果没有这些救助站之间的紧密配合，董琦可能还没有找到家，找到亲人。可见，救助站的合作多么重要。"

在回烟台市的路上，王健站长拨通了我的电话。"马站，董琦找到家了！"电话的两头都因为董琦寻亲成功非常高兴，他们心心相印，不在于过多的言语。

说实话，寻亲成功不止一次，但是每一次都不一样。谁能想到董琦寻亲竟然绕那么一圈，历经四五个救助管理站。假如没有对寻亲的热心与责任，董琦不知要在救助站生活多久？假如没有救助站，董琦是否还会在继续流浪？

到家以后的董琦让家人如释重负。

董琦每天天一亮就起床，在院子里打扫起来。好长时间没见面的兄弟俩有说不完的话。董琦在家经常帮助父母做一些家务活。有时自己骑着电动车出去买菜，生活过得非常滋润。弟弟激动地为哥哥购买了一款带有 GPS 定位的手表。

在家里，董琦还时常给别人讲离家几年间的经历和故事。一天下午，他跟在家的弟弟说："你说，大爷牵去的牛还会还给我不？"他又想起了他的婚事与牛了。

## 七、"大兔"回家"小兔"丢

她只记得自己属兔，准确年龄记不太准了。除了这一属相的记忆，还有一口乡音未改的苏北话。上海市救助管理二站凭借跨省甄别，两天后寻亲成功，为她找到离别了多年的亲人。

但是，当年由她带出来玩的也是属兔的，仅有 3 岁的女儿，却在走散后至今毫无消息。"大兔子"回家了，而"小兔子"仍然不知去向。

找到家的成艾梅一年后，已经从难忘的丢了魂一样的记忆中走出来，然而丢失女儿的事情依然让她耿耿于怀。内疚经常会驱使她坐在家里发呆。想起一年前，上海的好伙伴顶着烈日陪着自己乘车来到江苏扬州找家的情景，时常出现在她梦里。

眼看着成艾梅急切的回家表情，周围的人无不为之着急。2014 年下半年，跨省甄别已经为下扬州准备就绪。那次我特地调整了方案，为的是验证跨省甄别寻亲是否具有可推广、可复制等可行性。之前没有参加过跨省甄别的人员，就纳入了我的视野。

工作人员与成艾梅了解甄别中

章志洪被指定为领队，业务科潘文昌，还在实习的陈燕萍以及小刘和比较熟悉苏北方言的何燕组成第四次跨省甄别行动小组。她们在站里已经接触过了成艾梅，对她的情况有了初步的了解。在长途客车上，成艾梅与大家越来越熟。约三个小时后，汽车抵达扬州。因为在之前，成艾梅多次念叨的老家就是扬州。

到达扬州后，甄别迅即展开，然而一天下来一无所获。

后来，人们才知道，扬州是她丢失女儿的地方，难怪她记忆深刻。

那次跨省甄别，给章志洪带去不小的精神压力。因为，在他带队之前的三次跨省甄别都取得了成功，而这一次没有比前几次多了任何有价值的线索。仅凭属兔和苏北口音，还有不靠谱的扬州，他的心从接到任务开始，就提了起来。

果然，行动小组先是在扬州没找到任何寻亲的切入点，又辗转至附近的泰兴、海安等县市，也都没有进展。看着救助站的人帮着自己到处找家，不停地徒步询问老乡，成艾梅心里很是过意不去。天黑了，行动小组住下了，这已经是第二天寻找了。

房间里，成艾梅轻轻地跟她已经很熟的陈燕萍和何燕说："谢谢你们，谢谢哦。"何燕用苏北话提醒道："你再仔细想想，看哪里比较熟？你只要熟悉的地方，我们都可以去问问。"陈燕萍也说："你别不好意思，我们就是帮助你找家，你不能急躁。"为了缓和成艾梅的紧张思想情绪，陈燕萍还和成艾梅一起拍照，她们摆出许多动作，引得房间里的人开怀大笑。一直对流浪受助人员怀有丰富感情的小刘，晚上陪着成艾梅一起睡觉，不时找机会启发她。

第三天的早上，太阳升起。大家依旧找到昨晚吃饭的小饭店。章志洪和大家一起进去后发现，老板不在，出面招呼的却是自称店老板的老伴儿。大家根据不同需求，各自点上了点心面条。刚吃完点心的潘文昌有意问店里招待的那位老板的老伴儿："麻烦你听一下，我们这位小成说的'太阳医院'，不知道你晓得吧？"章志洪说："对！"并用苏北话提示成艾梅。成艾梅又重复了一遍"太阳医院"，那位"老伴儿"仔细听了两遍后，摇了摇头，转身把手里正在理着的芹菜放下，若有所思地说："太阳医院？倒一时想不起来，不过我老家那边倒是有一个'谭洋医院'。"章志洪迅即抓住这一相似的地方音。"我们这就去看看。"他们问明白路线之后，就乘车前往了。这两天一直没有新消息，他晚上都不知道如何向站里汇报，精神更加紧张。我让救助甄别科安慰他："一切保证受助人员安全，你们尽力就好，用不着太急。"

没想到，就是这一"太阳医院"和"谭洋医院"竟成了那次跨省甄别的突破口。下午，大家在谭洋镇民政干部的协助下，搞清楚了"太阳医院"和"谭洋医院"发音接近，一般人不注意几乎分辨不出来，而成艾梅所说的"太阳医院"仅仅是她发音所致，其实就是"谭洋医院"。民政助理根据寻亲小组陈述的情况，在附近找到了成艾梅的娘家。亲人相见自然有说不完的话，诉不了的情。成艾梅拥抱着年迈的老母亲，心里有说不尽的心酸。行动小组看着几乎在绝望中回家的情景，喜出望外的同时又有一种苦尽甘来的感觉。陈燕萍在旁边拍下了一张张感人的照片。

原以为在江苏西部扬州找到的家，却在江苏东面的东台出现了。

恢复正常生活的成艾梅到家两天后，她丈夫就找来了。见面听说，除了成艾梅，还有女儿不知去向。他无奈地摇摇头，猛抽了几口香烟。"我们再找，你不是回来了嘛。这也是没办法的事。"他安慰成艾梅，接着，他又说："你不在的这几年，家里条件好多了，你回去看了就知道。"当天，夫妻俩一起回到了自己的家里。成艾梅家人说："艾梅回来了，现在准备再要一个。"

一个月后，她丈夫告诉丈母娘："艾梅回来，经常坐在路边上发呆。我劝她，过去的也没得办法，日子还要往前过啊！"丈母娘接过话："老

母女抱在一起喜极而泣

是这样身体会垮的啊!"

　　后来,成艾梅在家人的呵护下,慢慢有了变化。她丈夫和其他家人看着她一天天地好转,心里踏实了许多。

　　据说,喜事已经降临到成艾梅身上,她计划着让丈夫买一些婴儿的衣服等用品,她每天希望和憧憬着美好的生活和未来。然而丢失女儿的事她却永记心间,因为那是她永远的念想。

# 第九章　妈妈，我们想你

"世上只有妈妈好，没妈的孩子像根草……"这首耳熟能详的歌曲经常传唱于大街小巷。但是，歌曲里的故事有时却会发生在身边的寻亲实例中。这类故事的发生，实在是让人思绪万千。妈妈，那是人们唯一的生命的依赖。

## 一、丢失了的妈妈

离家二十二年的云南楚雄南华县的李水霞，在 2010 年中秋时节，一个世人团圆的日子，终于与家人相逢见面了。

李水霞，看上去比普通人来得富态些。人们发现她看电视时，特别关注云南南方一带的房屋，很喜欢聆听云贵地区的人讲话。

经查，才知道李水霞二十二年前因琐事，与娘家亲人大吵了一场，一怒之下她点着了娘家的房屋。令人意想不到的是，大火很快波及邻居家。霎时，火光冲天，乡亲们纷纷提桶拿盆浇水灭火。但是，火乘风势，邻居房屋很快烧成了废墟。李水霞看着熊熊燃烧的大火，躲在角落里浑身发抖。

丧失居住了多年的老屋，邻居们把她告发了。尽管当时她身边还有两个孩子，儿子才两岁多一点，但是，法不容情。最后，她被判刑，关进了监狱。由于表现好，李水霞被提前释放。出狱时，因听信别人的恐吓，"邻居不会放过你，要报复的"的推测，她失望地出走了。这一走，就是二十二年。

出走后，李水霞受尽了精神煎熬与折磨。她想念着自己的女儿和儿子，饭也吃不下。让人伤心的是，在外流浪的她还不知道，就在她天天度日如年的那段时间，家里幼小的儿子溺水而亡。丈夫周不易强忍住失去老婆与儿子的痛苦，既当爹，又当娘，一人承受住了家里一件件生活的困难。老实巴交的周不易怎么也想不明白，李水霞出狱后，为什么不回家。

临近中秋节，救助站确认了李水霞老家的地址。

当她再次见到自己的女儿时，女儿已经于西南大学毕业，成了当地一所中学的人民教师。当问及儿子时，周不易和她的妹妹无言以对，低头掉泪。李水霞听说儿子溺水的噩耗后，号啕大哭，痛苦不堪。嘴里不停地说："对不起，我对不起你们。天哪！我的儿子！"瞬间，她晕倒在接待室。

坐在一边的丈夫周不易急忙扶住倒下的妻子。房间里，人们一时间乱作一团。她妹妹赶忙掐住姐姐人中，李水霞苏醒了。

周不易默默地擦拭着双眼，他痛苦。他在这二十多年里饱尝妻离子去的心酸。见此情景，他比谁都紧张担心。

场景一时令所有人都为之感叹。李水霞的妹妹平静地劝着自己的姐姐。一旁的周不易也起身从上衣袋里掏出自己的身份证。"你们看看哦，这是我的身份证，她是我的老婆。真的，不是假的。她可以证明哦。"他指着身边李水霞的妹妹向人们说道。说完，他自己先笑了起来。这一笑，人们又都从喜极而泣的场景里回到了现实中。

李水霞的女儿情绪非常激动，但与亲人相见，却一言不发。是过于亲近，还是过于陌生？

她女儿坦诚地说："我天天在想我妈妈。我从记事开始就没有和妈妈在一起，看见同学们还有邻居家都有妈妈，我非常不理解，我的妈妈呢？今天我看见了日思夜想的妈妈，心里却怎么也高兴不起来了。"李水霞女儿说着说着趴在她同学的肩上哭了起来。任凭同学怎么劝她，都无法劝停她的哭声。

李水霞和丈夫终于拥抱在了一起。丈夫拉着李水霞的手说："我们回家。这下，女儿就不会天天问我要妈妈了。"

房间外哭泣的女儿正巧走进来，听见她爸爸的话以后，也真情地说："妈妈，原谅我，我真的很想你。""唉！妈妈也想你，妈妈老了。"李水霞说。

## 二、到家了，妈妈

2012 年，一位看似七十多岁的流浪受助人员王昭敏老太太被甄别出她的老家，而寻亲成功。

16 年前，王昭敏正为刚刚去世的母亲而悲哀未止，还没缓过劲来，又得知身患肝癌一年多的哥哥离开了自己，前后还不过半年。

为了不让年迈的老父亲孤单遭受打击，当时的王昭敏就把父亲接回到自己家里一起生活。

但是，老年丧妻又丧子的老父亲，终因悲哀过度，几个月之后也撒手人寰。

就在不到一年的时间里，一个人接二连三的失去亲人，王兆敏精神上受到极大的打击。

终于，王昭敏因精神刺激而逐渐失常。

她出走了，她不自觉地出走了。家里人慌忙到处寻找，结果都毫无音讯。王昭敏失踪了。

出走的王昭敏开始了漫无目的的流浪生活。她不想活了，她想去找失去了的亲人。

在她出走后，丈夫为了找妻子，不顾邻居家人的提醒，没日没夜地寻找。有时连着几天在外面。最后，把身体也累坏了。

这时，家里仅有的积蓄也为此用得所剩无几。

而就在得知王昭敏找到的消息后，兴奋不已的丈夫要亲自来上海接她，但终因腿脚不方便而作罢。他遗憾地对女儿说："你们快去，快接你妈妈回来，晚了，就接不到妈妈了。"他心里着急，俗话说，年纪不饶人哪！

十六年来，王昭敏到处乞讨，渴了就在河沟里找点水喝，饿了就就地讨要一点东西吃。讨不到东西吃，就吃树皮树叶等一切可以充饥的东西。饿极了甚至会偷偷拿人家喂猪剩下的馍馍吃。

后来，她想到了自己年幼的孩子。虽然她依稀也会想起自己的老家。可是，长时间的精神失常，导致她记忆时常模糊不清。加上身无分文，她没有办法也不知道该如何直接回到老家。

工作人员在与其谈话期间发现，她的腿不停在颤抖。王昭敏说："这是在山里拉石头砸后撇下的。"她还说："在山里，每天很早起来干活，经常干到半夜。"

王昭敏不知道自己是怎么去的山里打工，只知道，天天跟着队伍天不亮就起来去屋后的工地干活。

一天，她也许是过度乏困，迷迷瞪瞪走着，忽然一不小心掉进一个大坑。王昭敏被摔伤了。受伤后，老板看她不能再在山里干了，就让人给了一个馍馍，她被赶了出来。

出了大山，王昭敏为了生活，又辗转到了镇上的小饭店帮过忙，洗碗刷盘子。

离开湖北老家的王昭敏四海为家，用她的话说："有地方帮忙，就睡在人家店堂里或者厨房里；没有人要，也没地方去，就走到哪里睡到哪里。""有时也在桥洞里，有时就在人家房子的墙旁边，睡一晚上。"王昭敏回想着，诉说着。

"你难道没有想回家，让警察帮个忙?"工作人员说。

"很多时候都是在饭店里帮忙洗碗，洗菜。也不敢去找警察。再说，我也说不清有的事情。就不想去麻烦别人了。"王昭敏继续说着，看来她可能熟悉了站里的环境和工作人员。很明显，她比刚来站里时，话变得多了。

"你一点都不想自己的孩子吗?"

"想，哪能不想? 我经常想我的女儿。"王昭敏说。说着，王昭敏的眼睛湿润了，这是她一直以来第一次在外人面前，为数不多的眼红，泪水就在眼眶里。工作人员不忍心看见她掉泪，递了张纸巾给她。

流浪，十六年的流浪使王昭敏变得比实际年龄更加苍老。在甄别确认的过程中，我们发过去照片让其家人和村干部辨认时，竟没能认出王昭敏。

几个月来，管理科感到王昭敏自理情况都还不错。在一次饭后的闲聊中，她再次重复了她以前说是她老家地址的零碎线索。

站里也再次抓住这一线索，及时找到了公安方面。湖北有关地区公安部门在第二天来电说，确实有叫王昭敏的人。但是，不是照片上的那位。

湖北的回电，无疑让人感到一丝失望和疑虑。难道搞错了？

"同志，能不能再让她家里人辨认一下。这位老人已经离开她老家很多年了，会发生很多变化，再说，她一直到处流浪，居无定所，生活不像常人那样稳定，人脸会不会变化较大？"对方公安机关的同志听我们这样说，也感到说得有道理，就答应再试试。

那天两个女儿一起来到派出所。在反复看了王昭敏的照片后。大女儿声音不大，但每个字都很有力。"是，是我妈！"话音刚落，眼泪便夺眶而出。

小女儿持怀疑态度的给大姐说："姐，你看着像，我怎么看都不像呢？"大女儿回头看看妹妹，没吱声。"你不是想妈妈想疯了吧？那可是要接回来的亲妈妈，我们不能搞错，你还是仔细看看。"小女儿又提醒姐姐。"放心，妈妈的印象永远刻在我的脑子里，不会错，我看得仔细着呢！"姐姐坚定的回答妹妹。

在王昭敏女儿和家人反复辨认下，最终确认，电脑里照片中的人，就是失散十六年她们朝思暮想的母亲——王昭敏。

王昭敏，女，1948 年出生，湖北省襄阳市宜城市人。

隔日，在三位同事的陪护下，离家十六年，受尽世间曲折艰难，看似比实际年龄大出十余岁的王昭敏终于回家了。

火车在奔驰，内心激动的王昭敏在车上哭了。老人哭得好伤心，好伤感。她无奈走了十六年的坎坷路，而今就要顺利的乘车回家了。

十六年，她心里想着女儿和家人。其实，她女儿和家人何尝不是天天在想她？

火车站外，王昭敏的女儿和家人正焦急地等着，当地电视台也闻讯赶来了。当王昭敏走出车站时，那一幕感动了现场的所有人。

"妈妈，妈妈。"大女儿旁若无人地呼喊着自己的妈妈。一家人见面了，泪水挂满了母女三人的脸颊，两个女儿抱住刚刚定过神的王昭敏，不停地在喊"妈妈，妈妈"。电视台记者抓紧抢下了这组镜头。"妈妈，我们想你，我们天天在想你"，是那天听到最多的发自两个女儿的心声。

当晚，湖北省宜城市的观众在电视里看到了新闻播报的这动人且难忘的一幕。

## 三、天津卫儿子见到失散二十年的妈妈

那天，徐州下着小雨。

刚过完春节上班不久的徐州市救助管理站会议室挤满了人，站里通知上午准备召开中层干部会议。

"这个季节下这样的小雨，还真不多见哪。"年轻的站长王春风说

道。"都说春雨贵如油，看来今年咱们站里会有好势头。"他接着又说。他边上的人笑了起来。一会儿，会议室坐满了各部门负责人。

会议在王春风主持下，大家先后就手头工作和新年计划作了汇报，转眼谈起了业务焦点。王春风提示道："最近，业务部门抓紧理一下现有流浪受助人员的情况，把重点有甄别线索和疑似点的人归纳起来，争取年后让我们站里的寻亲有一个大突破。"

接着，2013 年 6 月被救助的那名女性流浪者的材料被提上议程。业务部门介绍，这名女性流浪者刚进站时，对所有人都警惕性很高，很抵触。

据回忆，她来的第一天浑身散发出一股难闻的酸臭，就好像刚从污泥堆里爬出来，身上都是泥块。工作人员耐心地用毛巾帮她一点点擦洗，她才慢慢安静下来。进站后因病较重，又送去医疗机构治疗，一段时间以后，她的情况有了明显好转。

五年来，科里一直没有放弃对她的寻亲甄别，先后在《徐州日报》和"全国救助寻亲网"上刊登上传信息。通过"今日头条"也发布过消息，还经过指纹比对和 DNA 血样比对等等，用尽可用的甄别办法，但都没有结果。不过，听她的口音，极像天津或河北一带的人。前一段时间，她无意中道出，自己叫柳贵花，有一个儿子叫钱望，还有丈夫叫"大梁"。可是，这些信息经过查询后，都无法核实。就是天津那边倒有一个叫"柳贵花"的，不过 20 世纪 90 年代这个人的户籍已经注销。

会上，大家议论纷纷，各抒己见。见此，王春风要求业务部门迅速拿出甄别寻亲安排，多方位考虑。哪怕有一点可能，也要做百分百的努力。

　　清明过后，承载铁路大动脉作用的徐州市运输繁忙，到处生机盎然。王春风一上班就看到了救助科递交的实地寻亲方案。他看完寻亲方案后，又和救助科详细了解了最近柳贵花的甄别情况。陈远征告诉王春风："最近一个多月柳贵花的个人资料又有些进展。我们经过公安系统帮助查询，柳贵花是天津人，应该可以确定了。尽管她由于出走时间很长，原来所在地户籍也已注销。我们通过其他方式尝试着联系了四位与她说的丈夫名字相似的男性。很可惜，回答都是否定的。不过，我们可以从注销资料上倒查。"王春风从椅子站起来，凝视着窗外，沉思片刻之后说："有些事不如面对面说得清。这样，你们抓紧北上，争取突破这个难点。"

　　两天后，一支寻亲小组带着从救助托养机构出来的流浪受助人员柳贵花乘上了北上的火车。

　　寻亲小组带着柳贵花先赶到天津市救助管理站，在同行的协助下，他们找到柳贵花原户籍疑似所在地的天津市河西区土城派出所查询。然而，由于当年派出所没有留柳贵花本人的照片，无法对人脸比对进行核实。于是，寻亲小组就在派出所翻阅相关资料，试图找到蛛丝马迹。遗憾的是一下午的努力还是毫无结果。

　　由于天津市发展迅速，城市动迁也使柳贵花之前的居住地焕然一新，一幢幢高楼拔地而起。当寻亲小组不辞辛劳找到柳贵花提到过的剑山街道时，当地的工作人员也都对柳贵花摇头否认。街道干部告诉寻亲小组：这里已经搬迁好长时间了。

　　一处处原来有希望的地址和区域，都接二连三地被排除了。下一步怎么办？是回徐州，还是继续寻找？寻亲小组面临一个艰难的选择。因为，他们已经在天津连续寻找四五天了，到底还有多大可能，大家都游移不定，莫衷一是。

最后，带队的陈远征一拍大腿，说："还得找！不能白来一趟。""我们不妨从柳贵花丈夫的名字开始查找。"这一建议得到了随行人员的赞成。于是，他们又辗转找到有关派出所。派出所所长很支持地让内勤小雪帮助查找。突然，在众多的资料中，徐州市救助站的盛珊珊发现一个户籍登记记录上写有：男、丧偶，有一儿子。出人意料的是，这人儿子的名字竟然与柳贵花说的名字一样。这一发现，让所有人的眼光一下子都集中到了这一界面上。接下去的内容更让陈远征他们开始兴奋起来。档案中记录，那名与柳贵花丈夫同名的人在其妻子户籍注销前，曾在报纸上登过"寻人启事"，在"寻人启事"上竟有一张模糊的照片，而就是这张模糊的照片却让陈远征看得真真切切。"这不就是柳贵花吗？"看到这一切，在场的所有人都大大地松了一口气。

但是，就在此时，陈远征提醒大家，还不能高兴太早。不见到柳贵花的亲人，不算结束。

接着，寻亲小组在西青派出所民警和天津市救助站以及街道民政干部的陪同下，情绪十分高涨地来到太阳光小区之前已经接到电话的钱启待先生的家。此时的他也正迫不及待地候在家里。当柳贵花跨进住在九楼的钱启待的家门时，两人一照面。钱启待就脱口而出："是，是，是她。"大家不约而同地回头看着柳贵花，不曾想，柳贵花看见钱启待那张惊讶的面孔时，竟腼腆地微笑了一下。她丈夫钱启待眼泪止不住流了下来，嘴里不停地在说："你去哪儿了？去哪儿了？"

直到此时，这次跨省寻亲终于落下了圆满的帷幕。

当时，三十多岁出走的柳贵花，而今再见丈夫时，都已接近花甲之年。

二十多年前，柳贵花在天津一家食品厂工作，丈夫钱启待每天忙忙碌碌。柳贵花除了厂里的工作以外就是早晚接送可爱的儿子，三口之家也是美满幸福。

后来，钱启待发现妻子经常失眠，郁郁寡欢，神情恍惚起来。

寻亲小组办完交接手续，就要离开柳贵花的家。只见门外冲进来一个二十多岁的小伙子，拨开人群，走到柳贵花的面前扑通一下跪下。"妈……"他嚎啕大哭起来。人们被这突如其来的举动再次惊住了。有人轻轻地告诉民警，这是柳贵花的儿子。柳贵花呆呆地看着儿子，嘴里喃喃地问："这是宝儿吧?"钱启待在一旁回答道："是，这就是咱们的儿子，宝儿。"柳贵花的儿子哭得伤心极了。有话道：男儿有泪不轻弹。已经快到而立之年的儿子钱望，在柳贵花出走时，还不到七岁。这二十多年里，他陪着爸爸不停地找妈妈，羡慕自己看着同学的妈妈接送上学，忍着过年过节孩子与家长一起去公园玩耍，就连学校老师布置的作文"我的妈妈和我"的作业，也无法自圆其说而瞎编乱造，被老师点名批评。如今，妈妈回家了，钱望究竟是高兴还是责怪，不得而知。但是，钱望的泪水一定包含了儿子对妈妈的期待。就是这妈妈不在的二十年，钱望经历了太多太多，他有太多的苦水要倾诉。

# 第十章　孩子，妈这辈子对不起你

经历过的寻亲故事中，曾有不少打动和震撼了我，但最令人揪心的就是爸爸妈妈因不慎造成孩子失踪，或者是爸妈疏忽大意导致自己的孩子走失。而这种失踪，往往都是因为高兴的开始，最后导致永久的悲哀。

孩子，那是父母的希望，是家族的延续，家庭的未来。

## 一、亲爱的孩子

那天，在上海市松江区打工多年的孙师傅，来自江苏沭阳。几年前，他与妻子结婚不久，夫妻俩就有了爱情的结晶，一个可爱的小女孩诞生了。虽然，一心想要生儿子的孙师傅和家人没能如愿，但他们夫妻俩还是非常高兴女儿的降临。

女儿刚过了两岁，孙师傅就把妻子接到了上海一起工作。他在厂里，妻子则在社区的环保系统工作。

过年，夫妻俩回到老家，看见可爱女儿又长大了，心里乐滋滋的。然而，孙师傅几天下来，却感觉女儿显得与别人家的孩子不一样，特别爱动，还时不时瞎笑。他晚上给妻子讲了自己的感觉："我就是感觉，不一定你们也有这个感觉啊。""现在，能看出什么来？才几岁？不要瞎想，我看你是想见到女儿想的吧。"妻子赵凤英带有玩笑地埋怨道。

眼看过年的气氛一天天过去，日子越来越接近返程的日期。短短的几天，赵凤英心里却有了自己的想法。

在老家的那段时间里，他们每天带着自己的女儿去街上逛商店，赶集市，走亲戚。他们非常珍惜在家与女儿一起仅有的那几天。

可是，就在准备购买返回上海的车票时，高兴之余的妻子赵凤英却发现家里事情繁多，加上还有土地里的活，老人继续照顾孩子一定会不方便。她把想法告诉了丈夫，夫妻俩商量之后，决定带上女儿，一起去上海。"我哪怕不工作，也要好好带大女儿，父母亲都年纪大了。老家还有地里的活，再让老两口带着，真的说不过去了。"孙师傅听了，觉得妻子说得有道理，就同意了他妻子的建议。

春节过后，他们照例要回上海松江了。这次回上海，加上女儿共三个人。回到上海的孙师傅第二天就回到了自己的岗位上，而赵凤英却要求辞去原来的工作。"于主任，我想在家带孩子，这个工作看来不能再干了，真的不好意思。"于主任听了她的请求后，却给出了一个让孙师傅夫妻俩意想不到的好事。社区于主任说："这样吧，我们准备搞一个社区老年食堂，你每天主要负责就餐人数统计和菜饭卫生，你把女儿暂时寄放在社区幼儿园。中午你下班后就去领你女儿回家。你看好不好？"

赵凤英一听，这样既可以带女儿，又可以工作，马上就答应了下来。夫妻俩抱着女儿一路回了家，趁着年气儿，她告诉丈夫："你去叫上你的朋友，我们回来了，大家继续过年。"说完，她到狭小的厨房间忙碌起来。孙师傅看得出来，妻子今天是真高兴，于主任给了他们一个两不误的大好事。

年后，女儿每天跟着妈妈形影不离，一起去幼儿园，一起跟着下班回家。这样一过就是三四年。女儿到了上学的年龄，就在孙师傅和妻子准备为女儿寻找合适的学校时，世博会在上海举办了，都说值得去看看，但总是没有空闲。

翌日，正巧是端午节，厂里休息。丈夫说："明天我们全家一起出去玩吧？"赵凤英说："还真是的，孩子到上海几年了，还没有去过外滩、南京路玩玩。明天就先去南京路吧。"

第二天，天空阳光明媚，风和日丽。孙师傅和妻子赵凤英一家带着一个同事的孩子一起乘上了进市区的汽车。孩子们好不热闹，问这问那，一路欢歌笑语。

四人从南京东路来到黄浦江边，外滩人山人海，熙熙攘攘。他们看见了对面的东方明珠塔，还有江里行驶的大轮船，两个孩子欢蹦乱跳。

一会儿，丈夫说："你们在这里看着，我去给你们买几个冰激凌。"女儿撒娇："我要跟爸爸去。"赵凤英说："好吧，一定要跟紧爸爸。不要乱跑。你看好她。"赵凤英叮嘱道。

去买冷饮的父女俩许久没有回来。正当赵凤英着急时，她丈夫气喘吁吁地跑过来。"女儿不见了！""什么？"赵凤英不相信自己听到的话。

"那你找了没有?"赵凤英急切的问丈夫。"找到现在了，我还以为她自己回来找你呢。"丈夫回答。"那赶快找警察。"赵凤英迅速反应说。报警以后，警察问了女儿基本特征和情况后，安慰他们夫妻俩的同时，让他们赶快再找找看。

天渐渐黑了，茫茫人海。在上海，即便是夜晚，也是人满为患。到哪里去寻找自己的女儿，夫妻俩心急如焚。一天下来，没喝一口水，没有吃一口饭。他们没有想回松江的意思，只有能马上见到女儿的愿望。但是，他们还带着同事的一个孩子。

就这样，他们的女儿在拥挤不堪的外滩南京路口不慎走丢了。着急的妈妈四处寻找无果，几乎疯了。后来，赵凤英住院抢救数次。静下来，她就会自言自语地说："孩子，妈妈这辈子对不起你。"

亏欠和懊恼成了赵凤英一辈子的心病。事后，每当见到女孩子，赵凤英总感觉是自己丢失了的女儿，丈夫孙师傅安慰劝她都无济于事，相反还会引来妻子的埋怨和指责。每当此时，孙师傅总是无话可说，低头不语。其实，他心里有更多的愧疚。

孙师傅和赵凤英的女儿后来出现在了救助管理站。他们之间的相认，错过了九年时间。

的确，赵凤英的女儿在救助站寻亲甄别过程和生活中，她似乎缺少些这个年龄应有的常识，但她还比较讨人喜欢，人们把她叫"晶晶"。

很快，晶晶进站已经近九年了。当年的童年女孩，转眼发育成长为活泼的小姑娘。每次见到我，总是说："叔叔，我要回家。"这句在一般人听上去很普通的话，在我内心却是非常揪心的一种呼声。晶晶只是那些像她那样年龄暂时找不到家的流浪受助人员中的一位，而她的愿望，却是她发自内心的真真切切的心声，是那些同龄人的代表声。

为了帮助晶晶们尽快找到家，我在站里特地规定要求把儿童少年和老人列为重点对象，加强甄别，尽早尽快帮助他们寻亲找家。对于进站的儿童来说，他们都是父母的心头肉；而在那些老年人心中，家就是一辈子的归宿，是落脚点，他们在与时间赛跑。

2018 年夏末，时隔九年，晶晶回家成了现实。

孙师傅夫妻俩当得知晶晶的下落后，连日赶到救助站。

太阳当空，晴朗无云。工作人员手拉手的领着晶晶来到会议室，晶晶刚一进门就看见了自己好久没有见到的妈妈和爸爸。正坐立不安，急切想见到女儿的妈妈看见晶晶进门的一瞬间，就喊了一声："晶晶，我的女儿！"晶晶也立刻反应过来，"妈妈，妈妈"叫个不停。她们拥抱在了一起。这时候，妈妈已经是泪流满面。

"爸爸，爸爸。"晶晶又认出了当年经常领她出去玩的爸爸。所有在场人员都红了眼睛，眼泪在眼眶里盘旋。

失散近九年的一家人团聚了。孙师傅说："今后，我们不出来打工了。我们就一个孩子，我们要永远在一起。"

## 二、沉默的男人

被救助快十年的聋哑人徐竟榕，在 2019 年人脸比对中被确认。

九年前的一天，家住江苏启东的他趁父亲出差去西安时，独自购买了前往父亲工地的汽车票。长途汽车不停地在开。半个小时左右，当车开到海门市附近时，徐竟榕看见前面一栋正在建造的大楼，他就下车徒步走过去了。谁知，当他走到那个工地时，眼睛里却没有看见一个熟人。他比划着手势，询问工人，但是工人没法看懂他的意思。于是，他继续不停地寻找。让人无法接受的是，倔强的徐竟榕不甘心，他想一定要寻找到曾经去过的工地。

然而，接连走错了工地的他，眼看天色已晚，只能回家。他没想到的是，回家的路却变得如此漫长。

因为走错路的他只身走到了上海。这时候，他已经没有了返回家的路费，而且也不知道怎么走，才能回家。

在救助管理站的几年里，他天天翘望着窗外，即便是在组织室外活动时，他依然东张西望，似乎在期盼着什么。平时，他也不调皮捣蛋，不惹是生非。无论工作人员如何与其聊天询问，都无法得到想要的线索。救助甄别科与管理科专门请哑语老师来站和他们几位聋哑流浪受助人员进行手势交流。但最后，也非常令人失望。

令人欣喜的是，科技寻人却让工作人员成全了为徐竟榕找家的愿望。

上海市救助管理二站在第一时间告知江苏启东同行，并随即启动护送徐竟榕回家的旅程。

消息传到启东，徐竟榕所在老家的乡亲们欢腾了，天空下着细雨，但是抵挡不住一家老小早早准备迎接失散多年的徐竟榕的心情。

自从徐竟榕失踪以后，每年的大年初四那天，他妈妈一定是专门烧一顿徐竟榕以前在家喜欢吃的菜。因为，初四是徐竟榕的生日，他在家是父母的宝贝。他还有一个妹妹，兄妹俩几乎是形影不离。但是，自从徐竟榕失踪后，妹妹经常以泪洗面。

全家人每逢过年，就会想起离家未归的儿子。他们梦想，他们期盼。每次，妈妈都会计算着儿子今年又大一岁了。越到这个时候，全家人越是难受。妈妈还经常拿出儿子的衣服呆呆地看着，想着，自言自语："都是我害得，都是我不好"。

全家人时时刻刻在祝福徐竟榕。

徐竟榕在上海天天期盼着能有一天早日找到家，但是，每天都是看着太阳升起，又看着太阳落下。

就在他离开老家的数年里，老家发生了巨大变化。家里房子翻盖成了别墅小楼。在他爸爸的奋斗和全家人的努力下，生活条件愈加美好，爸爸的生意也是风生水起。对他的家人来说，唯一的遗憾，就是儿子不知去向，儿子的失踪是父母永远的痛。

今天，他们将要看见离家九年的儿子了，到底会是什么样，到底还认识我们吗？全家人的心像十五个吊桶打水，七上八下。

爸爸紧握着拳头说："阿榕回来，我再也不会让他离开我。"那边，妈妈说："今朝我准备了儿子最喜欢吃的菜。"转眼，快到中午时分，妈妈已经在家里大圆桌上摆好了一桌子启东海鲜。她兴奋地看了看时钟，旁边帮忙的女儿连忙说道："姆妈，你已经看了五六次了。现在是 10 点半钟，他们要到 12 点才能到呢！"母女俩会心地笑了笑，就感觉时间过得太慢。

天上的雨断断续续的还在下着，就在启东老家紧张忙着迎接徐竟榕的时候，在上海，救助管理二站的工作人员也在紧张而有序地为徐竟榕办理着回家手续。管理科的同事们都为徐竟榕要回家了感到非常高兴。他们帮他理了头发，换上了新的衣服。尽管无法沟通语言，但是徐竟榕依然感觉到今天对他来说，可能找到家了。昨天，他看懂了用手比划着房屋的手势。

2020 年 1 月，元旦刚过。护送徐竟榕的车就将出发，这对寻亲难度极大的徐竟榕来说真是喜出望外。二站的领导也格外重视，站长唐美萍决定一同前往。

安静的小村，由于徐竟榕的回归，乡亲们纷纷拥到了徐家的小楼前。

护送徐竟榕的救助车辆刚刚停下，他爸妈就情不自禁、迫不及待地站在车门前，伸手去拉车里正准备下车的徐竟榕。护送和随行的电视台记者被拥挤得无法下车。徐竟榕被连拉带拥到车下，他一眼就认了出来眼前的人们，这真的是到家了。他爸爸一把抱住自己多年未见的儿子，失声痛哭，周围邻居里三层外三层的围成了一大圈，他妈妈哭着说："终于回来了，终于回来了。"

在朝家里走去时，高兴中不免惊讶的徐竟榕看见自家的小楼不停地微笑、点头。

## 三、戒毒者

一名二十岁刚出头的小伙子，来自安徽省，自述姓陈，叫陈世家。

小伙子一口比较标准的普通话，让救助甄别科的同事们感觉很容易交流和沟通。

陈世家来到救助站当天就显得与众不同，虽然说一口相对标准的普通话，但是，他不轻易说话，神情有些呆滞。

那天救助甄别科当班的诺衡在办公室翻阅起刚进站不久的陈世家的材料，发现陈世家有吸毒史。按照常规，有吸毒史的人，往往会有复吸的可能。

诺衡找到陈世家问："小陈想不想家？"

小陈看看坐在对面的小吴。"还好吧！"接着就是长叹一声。

"那为什么不告诉我们你的家庭地址呢？"

小陈不吱声，动了动嘴唇，好像欲言又止。

小诺继续说："你知道，你现在在什么地方吗？"

"好像是救助站吧。"他没有把握地说道。

"是救助站。陈世家，我想知道你为什么要接触毒品？"小诺突然问道。

小陈感觉突如其来的提问像被人推了一把。"是的，那是很早以前的事了。"

"改掉了就很好，吸毒可不是个好事。不容易。今后有什么打算？"小诺关心地问小陈。

小陈又是长叹一声。"唉……"

"没关系，今天我上夜班。我们可以聊聊，随便一点。"接着，小诺又说："我们俩差不多大，我现在已经有俩孩子了。不知道你怎么样？"

小陈摇摇头。"我什么也还没有，连女朋友都没有，别说孩子了，就是什么时候结婚都不知道。"

"以后会有的，回到家里慢慢找。"诺衡安慰说。

"像我这样的人，谁会要？不可能的。"

"不能这样想，要想你的家人，你的父母。你是男人，要有勇气，要像你过去戒毒一样，没有办不成的事。"

当诺衡提起父母时，陈世家面部表情凝重起来。"我哪还有父母啊！"这句话让诺衡警觉了起来。

接下来，他们继续交谈着，彼此越来话越多。

从陈世家的话语中，诺衡得知陈世家父亲在他上小学时就和母亲离婚了。陈世家和姐姐跟着母亲一起生活。

一个妇女带着两个孩子生活，非常不易。上了小学的姐弟俩经常受到欺负。有一次，陈世家和同学吵架，同学的母亲赶来劝开就领着她自己的孩子走了，临走轻轻地说了一句："他是没有爸爸的孩子，你不要和他吵，他没有教养的。"但是，这句话恰恰让陈世家听了个正着。陈世家一屁股坐到地上，眼睛红红地看着走远了的同学和他妈妈。

就是这句话，让当时才十三岁的陈世家留下了难忘的记忆。

从那以后，他不和妈妈说话，给姐姐话也不多了。

一天午饭时，陈世家与妈妈大吵了起来。此后，经常与妈妈争吵。而忙碌一天的妈妈拖着疲惫的身躯回到家，看见的是时常逃课在家的陈世家，她气就不打一处来。有时他妈妈下班到家看见儿子，心里翻江倒海，思绪万千。望着自己的儿子，她心疼，她内疚。他妈妈想，是因为自己，儿子才会不好好读书；是因为她，儿子才会没有爸爸。她每个月不知疲劳地在外面工作挣钱，但是，回到家里还是要面对这样的局面。想着想着，陈世家的妈妈已经又是泪流满面，而这样的情况，看在一边的女儿总是在心里替妈妈着急。"妈妈，起来吃点东西吧?"女儿陈婉说。"好的，孩子。妈妈这就起来，我先擦一把脸。"妈妈回答道，她不想让自己的孩子看见脸上的泪痕。

转眼，陈世家长大了。"妈妈，我也要出去打工。"他似乎非常肯定，不容商量地给他妈妈说。"去哪里?"妈妈问。

"不知道，明天跟大强一起走。"陈世家回答。

"你们是不是找到了再出去?"妈妈说。

"不要紧，走到哪里算哪里。你不要管了。"陈世家说。

陈世家妈妈知道儿子的脾气，眼看儿子长大了，管是管不住了。但是儿子要到哪里打工，都没有确定的地方，这让她心里很不踏实。"要不，过几天看看，好吗?"妈妈又说。

"好了，这个事情你就不要多管了。我就是给您说一声。"

长期养成的习惯，他已经不把妈妈的话放在心上了。

两天后，陈世家跟着大强出去了。

再转眼，陈世家的妈妈却在后来长达两年多的时间里，竟再也没有了儿子的音讯。

陈世家和大强没头没脑地听说上海工作好找，就乘车来到大上海。结果，两人一出火车站，就傻眼了。乖乖隆地咚，这高楼，这汽车，与家乡比，不知道要多多少哪!"大强，这汽车真多。我在老家一年也看不到那么多。"陈世家有点激动地说。"是啊!你看那大楼，这么高，还都是玻璃的，发亮的。"大强也兴奋地说着。他们到上海是为了找工作，但是一接触，却发现上海人讲的话他们一句也听不懂。

"没关系，大强。我会普通话。"自以为会说普通话的陈世家拍了拍胸脯，自信地告诉大强。于是，他们来到一家点心店。两人要了两碗雪菜肉丝面，大强提出："你在这里等着我，面条上来了，你就先吃，我去买包烟。"

谁都不会想到的是，陈世家这一等，却与大强永远分开了，他再也没有等到大强。

陈世家把雪菜肉丝面吃光了，还没等到大强。陈世家慌忙走出店门去寻找大强。然而，店外人头攒动。陈世家要找到走失的大强谈何容易。陈世家大喊着大强的名字，喊破嗓子的声音却立刻被车水马龙的汽车声和环境的嘈杂淹没了。陈世家想，大强一定会回来找他。他就坐在距离点心店旁边的大楼台阶上十分着急地等着大强。

夜幕降临了。上海的街道两边很快亮起了路灯，大楼上的霓虹灯也都相继闪烁起来。夜幕里，天空还下起了小雨。

虽然已是惊蛰之后的三月，但上海的夜晚也还会冷飕飕的。陈世家两手紧抱，蜷缩着疲劳的身体，迷迷糊糊有点困了。他挣扎着，他想，他不能睡着，万一大强找来看不见自己怎么办？

直到第二天天亮，陈世家还是没有等到大强。此时的他又饿又累，他想到了老家，想到了和妈妈在一起的时候。

可是，现在，他是出来打工挣钱的，怎么能想着老家里的事呢？难道就这样回家吗？且不说没找到工作，这刚到上海就与大强走散了。这回家没有办法交代，没脸说呀！

陈世家非常痛苦，非常郁闷。他起身随意走着，走着。漫无目的地走着……

他不知道该去哪里找工作，他想起了自己，想起了家庭。自己怎么就和别人不一样？爸爸呢？人家都有爸爸，我没有，难道真是被妈妈赶走了？可是，妈妈为什么要赶爸爸走呢？我这样子算什么呢？一连串的问号在刚刚成人的陈世家脑海里盘旋。他自认为自己命苦，他不能就这样苦下去。他要出人头地，他要活出样子来。他要证明自己什么都可以，他能养活一家人，让妈妈过上好日子。妈妈姐姐都不要挣钱，靠我一个人就可以养活妈妈和姐姐。

陈世家一会儿想凭借自己的努力显示自己的成功，一会儿又怨天尤人牢骚满腹。他时刻提醒自己，要做一个有教养的人。他想到了小时候和同学打架时，同学的妈妈讲的那句话。但是，何为教养，陈世家一无所知。

戒毒所里，一名小伙子正在接受戒毒教育，他不是别人，他就是陈世家。

陈世家告诉诺衡。"离开火车站后，遇到一位大哥，他是东北人，对我可好了。后来和他一起去了几次外地，不知怎么就吸上那个了。""后来，你怎么到救助站来了？"小诺问道。"大哥后来被抓了，我才知道，他是贩毒分子。"陈世家说。"他被抓了，我就到处找老乡弄点吃的，有时就睡在老乡那边。""那你不跟着他们找个工作干干？"小诺又说。"当时，我想，我要么不干，要干就干一个挣大钱的工作。那时心里还糊涂着呢。"说到这里，陈世家苦笑了一下。"到后来，什么也没有做成。最后连吃的都成问题了。"陈世家说。"因为老乡都在工作，也不可能天天陪我。再说都是一个省的，彼此也都没见过各自的老家。所以，到后来我就离开了，也不想老是给老乡添麻烦。"他告诉小诺。

就这样，一次他在桥底下突然感觉毒瘾犯了，难受得在桥洞里打滚，砸墙。那次，差一点滚到河里去。第二天醒来，就出去找吃的。"说到这里，自己当时任何想法都没有了。只要能吃上一口饭，比什么都好。"陈世家讲。

"又过了半年。其间也为了吃饭睡觉，帮助别人搬搬物流件。再后来，临时的工作也没了。一天我去一家大卖场看看，能不能找到一点东西吃，没想到自己不知道怎么就什么都不知道了。等醒过来，就在救助站里了。"陈世家说完这句话时，摇了摇头，又是一声长叹。"你这样有多长时间没有吸了？"诺衡问陈世家。"有快一年了吧。"陈世家答道。

很快，救助甄别科里的挂钟时针已经指向 22 点。

诺衡给陈世家又加了点开水，说："再喝口水吧，今天不早了。好好休息，不要给自己背包袱。人嘛，年轻的时候想法多。实际上，转来转去，还是家里人近，还是妈妈最心疼自己的孩子。"

几天后，陈世家的老家地址被证实。陈世家的妈妈在家突然听说儿子现在上海市救助管理二站，激动得放下手里的饭碗。"婉儿，你弟弟有消息了。你快把包放下，我们去上海。""有弟弟消息了？"刚放假回到家还没站稳的陈婉问。"是，都几年了，总算有了消息。"妈妈坐立不定。"妈妈，现在已经快晚上了，不一定有车了。""那怎么办？要不，你问问你三舅在家吗？让他开车一起去。"妈妈着急地给女儿说。"好，妈妈你先别急，我马上就打电话。"陈婉拨通了三舅的电话。

两分钟后。"妈妈，三舅去湖南了。"陈婉无奈地告诉妈妈。"那你问问，今天最晚末班车是几点?"妈妈又要让陈婉问。陈婉又拨了汽车站问讯处，等了一会儿。"喂，是长途汽车站吗？我想问一下，今天最后一班去上海的长途汽车是几点?"陈婉问。"六点半？好，好。"陈婉立即告诉妈妈。随即看了一下手腕上的手表，"啊！妈妈来不及了，这马上就要到时间了。"陈婉也有点着急地说。"这怎么好？难道今天去不了了?"妈妈有点遗憾的说。"妈妈，今天没有车了，再说天也太晚了。即便我们到上海那里也很晚很晚了。要不明天我们早一点动身乘早班车去?"妈妈一屁股坐下。"那也只能这样了。"她无可奈何地说道。

这一晚，陈世家的妈妈彻夜未眠。她想了很多，很多。她感到对不起自己的儿子。

次日一早，母女俩来到长途汽车站，乘车赶往上海……

## 第十一章　我们一定会帮你找爸爸

在男孩子眼里，他爸爸就好像是身边的变形金刚，无所不能，是他成长的领路人，是他生活的依靠。

而在女孩子心里，爸爸就是自己的保护神，无论走到哪里，只要爸爸在，她永远都是世上唯一的公主。

然而，就有这样一个在外出游玩时与家人走散的男孩，被送进救助站时才六七岁，年幼的心灵受到无情的伤害。尽管站里的叔叔阿姨都很喜欢他，但是，不论大家如何哄他、逗他，关爱他，却谁都进不到他的内心里去。

在他年幼的心里，他爸爸无所不能，是他心目中的偶像。他经常告诉周围的工作人员："我爸爸一定会来接我的！"有时玩高兴了，就忘记了家人，一安静下来，就哭着要找爸爸。

刚开始被救助的时候，工作人员问他叫什么，他回答叫"小黑"。后来人们得知，"小黑"是他爸爸送给他的一条小狗。工作人员感觉不合适，就又问他，他却回答："我喜欢'小黑'，你们就叫我小黑吧。""不可以，我们还是叫你姓名。"工作人员说。"我反正就叫'小黑'。"

他顽皮地说。后来，人们搞清楚了他在家时，爸爸妈妈都叫他"亮亮"。于是，"亮亮"就在救助站里叫开了。

转眼几年过去了，然而亮亮要回到爸爸身边的决心始终没变。他说："我要爸爸，要妈妈！"

一次，半夜里工作人员被他的惊叫声打动，惊醒的他浑身是汗。"我爸爸来了，他不要我了。说我出去时间太长，不回家来，太皮了。和你们大人说完，他就自己回去了。"

说完，他伤心地哭喊着："爸爸，我要爸爸……"

亮亮在救助管理站有较好的生活规律，科学可口的饮食。每逢节假日，站里还会改善伙食。特别是到中秋节和过年前，站里总会专门为流浪受助人员举办联欢会。联欢会上除了工作人员表演节目，还会安排流浪受助人员参加活动和表演。

活泼可爱的亮亮如今已经长大，成了13岁的英俊少年。有一次，亮亮也参加了站里的联欢会表演。"亮亮，今天表演啥？"管理科副科长章志洪问他。"我等一会儿唱一首歌给大家听。"工作人员一看见亮亮来到礼堂，就叽叽喳喳围了上来。"亮亮，上回阿姨教给你的广场舞会跳了吗？"建建问道。"我教你的那首歌曲还会唱吗？"田玫玫说。"哪首歌？姐姐。"亮亮反问道。"就那首《思念》呀！"说着，田玫玫就提示性地清唱了起来。"你从哪里来，我的朋友，好像一只蝴蝶飞进我的窗口，不知能作几日停留……""我想起来了。"于是，亮亮跟着也唱了起来："你从哪里来，我的朋友，好像一只蝴蝶飞进我的窗口……我们已经分别得太久太久。你从哪里来，我的朋友。"唱到这里，旁边的建建、何暖暖、田玫玫高兴得鼓起了掌。忽然，她们看见亮亮哭了。"哎，哎，亮亮怎么哭了?"何暖暖急得问亮亮。正巧管理科科长陈夏耕看见了。"你们怎么了? 亮亮怎么哭了? 一会儿还要上台演出呢。"他看见几个人围着亮亮,以为是她们把亮亮惹哭了。"科长,不是我们惹的,刚才我们都想让亮亮熟悉一下他会的歌曲或者舞蹈,没想到他却哭了。"对面的田玫玫委屈的向科长说道。一时间,大家都看着抽泣的亮亮不知如何是好。"亮亮,不哭了,擦一擦眼睛,等一会儿就看你的了。"陈夏耕拍了拍亮亮的肩膀,劝说道。"叔叔,我不想唱歌了。"亮亮说。"为什么?""我想我爸爸。"啊? 亮亮此话一出,周围人都恍然大悟。原来,《思念》里的歌词让亮亮想起了自己的爸爸。听到亮亮说到这里,陈夏耕说:"亮亮,叔叔倒是想让你还是唱这首歌,你和爸爸很久不见了,我们站里还有好多人也是和自己的爸爸、妈妈好久不见了。你上去唱这个歌,不是正好借此思念你的爸爸妈妈吗? 说不定,你爸爸在很远的地方会听到你的歌声呢。""真的,叔叔?"亮亮天真地问道。"对、对、对。"一旁的工作人员都齐声附和着。

"下面请受助人员亮亮演唱歌曲:《思念》,大家欢迎!"主持人报幕说道。

"快、快,亮亮轮到你上去唱了。"田玫玫听见主持人的声音,就提醒亮亮赶快上台表演。"快去吧,不要紧张,听叔叔的话,唱好了你爸爸就会听到了。"陈夏耕在一边说。只见亮亮站起来,抹了抹眼泪笑了。

会场里掌声刚刚静下来,《思念》的前奏响起来了。亮亮身穿站里给他准备的演出服装,像模像样地走到舞台中央,朝观众深鞠一躬。随后,跟着音乐,唱起来:"你从哪里来,我的朋友。好像一只蝴蝶飞进我的窗口……"台下,田玫玫他们不断给亮亮伸出大拇指表示赞扬,亮亮就越发唱得起劲,他那稚音未退的歌声,唤起了场内的共鸣。唱着唱着，舞台下的工作人员和受助人员还一起和着亮亮唱的歌曲《思念》，打起了节拍。这场面让坐在台下的我为之振奋，也跟着轻轻地唱了起来。书记高兴地说："唱得好，唱得实在太好了，没想到今天联欢会的高潮提前了。""管理科选择这样一首歌曲，也是颇费一番心思啊。"我告诉身边的书记。"是的，他们都用心了。这个亮亮来了有好几年了？"书记问。"是，2013 年来的，来的时候还是小孩子。我们不知动了多少脑筋为他寻亲，寻找线索，可是都没有消息。"我回答。"现在都长这么高了，但是他的上学问题却一直未能解决"，我接着说。

两人说着说着，亮亮唱完了。会场里许多观众起立鼓掌，为亮亮的演唱表示祝贺。

管理科的好几位同事都过来迎接亮亮，拉着他的手说："亮亮，你唱得太好了，大家都为你鼓掌呢。"田玫玫对亮亮说："亮亮，今天你颜值简直爆棚了。"陈夏耕过来："看见没，亮亮。你刚才唱得多好听？我也跟着你一起唱到结束。这下，你爸爸一定会听到了。"说完，周围的人都会心地笑了。亮亮却说："叔叔，你骗我的。我爸爸肯定听不到。"他说时，神情一本正经。"为什么呢？"田玫玫问。"我爸爸如果能听得到我唱歌，早就会来接我了。"亮亮说。亮亮的话音一落，人们一下子安静下来。"亮亮，叔叔虽然是安慰你的。但是，我们非常希望你爸爸能来。放心，我们一定会帮你找爸爸。"暖暖语气坚定地给亮亮说。她接着鼓励亮亮："亮亮，我们一直没有放弃帮你找爸爸。我们都要坚持。"

脸上还化着淡妆的亮亮默默地重复着："反正我一定要我爸爸，我到死，也要我爸爸。我就不相信，爸爸真的会不要我了。"

……

# 结束语

　　寻亲的故事说完了，但寻亲甄别仍然在继续。因为还有许多像亮亮、小娟一样的人天天期盼着早日找到爸爸，渴望见到自己的亲人。

　　贫困将在我国成为过去，然而流浪和走失却难以成为过去。中国寻亲者的队伍依然要在社会发展和经济建设中发挥不可忽视的作用。

　　这本书里介绍的寻亲故事只是众多事例中的一部分，有许多同行的寻亲故事未涉及，主要是本人接触面局限和水平有限不能囊括其中，还望大家多多包涵。

　　提起寻亲，就忘不了那些天天念叨着，内心极其想回家而又不记得和说不清自己家的流浪受助人员。在经历寻亲的那些日子里，受助人员与家人相见、伤感无比、令人激动的场面就像过电影一样，一个个镜头重现在记忆中。往往在这个时候，我就会为那些还找不到家、寻不到亲人的人和事焦虑不堪，郁闷难耐。心率带来的不适，令我夜不能寐。

　　就在这种错综复杂的情感促使下，我拿起笔写下这些寻亲甄别的故事，还有这些坚持服务的同事。为自己和同行们过往付出的艰辛与智慧留下见证，成了我的愿望。因为，正是大家的不懈努力，才让那些无家可归的人们找回了有尊严的人生。

在全国救助管理机构中，有许多挥之不去的形象。其中一些巾帼英雄，她们同样在为流浪者寻亲服务付出心血与智慧。

云南省的张玲、杭州的俞珍、商丘的崔亚南、威海的宋江红、南通的朱文香、铜陵的张慧倩、扬州的孙波、赣州的张玮、呼和浩特的周晓芬，等等，她们依然奋战在救助寻亲的第一线，也有的或已调到福利中心、儿童福利院，或改为党务工作，有的升迁提拔，还有的即将退休。但无论在哪里，她们对流浪者的责任与辛苦，人们永远不会忘记。

有站长说：能让流浪受助人员在春节前回到家，比自己过年都高兴。其实，这句话道出了许多寻亲者的心声。

2012 年，上海市救助管理二站开启了第一届"甄别研讨会"，至2017 年秋召开第六届"甄别研讨会"，参会人数已达上百人。除了局分管领导、站内人员以及流浪受助人员代表外，还有跨省寻亲联动机制合作单位及公安、卫生、出入境、新闻媒体、科研院校法律方面等受邀出席，内容与形式都更加充实。

2015 年秋，上海市救助管理二站率先将甄别寻亲上报上海市民政局科研项目。这是国内第一次与高等院校联手将寻亲作为科研项目进行的专题研究。

寻亲课题进入科研，是把普通的寻亲甄别上升到了高级别的科学领域，为普通的寻亲铺就了一条通往殿堂的金色大道。那些日夜不停为流浪生活无着人员找家寻亲而废寝忘食的普通人，他们用平凡的行动从事着非凡的事情，孜孜不倦地为千千万万的家庭创造着团聚，营造幸福。

此书除机构领导和公众人物以外，其他人物皆采用化名。

　　借此书出版之际，诚恳提醒大家，如遇家人和亲朋好友以及其他人不幸走失，一定尽快报案；留人在原地原位等待走失者；一定要去当地救助站；查找全国救助寻亲网；必要时留下血样，以备 DNA 比对，提高寻亲准确性。因为这一切对寻亲都非常重要。

　　一位流浪者的弟弟说：感谢党和政府成立救助站这个机构，帮我们找到了失散 42 年的哥哥。

　　在此，向过去、现在以及今后为寻亲甄别作出努力和贡献的朋友们致以崇高的敬意！

2016 年 4 月，又有 12 家救助管理站站长签订"跨省甄别联动机制协议"并在上海市救助管理二站广场上举手庆贺

2012 年 9 月时任上海市民政局党组书记、局长马伊里（右二）视察二站

2013 年 4 月时任上海市民政局党组书记、局长施小琳（左五）视察二站

福建省莆田市救助站站长林文瑞在救助机构开放日接待来访者

流浪者家属向河北张家口宣化区救助站侯秀军站长（后左二）等致谢

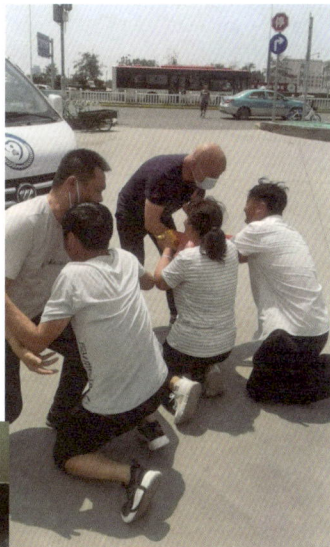

三十年后找到父亲的咸阳受助人员王小倩（中）与安徽砀山民政局领导（左一）及救助站长李少春（左二）等合影

离家二十多年的李永先（前左二）离站与上海市救助管理二站领导（右二）徐启华等合影

离家多年的吴兴春（中）与护送他回家的上海市救助管理二站唐美萍站长（右四）和《中国民政》记者李雪（右一）等合影

受助人员廖益佳（左四）离站前与家属及台州市救助站站长李朝阳（左二）合影

呼和浩特救助站站长周晓芬（右一）送包德珍（右二）回家时合影

新疆维吾尔自治区救助站领导祖丽比亚（右二）与上海市救助管理二站站长马超英（左二）签订"跨省寻亲联动机制"后合影

烟台市救助站领导在上海市流浪人员安置所探讨寻亲

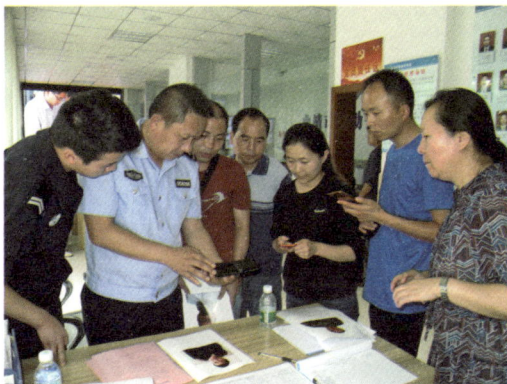

云南省救助总站站长张玲在曲靖救助站指导寻亲（右一），左四为宣威市救助站站长官忠启

走失十八年的仇钢林（右四）回到家与家人和二站工作人员合影

2016年4月上海市民政局党组书记、局长朱勤皓（左四）在安置所调研

2016年11月上海市救助管理二站第五届"甄别研讨会"与会代表合影
（左八为时任上海市民政局副局长桂余才）

2017 年 6 月第二届"华东地区部分救助站站长联席会"

2017 年 6 月全国部分救助站领导在江苏大丰合影

2018 年 6 月 19 日市民参观上海市救助管理二站

2018年4月，时任民政部社会事务司副司长刘涛（右二）在二站调研

2012年，时任上海市民政局副局长周静波（左三）调研二站寻亲工作

救助站举行的春节联欢会让受助人员触景生情，思念家人

在救助站的母女俩

离家二十多年的云南籍受助人员终于和丈夫团聚

流浪多年，重见妈妈和姐姐

十多年前被救助的李美香（音），自称是湖北人，用刚学会的字，写下了新年贺词

年幼时被救助的马璐颖（音），而今还不知妈妈在哪儿

在迎春联欢会上的"三姊妹"。右一小姑娘自称贵州籍，至今还在找家